Tutelary

ロッセリーニ家の息子

守護者

岩本 薫

18745

角川ルビー文庫

The son of the Rossellini family
TUTELARY

CONTENTS

口絵・本文イラスト／蓮川　愛

ロッセリーニ家の息子 守護者

序章

丸く盛り上がった穹窿《きゆうりゆう》形の天井《てんじよう》。そこから重く垂れ下がるシャンデリアにはクリスタルドロップが無数に輝《かがや》く。アラベスク織りの絨毯《じゆうたん》と石の暖炉《だんろ》。その上に飾られた巨大《きよだい》なタペストリー。赤々と燃える暖炉の左右には、全長三メートルはあるギリシア石像が立っている。

コンソールテーブルや飾り棚《かざだな》、アール・ヌーボー様式のカウチ、ロココ調の猫脚《ねこあし》の肘掛《ひじか》け椅《い》子《す》なども、一見してわかるほどの年代物だ。

それらアンティークの椅子のひとつにゆったりと腰掛《こしか》けている一番上の兄——レオナルドがおもむろに口を開いた。

『俺たちはただ闇雲《やみくも》におまえの留学に反対しているわけじゃない。それはおまえもわかっているな？ ルカ』

ゆるくウェーブのかかった黒髪《くろかみ》に、同じく闇《やみ》のように黒々とした漆黒《しつこく》の瞳《ひとみ》。どことなく高貴さを漂《ただよ》わせる高い鼻梁《びりよう》と、官能的なフォルムを持つ唇《くちびる》。

兄は初めて会う誰《だれ》もが息を呑《の》む美貌《びぼう》の主だが、今ぼくの目の前に座る彼は、そのくっきりと濃《こ》い眉《まゆ》を険しくひそめていた。猛々《たけだけ》しくも強い暉《ひかり》を放つ瞳で見据《みす》えられると、実の弟のぼくですら覚えず身が竦《すく》みそうになる。

普通《ふつう》の人間とは明らかに一線を画する、ただそこに居るだけで見る者を圧倒《あっとう》する強烈《きょうれつ》なオーラが、兄の全身からは立ち上っていた。でもおそらくこれくらいの迫力《はくりょく》がなければ、二十九歳の若さで「ファミリー」を束ねることなどできないのだろうと思う。

長兄《ちょうけい》のただならぬ存在感に気圧《けお》されないよう、椅子のアームをぎゅっと握《にぎ》って、ぼくは上目《うわめ》遣《づか》いに訴《うった》えた。

『それは……ちゃんとわかってる』

『本当に、ちゃんとわかっているのか』

横合いから念を押してきたのは次兄《じけい》のエドゥアールだ。レオの隣《となり》の肘掛け椅子に腰掛け、長い脚《あし》を優美に組んでいる。

長兄とはタイプがまったく違《ちが》うけれど、この次兄も美しい。

流れるようなプラチナブロンドにクールなアイスブルーの瞳。洗練された物腰《ものごし》と煌《きら》びやかで華《はな》やかな美貌は、女優だったフランス人の母ゆずり……らしい。

らしい、というのはぼくがエドゥアールの母上だった女性を知らないからで、残念ながら彼女はぼくが生まれるずいぶんと前に亡《な》くなってしまっていた。

ぼくたち三人の兄弟は、母親がすべて違うのだが、幼くしてそれぞれの実母を亡くしているという点では境遇《きょうぐう》が一緒《いっしょ》だった。

『我がロッセリーニ一族は、普通の家じゃない。いろいろと複雑な事情を抱《かか》えている』

エドゥアールの言葉に、ぼくは神妙《しんみょう》な顔つきでうなずいた。

それはもちろんわかっている。

ロッセリーニ家は、イタリアはシチリアの地を発祥《はっしょう》に二百年有余続く名門で（祖先には貴族の血を継ぐ者もいたそうだ。実際、長兄レオナルドの母上はシチリア貴族の末裔《まつえい》だった）、代々ワイン、オリーブオイル、そしてシチリアオレンジの製造と交易を営んできた。

その財力を基盤《きばん》にぼくたちの父の代から多方面に事業を拡大し、父の商才もあって大きな成功を収めた。ホテル、レストラン、アパレルビジネスなど、現在はロッセリーニ・グループとして世界を相手に幅広《はばひろ》く事業を展開している――というのは実は表向きで、ロッセリーニ家にはもうひとつ裏の顔がある。

シチリアン・マフィアであること。

ロッセリーニ家の当主は、代々ロッセリーニ・ファミリーを束ねてきた。無論、表立っては公表していない。事業のほうが有名になった今となっては、身内以外でその秘密を知っている人間はごくわずかだ。

四代目カポであった父のカルロ・エルネスト・ロッセリーニが引退した今は、ファミリーの首領《ドン》の座とロッセリーニ・グループのCEOの肩書《かたがき》の両方を、長兄のレオナルドが引き継《つ》いでいる。

今、ぼくたち三人が集《つど》っている領主館スタイルの館《やかた》も、五代目当主であるレオが取り仕切るシチリアの本邸《ほんてい》で、通称《つうしょう》【パラッツォ・ロッセリーニ】と呼ばれている。一五〇〇年代に建てられたこの元貴族の館で、ぼくたち三兄弟は生まれ育った。

しかし現在は、ぼくがフィレンツェ、次兄のエドゥアールがミラノ、引退した父がローマの屋敷《やしき》に各々《おのおの》ばらばらに居を構えているので、家族の中で本邸に残っているのは長兄のみだ。

そのレオナルドに、今日ぼくは呼び出されたのだった。

訪《おとず》れる客人が口を揃《そろ》えて「まるでヴィスコンティのフィルムの中に迷い込んだようだ」と感《かん》嘆《たん》する屋敷の中でも、もっとも美しいとされている二階の兄の部屋のドアを開けたら、エドゥアールが先に来ていたので驚《おどろ》いた。

ロッセリーニ・グループのホテル・アパレル部門を担《にな》うエドゥアールは、ロッセリーニ家がマフィアというダークサイドを持つことを忌《い》み嫌《きら》っていて、ファミリーの絆《きずな》が強いシチリアの本家には滅多《めった》に近寄らない。さらに、ぼく以外のふたりの兄は重職にあって多忙《たぼう》なので、兄弟三人がひとところに集うのはかなり稀《まれ》だ。この【パラッツォ・ロッセリーニ】で三人が顔を合わせるのは、昨年の夏のぼくの誕生パーティ以来かもしれなかった。

『我々には二重の意味で敵がいる』

次兄のエドゥアールが形のいい眉をひそめて続ける。

『ロッセリーニ・グループの資産を狙《ねら》って営利誘拐《ゆうかい》の危険に晒《さら》される可能性は常にあるし、マフィアのファミリー間の抗争《こうそう》に巻き込まれる可能性もないわけじゃない』

エドゥアールの発言を受けて、レオナルドも大きくうなずいた。

『残念ながらエドゥの言うとおりだ』

長兄自身、半年前にファミリー内の抗争で右肩《みぎかた》と右脚《みぎあし》を撃《う》たれて負傷しているので、その言葉には重みがあった。

『だからこそ、おまえが俺たちの目の届かない場所へ行くことを簡単には容認《ようにん》できない』

『私たちには、おまえを護《まも》る義務があるんだ。おまえの母が亡くなる際に「ルカを護る」と誓《ちか》ったのだからな』

『たとえおまえがどんなに望んだとしても、ごく普通の一般《いっぱん》人と同じような生活をするのは難しいことだと、わかるな？』

こちらに口を挟《はさ》む隙《すき》を与《あた》えず、畳《たた》みかけるようにふたりの兄が言葉を重ねた。

兄たちはファミリーの在り方を巡《めぐ》って意見が対立し、日頃《ひごろ》はあまり仲がよくないのだが、ことぼくのこととなると一致《いっち》団結して見事なコンビネーションを発揮するのだ。

ふたりの兄同士はひとつ違いだが、末っ子のぼくだけ長兄と八つも年が離《はな》れているというのもあるし、ぼくが十歳の時に母を亡くしているせいもあるのかもしれない。

兄たちもそれぞれ母上を亡くしているけれど、なにしろ赤ん坊《ぼう》の時分だったから『いなくなって寂《さび》しいとか悲しいという感情もなかった』と言っていた。『母親の与えるぬくもりや愛情を知った上で失ったおまえのほうが辛《つら》いよ』とも。

それ故《ゆえ》か、この兄ふたりに加えて父までもが、ぼくに対してはものすごく過保護で、いつまで経《た》っても半人前――というか子供扱《あつか》いなのが、ぼくの密《ひそ》かな悩《なや》みだった。

やさしくて賢《かしこ》くて美しくて、なおかつ強い兄たちを愛しているし、父のことは心から尊敬しているけれど。

『それは……だからわかっているよ』

この半年間で何度耳にしたかわからない「兄たちが留学に反対な理由」に内心でこっそりため息を吐《つ》きつつも、ぼくは今日何度目かの『わかっている』を繰《く》り返した。

『今までだってずっとSP付きの生活だったし』

ものごころがついた頃《ころ》から、ぼくの傍《そば》には必ず誰かがいた。それは時にメイドだったり、世話役だったり、護衛だったりした。出かける際には車での送り迎《むか》えが必須《ひっす》。その生活は、高校進学のために本邸を出て、フィレンツェに移り住んでからも変わらなかった。レストランに食事に出かける時も、学校へ行く時だって、SPが付いてきた。ひとりきりになれるのは、自分の部屋の中だけ。それもドアの外にSP付き――そんな生活を二十年間も送ってきたのだ。

『でも、だからこそイタリアを離れたいんだ。ここにいたら父様や兄さんたちに護られて、ついぬくぬくと甘えちゃって……いつまで経っても自立できないままだと思うから』

ぼくは目の前の兄ふたりに懸命《けんめい》に訴えた。

もう成人しているのに、今の自分はひとりでは何ひとつまともにできない。アルバイトでお金を稼《かせ》ぐことはおろか、恥《は》ずかしい話、この年になってもいまだに自分でお財布《さいふ》を管理したことすらないのだ。

そんな自分でもいつの日か、今の兄たちと同じようにロッセリーニ・グループの一部門を担う日がやってくる。たくさんの人々の上に立って、会社を経営していかなければならない日が、そう遠からずやってくる。

それを思うとてつもなく不安だった。同じような境遇で育っても、現在立派に会社やグループを仕切っている兄たちと違って、自分には生まれついてのカリスマ性などないし、そもそも本来なら人の上に立つような器《うつわ》でもない。

黒い髪《かみ》に黒い瞳《ひとみ》の組み合わせはレオナルドと同じだけど、肉食獣《にくしょくじゅう》と草食獣ほどに見た目の印象は違う。肌《はだ》の色が白いのはエドゥアールと一緒なのに、彼のような華やかさともまったく無縁《むえん》だった。

兄たちの手にすっぽりと包まれてしまう卵型の小振《こぶ》りな顔には、男にしては黒目が大きい瞳、細い鼻梁《びりょう》、小さな唇《くちびる》がこぢんまりと配置されている。成人を過ぎても、薄っぺらい体はいっこうに厚みを増さない。身長に至ってはもうとうの昔に諦《あきら》めているけれど。

やせっぽちで、ちびで、童顔で……。

若かりし頃はイタリア一の伊達男《だておとこ》と謳《うた》われたという父ともまるで似ていない。

本当に父や兄と同じ血が流れているのかと疑いたくなってしまうくらいに、地味で、これといった取り柄《え》もない――ルカ・エルネスト・ロッセリーニ。

あそこは三男だけがミソッカスだと陰口《かげぐち》を言われているのも知っている。

だから、人一倍努力しなければならないのだ。

ロッセリーニ一族の名を汚《けが》さないためにも。

肉親の干渉《かんしょう》の及《およ》ばない遠い異国の地で、少しでも社会性を身につけ、精神的に自立したい。

そのために今年の頭にこっそり日本の大学の編入試験を受け、無事に合格の通知を受け取った。

父にはどうにか内諾《ないだく》をもらって、あとは最後の難関を突破《とっぱ》するだけ。

だけどこの最後にして最大の難関――ふたりの兄が予想どおりにやはり手強《てごわ》かった。半年前に初めて留学したいという希望を伝えた時は、当然ながら却下《きゃっか》。反対を押し切って受けた編入試験に合格したという報告をしても、首を縦に振《ふ》ってもらえなかった。

（でもとにかく、今の自分のままでいいわけがないんだから）

四月の入学までに二ヶ月を切った現時点で、まだファミリーの総意を得られないことに焦燥《しょうそう》を募《つの》らせたぼくは、一日も早く兄たちを説得しなければと、ここ一週間は毎日のように電話とメールで「直接顔を合わせて話がしたい」と懇願《こんがん》していた。

そうしたしつこいぐらいの攻勢《こうせい》が利《き》いてか、やっと長兄《ちょうけい》から呼び出しがかかったのだ。

『甘えたければ甘えればいい。兄弟なんだから』

『そうだ。遠慮《えんりょ》することなんかないんだぞ、ルカ』

さぁ胸に飛び込んでこいとばかりに、ふたりの兄に両手を広げられ、ぼくは首を大きく左右に振った。

『そういうことじゃなくって！』

ぼくの切実な焦燥感《しょうそうかん》はどうやら優秀《ゆうしゅう》な兄たちには伝わらないようで、噛《か》み合わないいちぐはぐな会話にちょっと泣きそうになる。

『自分ひとりで何ができるのか確かめたいんだ。兄さんたちの手を借りずに何ができるのか、自分を試《ため》したいんだよ。このままじゃ……ぼく、いつまで経っても半人前で、ファミリーの一員として認めてもらえない……』

話しているうちにだんだんと感情が高ぶってきて、声が震《ふる》えてくる。そんな自分の不甲斐《ふがい》なさに唇を噛んだ。こんなだから一人前と認めてもらえないんだ。

ぼくがうっかり涙《なみだ》ぐんでしまったせいか、普段《ふだん》はどんなことにも動じない兄たちがめずらしく動揺《どうよう》をあらわにする。

『おまえをファミリーの一員として認めないなどと誰《だれ》が言ったんだ！』

レオナルドが眉根《まゆね》を寄せていきり立ち、エドゥアールも激しい口調で否定した。

『誰もおまえが半人前だなんて思っていない！』

『じゃあ、留学を許して』

しかしぼくのお願いには、ふたり揃って難しい表情を作る。しばらくむっつりと黙《だま》り込んでから、レオナルドが呻《うめ》くように零《こぼ》した。

『おまえが俺たちの手から離れていくなんて……』

エドゥアールが天を仰《あお》ぐ。

『しかも、日本とイタリアは時差が八時間もある』

『ごめんなさい。でもずっと夢だったんだ。一度でいいから、母さんの生まれ育った日本で暮らしてみたいって』

『……ルカ』

兄たちの美しい貌《かお》が、どこかが痛いみたいに歪《ゆが》んだ。

『お願い。レオナルド、エドゥアール。二年間だけだから。二年経って大学を卒業したら、必ずこっちに戻《もど》ってくる。ちゃんと会社を継《つ》いで兄さんたちの手伝いもするから』

ふたりの兄たちが顔を見合わせ、やがて同時にふーっと重い嘆息《たんそく》を吐く。

『どうしても、おまえの決意は変わらないんだな』

険しい顔つきのレオナルドに念を押されたぼくは、兄の迫力《はくりょく》に気圧《けお》されないようぐっと腹筋に力を入れた。目の前の顔をまっすぐ見つめて、こくっとうなずく。

『うん。変わらない』

『ならば……仕方がないな』

次の瞬間《しゅんかん》、兄が落としたため息混じりの低音に耳を疑った。

（う……そ）

幻聴《げんちょう》かとも思ったけれど、レオナルドは、何かを達観したかのような泰然とした面持ちで椅《い》子《す》の背にもたれている。

『レオ――いいのか？』

エドゥアールの確認《かくにん》に、レオナルドが肩《かた》をすくめた。

『仕方がないだろう。ルカもいつまでも子供じゃない。それに、この件については親父《おやじ》が賛成しているしな』

『レオナルド兄さん！』

気がつくとぼくは椅子から立ち上がり、長兄に駆《か》け寄っていた。

『ありがとう！』

込み上げる歓喜《かんき》のままにその首に抱《だ》きつく。やさしく抱き返してきたレオナルドが、ぼくの両腕《りょううで》を摑《つか》んで少し距離《きょり》を取る。ぼくの顔を下から覗《のぞ》き込み、小さく笑った。

『おまえに泣かれるのが一番応《こた》えるからな』

その笑顔《えがお》が今までと少し違《ちが》って見えて、ちょっと驚《おどろ》く。

なんだかすごく柔《やわ》らかいというか、包み込むみたいにあたたかいというか。そういえば、父からカポの座を引き継いでからの数年間、その重責からか、長兄のこんな穏やかな笑みを見ていなかった気がする。

（レオナルド……変わった？）

『私にはキスはしてくれないのか？』

傍《かたわ》らから拗《す》ねたような声が届き、あわてて隣《とな》りの椅子に移動した。

『エドゥアール兄さんも！　大好き！』

ぎゅっと次兄《じけい》に抱きついて、その頰《ほお》にキスをする。エドゥアールも頰にキスを返してきた。

『寂《さび》しくなるな』

子供の頃《ころ》によくそうしたように、ぼくの頭を撫《な》でて、次兄が本当に寂しそうにつぶやく。

『メールするし、電話もするよ』

『毎日だぞ』

『うん、約束する。わがまま言ってごめんね』

兄たちに申し訳ないと思う一方で、抑《おさ》えきれない喜びが胸の奥からじわじわと込み上げてくるのを感じた。

この半年間、根気強く説得と懇願を続けた成果が、ようやく実ったのだ。

（諦めずにがんばってよかった！）

じーんと胸を熱くしたぼくは、もう一度心から兄たちにお礼を言った。

『ふたりとも、本当にありがとう』

と、鷹揚《おうよう》な微笑みを浮《う》かべていた彼らが、不意に表情を改め、こほんと咳払《せきばら》いをした。

『ところで』

首許《くびもと》のカラーに指を差し入れ、わずかに緩《ゆる》めながら、レオナルドが切り出してくる。

『留学にはひとつ条件がある』

『――条件？』

訝《いぶか》しげに問い返した。笑顔が消えて、一瞬にして顔が強ばるのが自分でもわかる。高揚《こうよう》していた気分が、空気が抜《ぬ》けた風船みたいに、しゅーっと萎《しぼ》んだ。

それと同時に、やっぱり……という思いもあって……。

だって、おかしいと思ったんだ。本邸《ほんてい》を出てフィレンツェの屋敷《やしき》に移り住む時ですら大騒《おおさわ》ぎした兄さんたちが、そんなに簡単にぼくを手放してくれるわけがない。

がっかりと落胆《らくたん》しつつも、おそるおそるお伺《うかが》いを立てる。

『条件って……何？』

するとレオナルドがよく通るテノールで誰かを呼んだ。

『待たせたな。――入れ』

その呼びかけに応えるように、主室と続きの間をコネクトするドアがカチャリと開き、ひとりの男が姿を現す。

腰《こし》位置が高く、手足が長い、すらりと均整の取れた長身。

見ているこちらの気が引き締《し》まるほどに、ぴしっと伸《の》びた背筋。肩幅《かたはば》が広くて胸板《むないた》に厚みがあるので、三《み》つ揃《ぞろ》いのスーツがよく似合う。ストイックなくらいにきっちり締め上げられたネクタイと、一筋の乱れもなく撫でつけられたアッシュブラウンの髪《かみ》。秀《ひい》でた額と理知的な眉《まゆ》。鋭利《えいり》で高い鼻梁《びりよう》。シルバーフレームの眼鏡《めがね》の奥の青灰色《ブルーグレイ》の瞳《ひとみ》。端整《たんせい》な唇《くちびる》。――シャープな顔立ちは怜悧《れいり》に整いすぎていて、少し冷たい印象を与《あた》えるほどだ。

眼光鋭《するど》く、全身から「切れ者オーラ」を放つその男を、両目を大きく見開いて見つめる。

『マクシミリアン⁉』

(ど、どうして？ 彼がここに？)

まったく予想もしていなかった、数年ぶりに見るその姿に虚《きよ》を衝《つ》かれ、ぼくは呆然《ぼうぜん》とつぶやいた。

『今、ローマにいるはずじゃ……？』

『俺たちが呼んだんだ。――マクシミリアン、もっと傍《そば》に寄れ』

レオナルドに促《うなが》され、ゆっくりと歩を進めた男が、ぼくの一メートルほど手前で足を止める。両腕を体の脇《わき》にぴったり添《そ》わせて会釈をした。

『おひさしぶりです。ルカ様』

マクシミリアン・コンティは、ぼくたち兄弟が幼少の時分に世話役を務めていた男で、成人してからは父の片腕《かたうで》となり、現在はレオナルドの補佐《ほさ》役としてロッセリーニ・グループ全体のマネジメント業務を担《にな》っている。ぼくとはひと回り以上年が離《はな》れていて、現在三十五歳。しかしその実年齢《じつねんれい》以上に落ち着いて見え、威圧感《いあっかん》がある。

誰《だれ》より厳しく、口煩《くちうるさ》く、そしてちょっぴり意地悪なマクシミリアンは、子供の頃のぼくにとって、実の兄たちよりも恐《おそ》ろしい存在だった。

『彼が、俺たちの提示する条件だ。マクシミリアンが同行するという条件を呑《の》むならば、おまえの留学を許可する』

『そんな……』

横合いからガツンと殴《なぐ》られたみたいな衝撃《しょうげき》に、頭の中が真っ白になり、とっさには反論の言葉が出なかった。

兄たちの干渉《かんしょう》から逃《のが》れたくて日本に留学するのに、その兄たちより煩いお目付役が、それもよりによってマクシミリアンがついてくるなんて……最悪だ。

予期せぬ展開に動揺《どうよう》し、激しく混乱しながらも、ぼくは上手《うま》く回らない舌で兄たちに確かめた。

『ど、同行って、いつまで？』

『おまえがきちんとひとりでやっていけると確信が持てるまでだ』

次兄の返答に、ちょっとむっとする。それって要は信用してないってこと？

『つまり、マクシミリアンはお目付役ってことだよね』

『後見人だ』

同じことじゃないか。

ちらっと横目でマクシミリアンの仮面のような無表情を見やってから、ぼくは抗議《こうぎ》した。

『見張ったりなんかしなくたって、ちゃんとひとりでやれるよ』

『見張るためじゃない。おまえを護《まも》るためだ』

すかさずレオナルドが訂正《ていせい》し、エドゥアールもうなずく。

『おまえは普通《ふつう》の留学生じゃない。たとえ日本であろうと油断はできない』

『……で、でも、だって』

このままでは押し切られてしまいそうな切迫《せっぱく》した焦燥《しょうそう》に駆られ、懸命《けんめい》に言い募《つの》った。

『なんでマクシミリアンなの？　お目付役なら別に他《ほか》の誰《だれ》かだって……』

『大切なおまえをどうでもいい人間には預けられない』

『そうだ。マクシミリアンだからこそ、安心して預けられるんだ』

真顔で畳みかけてくる兄たちに、ぼくは必死に食い下がった。

『でも、マクシミリアンだって仕事があるでしょう？』

マクシミリアンが、現在のロッセリーニ・グループを陰《かげ》で支えるキーマンであることは間違《まちが》いない。多忙《たぼう》すぎて、昨年のぼくの二十歳のお祝いにも出席できなかったくらいなんだから。

現実問題、彼がいなくなったら、父様だってレオナルドだって困るはずだ。

『日本に居る間、仕事はどうするの？』

『電話とパソコン、そしてインターネット環境《かんきょう》さえあれば、世界のどこにいても仕事はできます。本来、私の仕事は表に顔を出す類《たぐい》のものではございませんので』

最後の抵抗をあっさり一蹴《いっしゅう》したマクシミリアンが、眼鏡のブリッジを中指でついと押し上げてから、その怜悧な眼差《まなざ》しでぼくを射貫《いぬ》く。

『念のために申し上げておきますが、これはドン・カルロの決定です』

『父様の？』

『そうだ。マクシミリアンを後見人として同行させることは親父《おやじ》の意向だ』

レオナルドがマクシミリアンの言葉を重々しく肯定《こうてい》する。

（そうか……父様の命令……だから）

だからマクシミリアンも、こんな厄介《やっかい》事を引き受けざるを得なかったのに違《ちが》いない。

そして、父の決定でなければ、レオナルドだってそうは簡単に補佐役のマクシミリアンを手放したりしないだろう。

『この条件を呑まない限りは、我々はおまえの留学を認めない』

兄の口から発せられた最後通牒に、ぼくはがっくりと肩《かた》を落とした。

それは、まさに駄目押《だめお》しだった。

勇退して長男に家督《かとく》を譲《ゆず》ったとはいえ、いまだロッセリーニ家における父の威光《いこう》は絶大だ。

その父の決定だと言われてしまえば、ぐうの音も出ない。ミソッカスの三男が逆らうなど以《もっ》ての外だった。

ひたひたと押し寄せる絶望に、きゅっと唇を嚙《か》み締める。

『どうする？　条件を吞むか、留学を諦《あきら》めるか』

非情な選択《せんたく》を迫《せま》るエドゥアールに、ぼくはのろのろと視線を向けた。

ふたつにひとつと言うならば、選択の余地はなかった。

日本行きを諦めるくらいなら——。

『わかりました……条件を……吞みます』

力のないかすれ声でつぶやいたとたん、兄たちが同時に膝《ひざ》を打ち、満面の笑《え》みを浮《う》かべた。

『そうか、よし、これで決まった』

『父上にも報告ができるな』

ようやく半年間の攻防《こうぼう》にケリがついたといった様子の、晴れ晴れとしたふたりの表情を恨《うら》みがましい眼差しで眺《なが》めていたぼくは、ふと、斜《なな》め上空からの視線を感じて顔を上げる。

『…………っ』

マクシミリアンが、青灰色の瞳でじっとぼくを見つめていた。目と目が合い、びくっと肩を揺らす。

『な、何？』

ぼくが彼の同行を嫌《いや》がったから、気分を害しているんだろうか。でもきっと彼だって内心では、ぼくのお目付役なんて面倒《めんどう》だと思っているのに違いない。

子供の頃《ころ》ならいざ知らず、二十歳《はたち》にもなった男のお守りなんて。

(厄介な任務を押しつけられたって思っているよな……絶対)

嫌みのひとつも覚悟していたら、落ち着いた低音が届いた。

『ルカ様が本当にひとり立ちなさったと感じた時には、私はローマに戻《もど》りますので』

『え?』

『それはお約束します』

つまりは、マクシミリアンの監視《かんし》から解放されたければ、ぼく自身のがんばりによって「ひとり立ちした」ことを周囲に認めさせるしかないということか。

おそらくはマクシミリアン自身も心の奥底では、一日も早い解任を願っているはず。その点、お互《たが》いの利害は一致《いっち》している。

だからといって、気持ちが軽くなるものでもないけれど。

それでも、マクシミリアンに約束してもらえたことが、せめてもの救いと自分を慰《なぐさ》めるしかなかった。

第一章

東京――四月。

天空からはらはらと舞《ま》い落ちる花びら。

薄《うす》いピンクの花びらのシャワーを浴びながら、ぼくはうっとりと目を細めた。

風に舞う桜を眺めているうちに、生まれて初めてのひとり歩き、そして慣れない東京の街に緊張《きんちょう》していた体が、ゆっくりと解《ほぐ》れていく。

イタリアにも桜はあったけれど、こんなに繊細《せんさい》じゃなかった。日本の桜は色が淡《あわ》くて、花びらも薄くて儚《はかな》い感じがする。もしかしたら種類が違うのかもしれないけれど。

（きれいだ……本当に）

桜並木で足を止め、天空から降りしきる花びらを手のひらで受けとめる。

桜の開花に間に合ってよかった。満開の期間はとても短いし、桜前線が東京に上陸する時季は、その年の気候によるとも聞いていたから心配していたのだ。もしあと数日日本に来るのが遅《おく》れていたら、間に合わなかったかもしれない。

春の日本で桜を見ることは、ぼくの長い間の夢だった。手のひらの花びらをじっと見つめて、その夢が叶《かな》った喜びをしみじみと噛《か》み締《し》める。

昔、母のお気に入りだった着物のうちの一枚が、桜の花をモチーフにしたもので、ぼくはその美しい色留め袖《そで》を着た母が大好きだった。

『これはなんのおはななの？』

まだ幼かったぼくが着物の裾《すそ》を引いて尋《たず》ねると、母が『桜よ』と教えてくれた。

『日本では春になると桜の花がいっせいに咲《さ》くの』

日本というのが母の生まれた国であることは知っていた。

母が故郷を離《はな》れた理由や、もうずっと長く故郷の土を踏《ふ》んでいないことを知ったのは、ずいぶんとあとになってからだったけれども。

『桜並木が桜色に染まって、たくさんの花びらが風に舞《ま》って、それはそれは美しいのよ……』

どこか懐《なつ》かしそうな表情でつぶやく母の言葉を耳に、子供心にもその幻想《げんそう》的で美しい風景を見てみたいと思った。

『おかあさま、いっしょに、にほんにさくらをみにいこうよ』

『そうね。琉佳《るか》がもう少し大きくなったら、お祖父《じい》様と瑛《あきら》に会いにいきましょう』

結局、約束は叶わないままに母は病に倒《たお》れてしまったけれど、母が亡《な》くなったあとで、ぼくは父にその桜の柄《がら》の着物を欲しいとお願いして譲ってもらった。

そうして今回、母の形見でもあるその一枚を東京まで持ってきた。

果たせなかった約束の代わりに、せめて母の着物と一緒に日本で暮らしたかったから——。

ぼくことルカ・エルネスト・ロッセリーニが憧《あこが》れの日本の地を踏んで、早三日が過ぎた。

桜のこともあったし、本当はもっと早くに来日したかったのだけれど、同行するマクシミリアンの仕事の引き継《つ》ぎに目処《めど》がつかず、なかなかイタリアを出発できなかったのだ。

どうやら最後の一ヶ月ほどは、レオナルドやエドゥアール、その他の重役たちと毎日のように会議を重ね、さらにその合間を縫《ぬ》って、イタリア国内はもとよりヨーロッパ各国の関係各社を飛び回っていたらしい。

いくら東京からの遠隔《えんかく》操作が可能とはいえ、ロッセリーニ・グループ全体のマネジメントにかかわっているマクシミリアンが本国を離れるのだから、それだけの大事になるのも当然と言えば当然。

その大変な状況《じょうきょう》を知ったぼくは、マクシミリアンに電話で『ひとりで先に行っていようか？しばらくはホテル暮らしでもいいし』と提案してみたのだが、即《そく》『とんでもありません！』と、却下《きゃっか》されてしまった。そんなに怖い声を出さなくても……と少しむっとしたけれど、あまりの迫力《はくりょく》にそれ以上はごり押しもできず……。

で、結局、ぼくとマクシミリアンのふたりが東京の地を踏んだのは、大学の始業開始まで一週間を切った四月の頭だった。

（だから、ぼくの世話役なんか断ってしまえばよかったのに）

兄さんたちも兄さんたちだ。グループにとってそんなに重要なポジションにいるマクシミリアンを、弟かわいさで日本に送り込むなんて、やっぱりどう考えてもおかしいよ。

でもまぁ……あの人たちが、ことぼく絡《がら》みとなると判断力が鈍《にぶ》るのは、今に始まったことじゃない。それにマクシミリアン本人は断りたくとも、父様の命令じゃ従うよりほかなかったんだろうし。

ため息をひとつ吐《つ》いたぼくは、降りしきる桜の中を歩き始める。

桜並木を抜《ぬ》けて歩道をしばらく歩いたところで、交差点にぶつかった。信号待ちの間、バッグのファスナーを開き、中から手のひらサイズの地図を取り出す。東京二十三区の道路地図と、電車や地下鉄の路線図が載《の》っている便利なマップで、出際《でぎわ》に携帯《けいたい》電話と一緒にマクシミリアンから手渡《てわた》されたものだ。

電車と地下鉄の乗り方は、昨日マクシミリアンと一緒に最寄《もよ》りの駅まで行って、実戦でレクチャーしてもらってあった。日本語は幼少時から母に教わってきたので、ほとんどネイティブと変わらないくらいに使えるはずだし、読み書きも不自由はない。

ひとりで電車に乗るのは初めてだったから、ちょっとドキドキしたけど、日本の駅はサインシステムがしっかりしているので迷うこともなく、無事に乗り換《か》えもできた。車内もきれいで発着時間も正確で、大学に通うのに不便はなさそうだ。

車での送り迎《むか》えは避《さ》けたかったので、これは助かった。

できれば、大学の他の学生たちと変わらない普通《ふつう》の生活がしたい。みんなの中に自然と溶《と》け込みたい。常にSP付きで学友たちに遠巻きにされていたフィレンツェの大学の二の舞は避けたかった。

そのためには一日も早く、日本の生活に慣れなくてはいけないのだ。

(今日は、そのための第一歩だ)

ちょうど信号が青になったので、左右を確かめたぼくは、慎重《しんちょう》に一歩を踏み出す。

――昨夜のことだ。

どうしても明日出かけたい場所があると切り出すと、案の定、マクシミリアンの秀麗《しゅうれい》な顔が憂いを帯びた。その日――つまり今日は、本国とのテレビ電話会議が入っており、マクシミリアン自身はマンションを離れられなかったからだ。

はじめは「ひとりで出かけるのはまだ早すぎます」と反対されたが、「どのみちこれから大学にはひとりで通うことになるんだから、早めに練習して慣れておいたほうがいいじゃない」と説得して、なんとか外出許可をもぎ取った。

渋々《しぶしぶ》と、「日が暮れる午後五時までには必ず戻ること」を条件に、ぼくの外出を認めたマクシミリアンだったが、昼過ぎに出かける際の玄関《げんかん》での教育的指導は三十分にも及《およ》んだ。

ちなみに、日本の地を踏んだ瞬間《しゅんかん》からイタリア語は禁止され、彼との会話はすべて日本語で交《か》わされている。マクシミリアンも十代の早い頃《ころ》からぼくの母に教わっていたので、日本語はほぼ完璧《かんぺき》にマスターしているのだが、「お互いにより高度なレベルを目指すためには日々の地道な鍛錬《たんれん》が不可欠です」というのが彼の主張だった。

「何かわからないことがあったり、道に迷ったりしたら、すぐにこの携帯で私に連絡《れんらく》を入れてください。登録ナンバーの一番を押せば、私の携帯に繋《つな》がるようになっていますから。いいですね？」

「うん、わかった」

「それと、誰《だれ》かに話しかけられたり、どこかへ行こうと誘《さそ》われても、絶対についていってはいけません」

「知らない人間についていったりしないって」

「知っている人間にもです。もし強引《ごういん》に連れ去られそうになった場合は、大声で叫《さけ》んで抵抗《ていこう》すること。こちらに暴漢撃退《げきたい》用のスタンガンを用意しましたので、いざという時に使ってください」

「女の子じゃないんだから、そこまで大げさにしなくてもいいんじゃ……」

「いいえ。用心するに越《こ》したことはありません。ついでに防犯ブザーも持っていってください」

「こんなにたくさんポケットに入らないよ」

「そのために肩掛《かたか》けのバッグをご用意いたしました。はい、これを肩から斜《なな》めに掛けて。いいですか。昼間でも油断は禁物です。薄暗《うすぐら》い裏道などには絶対に足を踏み入れませんように。必ず人通りの多い広めの道を使ってください。背後から車が来たら、道の端に体を寄せ、距離《きょり》を取ってやり過ごしましょう」

「わかった。そうする」

「お財布《さいふ》は持ちましたか？　紙幣《しへい》は四種類、コインは六種類です。また、自動販売機によっては、高額紙幣が使えない場合もありますのでご注意ください。プリペイド型の電子マネーカードも入れてありますので、交通機関を利用する際はそちらを使うように。それから、途中《とちゅう》で何か買って食べるのはできるだけ回避してください。夕食が食べられなくなりますので」

「……わかった」

あまりの注意事項《じこう》の多さに出かける前からぐったりしかけた頃、

「五時までにお戻《もど》りください。では、お気をつけて行ってらっしゃいませ」

そう言って、やっと玄関から送り出してくれた。――かと思ったら、エレベーターに一緒に乗り込み、結局マンションのエントランスまで見送られた。

（もう……子供じゃないんだからさ）

文句のひとつも言いたかったけれど、実のところ、ボディガードやお付きのスタッフなしでの外出は生まれて初めての経験だった。営利誘拐《ゆうかい》が頻繁《ひんぱん》に起こるイタリアでは、ひとり歩きなんてまずもってあり得ない。日本ではぼくの顔が知られていないのと、世界で一、二を争うほど安全な国ということで、マクシミリアンも不承不承許してくれたのだろう。

誰にも見張られずに自由に外を歩く解放感と、興奮と、緊張《きんちょう》とで、はじめは情けなくも足が震《ふる》えた。でも、歩いているうちにだんだんと慣れてきて、目的の駅に下り立った頃には周囲の風景を楽しむ余裕《よゆう》も出てきた。さっきの桜並木のおかげで、ずいぶんリラックスできた。

「そろそろ……このあたりのはずだけど」

マンションがある麻布《あざぶ》周辺は近代的な建築物が多かったが、この近辺の住宅街には年季の入った日本家屋が多く軒《のき》を連ねている。一軒《いっけん》あたりの敷地《しきち》面積も広い。いわゆる、お屋敷《やしき》町というものなのかもしれない。日本に来て、着物姿の人をほとんど見かけないことにがっかりしたけど、ここなら和装で歩いてもしっくりと街並みに溶け込めそうだ。

しっとりと落ち着いた町並みと、手の中の地図とを見比べながら進むこと数分。

「ここだ」

白壁《しらかべ》の塀《へい》に記された番地の標識を見て足を止める。

ついに探し当てた目的地は、お屋敷町の中でもひときわ風格のある日本家屋だった。

塀に沿ってぐるりと歩いて、瓦葺《かわらぶ》きの表門の前まで辿《たど》り着く。

表札には、深い墨色《すみいろ》で【杉崎《すぎさき》】とあった。

――間違《まちが》いない。

そう思ったとたんに胸がドキドキし始める。

ついに、ここまで来たのだ。

表門に近づき、ぴったりと閉《と》ざされた格子《こうし》戸の隙間《すきま》から中を覗《のぞ》き見る。庭の向こうに平屋造りの屋敷の様子がうっすら見えたが、いかんせん距離が遠い。耳を澄《す》ましてみたけれど、邸内《ていない》はしんと静まりかえっていて、住人の気配は感じられなかった。

いきなり呼び鈴《りん》を鳴らす勇気が持てなかったぼくは、屋敷の周りをさらに半周した。表門のちょうど裏あたりまで来ると白壁の塀が途《と》切《ぎ》れる。そこは一部分が白竹でできた垣根《かきね》になっていた。竹と竹の隙間から覗いてみると、手入れの行き届いた日本庭園の様子が垣間見《かいまみ》える。

まず目に飛び込んできたのは、一本の大きな桜の樹《き》。

シチリアの【パラッツォ・ロッセリーニ】のパティオにも、かなり年代物のオリーブの樹があるけれど、幹の太さから推測してもあれと同じくらいの樹齢《じゅれい》はありそうだ。

庭の半分を覆《おお》うほどに伸《の》びた枝から、はらはらと花びらが散って、樹木のたもとの池の水面を桜色に染めている。

幻想《げんそう》的な風景に思わず見惚《みと》れていたぼくは、ほどなく肩をぴくっと揺《ゆ》らした。

「あ……」

庭の片隅《かたすみ》にひっそりと座っている、ひとりの和装の老人の姿を視界の端に捉えたからだ。まるで銅像か何かのように動かないので、すぐにはその存在に気がつくことができなかった。

白髪《しらが》の老人は、微動《びどう》だにせず、じっと桜の樹を見上げている。その皺《しわ》深い横顔を、ぼくは息を潜《ひそ》めて見つめた。彼の目鼻立ちに記憶《きおく》の中の母の面影《おもかげ》を見つけて、心臓がトクンと跳ねる。

やがてぼくは、彼が座っているのが椅子《いす》ではなく、車椅子であることに気がついた。膝掛《ひざか》けで隠《かく》れているけれど、もしかしたら脚《あし》が悪いのだろうか。

（お祖父《じい》様）

心の中でそっと呼びかけてみる。

だけど、声に出す勇気はなかった。

「…………」

無意識に両手をぎゅっと握《にぎ》り締《し》め、黙《だま》って老人を見守っているうちに、どこかから「旦那《だんな》様」という声が聞こえてくる。

ほどなくして庭の奥から初老の男性が現れ、老人に近づいた。

「少々冷えて参りました。そろそろ中に入りましょう」

無言のまま老人がうなずき、男性が車椅子を回転させてゆっくりと庭の奥へと押していく。

ふたりの姿が視界から消えるまで見送ってから、ぼくはそっと垣根から身を剝《は》がした。

とりあえず、今日はここまでだ。

場所はわかったし、これからはいつだって来たい時に来ることができる。

自分にそう言い聞かせたぼくは、日本家屋をあとにした。

母が祖父に勘当《かんどう》されていたこと。その理由をぼくに教えてくれたのは、ぼくのもうひとりの兄だ。

彼の名は『早瀬瑛《はやせ》』といって、年齢《ねんれい》はぼくより九つ上。ぼくが彼と初めて会ったのは、つい半年前のことだった。

父と結婚《けっこん》する前の母が、若い頃に日本人男性と結婚しており、その人との間に一児があったことは知っていた。けれど、遠く日本で暮らす彼とは、それまで顔を合わせる機会がなかった。

ぼく自身は、母によく彼の話を聞かされて育ったこともあって、日本にいるもうひとりの兄にずっと憧《あこが》れを抱《いだ》いていた。会ったことのない、どこに住んでいるのかもわからない彼の存在は、いつか日本に行きたい理由のひとつでもあったのだ。

だけど彼——瑛さんは、そもそもぼく——つまり異父弟の存在自体を知らなかったらしい。

彼のお父さんと別れたあとに母がイタリアに渡《わた》ったことも、家庭教師として雇《やと》われていた先の館《やかた》の主人と再婚《さいこん》して、ぼくを産んだことも知らなかったようだ。

そんな彼を長兄《ちょうけい》のレオナルドが捜《さが》し出し、シチリアへ連れてきたのが昨年の夏。その後も彼は日本に帰らず、イタリアに留《とど》まった。現在はロッセリーニ・グループのスタッフの一員となって、レオナルドのサポート役を担《にな》ってくれている。

彼がまだ客人として【パラッツォ・ロッセリーニ】に滞在《たいざい》していた頃《ころ》に、期せずしてぼくは念願だった兄と、それとは知らずに初対面を果たした。

彼はとても母に似ていた。思わず息を呑《の》むほどに似ていた。

うりざね型の白い貌《かお》。細い眉《まゆ》。眦《まなじり》が深く切れ込んだ切れ長の双眸《そうぼう》。髪《かみ》の色が映り込んだような黒い瞳《ひとみ》。ほっそりとした鼻筋に薄《うす》い唇《くちびる》。

それでいて決して女性的ではなく、凜《りん》と涼《すず》やかで、透明《とうめい》な威厳《いげん》に満ちていて……。

かなりあとで、彼の父親だった人が早瀬組という任侠《にんきょう》組織の組長で、祖父にあたる人は『伝説の博徒《ばくと》』であったという話を聞いて、なるほどと納得《なっとく》した。日本の任侠というのが、シチリアにおけるマフィアとほぼ同義語の存在であるという知識はあったから。

秋頃《ごろ》にレオナルドの紹介《しょうかい》で正式に彼と引き合わされ、そこで初めて、同じ母を持つ兄弟として会話を交《か》わした。長く憧れだった人を前にして緊張するぼくを、瑛さんはやさしく抱《だ》き締めて、「琉佳、きみが弟でとても嬉《うれ》しい」と言ってくれた。

その言葉に胸が熱くなり、ちょっぴり泣いてしまった。

父親の死後はずっとひとりぼっちだったらしい彼と会って、抱き合うことができてよかったと心から思った。

ぼくたち異父兄弟を見つめるレオナルドもすごく嬉しそうだった。

それからぼくらはソファに並んで座り、いろいろな話をした。

その時、彼が母とその実家の関係を話してくれたのだ。

やくざの組長であった瑛さんのお父さんと結婚したことで、母は格式高い名門の実家から勘当された。しかしその後、娘《むすめ》を心配した母親――ぼくらの祖母が心労のあまりに病に倒《たお》れてしまった。看病したいが敷居《しきい》を跨《また》ぐことを許されない母のために、瑛さんのお父さんは、わざと妻を「瑛を置いて出ていけ」と突《つ》き放し、一方的に離縁《りえん》を申《もう》し渡した。夫が心変わりしたと思い込んだ母は、傷心のまま実家へ戻《もど》り、祖母の最期《さいご》を看取《みと》った。

だが、厳格な祖父の怒《いか》りは祖母の死後も解けず、ふたたび実家を出ることに――。

語学が堪能《たんのう》だった母はイタリアへ渡り、当時、子供たちの家庭教師を探していたシチリアのロッセリーニ家に雇われた。

その話を聞いてやっと、時折懐《なつ》かしそうに日本の思い出話をしながらも、最期まで母が故郷に帰らなかった理由がわかった。

母は、祖父に、そして日本に残してきた息子《むすこ》に、会いたくても会えなかったのだ。

「すべてを失って、追われるように日本を離れた母の心中を思うといまさらながらに胸が痛む。だからこそ、シチリアで新しい居場所を見つけ、新しい家族を作ることができて本当によかったと、息子として心から思う」

瑛さんのしみじみとした声音を耳に、ぼくも大きくうなずいた。

その後、今年になってぼくの留学が正式に決まった翌日にレオナルドが電話をしてきた。そうして『もしおまえが会いたいと願うのなら』と、日本の祖父の住所を教えてくれた。

『俺も今度日本に戻ったら、祖父を訪ねてみるつもりだ。……会ってくれるかどうかはわからないけれど』

レオナルドと電話を替わった瑛さんの物憂《ものう》げな声が、ぼくの胸にもつきっと突き刺《さ》さった。

……そうなのだ。

祖父はまだ母を許していないかもしれないのだ。

勘当した娘の子供であるぼくたちも、祖父にとっては忌《い》むべき存在なのかもしれなくて。

祖父はことさら、やくざを忌み嫌《きら》っていたと言う。その血を引く瑛さんはもとより、ぼくにもマフィアの血が流れているのだから、条件としては同じだ。

面と向かって拒絶《きょぜつ》される可能性を思うと、心が萎縮《いしゅく》する。祖父に面会を申し込んで「あなたの孫です」と名乗り出る勇気はまだ——今のぼくには持てなかった。


約束の五時の五分前。

約四時間に及《およ》ぶ冒険《ぼうけん》から無事に帰宅したぼくは、マンションのエントランスの操作盤《ばん》に右手をかざした。センサーが掌紋《しょうもん》を読み取り、照合するまで待つ。このセキュリティシステムは、登録した掌紋にしか反応しない最新式なんだそうだ。

東京の住居を探すに当たって、マクシミリアンが何より重要視したのが「安全性」だった。加えて大学に近く、それなりの広さがある——という三つの条件をクリアできたのがこの麻布のマンションだったわけだ。

ピーッとオートロックが反応して、木製の扉《とびら》が音もなくするするとスライドする。ぼくがエントランスロビーへ足を踏《ふ》み入れるのとほぼ同時に、応接スペースの肘《ひじ》掛け椅子《いす》のひとつから、長身の男がすっと立ち上がった。

「お帰りなさいませ」

「……マクシミリアン」

予期せぬ出迎《でむか》えに、ぼくはびっくりして立ち竦《すく》む。

（って、いつからここで待っていたんだろう？）

「四時五十六分。きちんと約束の時間にお戻りになりましたね」

腕時計《うでどけい》の文字盤からぼくに視線を転じたマクシミリアンが、よくできましたとばかりにレンズの奥の青灰色の双眸を細めた。

その怜悧《れいり》に整った顔を上目遣《うわめづか》いに見上げて、ぼくはぼそぼそと文句を言った。

「わざわざ下で待っていなくたって、ちゃんと部屋まで戻れるよ」

しかしその抗議《こうぎ》はあっさりスルーされる。傍《かたわ》らに立ったマクシミリアンに「お部屋に戻りましょう」と促されたぼくは、釈然《しゃくぜん》としない気分をぐっと呑み込んで、ピカピカに磨《みが》き上げられた大理石の床《ゆか》を歩き出した。

ベージュを基調にモノトーンでまとめられた内装、シックで現代風なインテリアで統一された空間は、デザイナーズホテルのロビーのようだ。

生まれ育った【パラッツォ・ロッセリーニ】もフィレンツェの屋敷《やしき》も年代ものの建築物で、内装もかなりデコラティブだったので、こういった近代的な雰囲気《ふんいき》はぼくにとって新鮮《しんせん》だった。

ホールに四台並ぶエレベーターの一基を、マクシミリアンがボタンを押して開ける。ドアを片手で押さえ、ぼくを先に通してから乗り込んできた彼が、ルームキーを兼《か》ねたカードをスリットに差し込んだ。差し込んだままで最上階の『15』というボタンを押すと基盤《きばん》が反応して、スライドドアがするすると閉まる。これを差し込まない限りは、『15』のボタンが反応しない仕組みなので、カードキーを持つ十五階の住人以外は、フロアそのものに立ち入れなくなっている。

エントランスの掌紋システムとこのエレベーターと部屋のドア——という三重のバリアが、イタリアにおけるボディガードの代わりというわけだ。

(それと……マクシミリアン)

父の片腕《かたうで》であり、また最強のボディガードでもあった長身の男を、ぼくはこっそり横目で窺《うかが》った。百七十センチのぼくと彼とでは十五センチ以上の身長差があるので、首を傾《かたむ》けなければ顔が見えない。

秀《ひい》でた額から高い鼻梁《びりょう》にかけての鋭角《えいかく》的なラインが彫像《ちょうぞう》みたいだ（ドイツ・ゲルマンの血が流れているという噂《うわさ》だけど、それもうなずける）。アッシュブラウンの頭髪《とうはつ》はいつものようにオールバック気味に、ぴったりと撫《な》でつけられている。白いシャツにネクタイにベストが、どうやら彼の日常着らしい。外出の時はその上にジャケットを羽織る。一緒《いっしょ》に暮らし始めて三日が経《た》つけれど、いまだに彼がそれ以外のくだけた服装をしているのを見たことがなかった。ネクタイを緩《ゆる》めたところでさえ――。

ぼくが起きた時にはもう完璧《かんぺき》に身支度《みじたく》を整えているし、夜もぼくより遅《おそ》くまで起きているので、どんな格好《かっこう》で眠《ねむ》っているのかもわからなかった。そもそもマクシミリアンが眠るというのからしてぴんとこない。朝、昼、晩と一緒に食卓《しょくたく》を囲んでいるから、食事をすることはわかっているけど。

（なんだかサイボーグみたいだ）

ついつい、そんな失礼な感想を抱《いだ》いていたら、唐突に話しかけられる。

「お祖父《じい》様のご様子はいかがでしたか」

「え？」

その不意打ちに驚き、ぼくはマクシミリアンに向き直った。

「な、なんで知って……まさかつけてきたの⁉」

ぼくが大きな声を出しても、マクシミリアンは眉《まゆ》ひとつ動かさない。

「いいえ。私は会議がありましたので動けませんでした」

「じゃあ、なんで⁉」

「ルカ様が日本でまず一番にお会いしたい御方《おかた》といえば、お祖父様以外にいらっしゃらないでしょう」

静かな声音の指摘《してき》に一瞬《いっしゅん》ぐっと詰《つ》まってから、きゅっと唇《くちびる》を噛《か》み締《し》めた。

──なんでもお見通しということか。

平然としている男を軽く睨《にら》みつけたところでケージが停《と》まる。

「到着《とうちゃく》いたしました」

『開』のボタンを指で押すマクシミリアンの脇《わき》を擦《す》り抜《ぬ》けて先に降りた。チャコールグレイの絨毯《じゅうたん》を踏みしめ、廊下《ろうか》の突き当たりまで歩く。扉の前で足を止めたぼくの肩越しに、マクシミリアンがカードキーをスリットに差し込んだ。

ドアを開けると広々とした玄関《げんかん》が現れる。日本の人たちはここで靴《くつ》を脱《ぬ》ぐようだが、ぼくたちにはその習慣がないので、靴を履《は》いたまま室内へ上がる。

後ろでパタンとドアが閉まる音が聞こえた瞬間《しゅんかん》、覚えずため息が落ちた。

（これでまたマクシミリアンとふたりきり……）

心の中でつぶやいて、げんなりする。

マクシミリアンがお目付役として同行すると決まった時から、ある程度覚悟《かくご》はしていたつもりだったけれど、狭《せま》いマンションでふたりで暮らす生活が、ここまで息苦しいものだというのは予想外だった。

子供の頃《ころ》も【パラッツォ・ロッセリーニ】で一緒に暮らしていたけれど、とにかく屋敷が広かったし、マクシミリアンは使用人たちの部屋がある三階で寝起《ねお》きしていたので、こんなふうに朝から晩まで四六時中顔を合わせるようなことはなかった。

今は寝室《しんしつ》こそ別だけど、キッチンもバスルームも一緒で……。

それでも、日本の住宅事情を鑑《かんが》みれば4LDKは広いほうらしい。外国人居住者専用のマンションだから、他《ほか》の物件と比べて天井《てんじょう》が高く、リビングもそれぞれの部屋もバスルームも、ゆったりめに造られているそうだ。

一軒家《いっけんや》という選択《せんたく》も、もっと広い物件もなかったわけではないらしいが、マクシミリアンいわく、「都心であまり広い住宅に住んでいると、それがご学友の間で評判になる可能性があります。そういった噂が広がることによって予期せぬトラブルが発生する危険性もありますので、できれば避《さ》けたほうが賢明《けんめい》です」とのこと。

ロッセリーニ・グループというバックボーンを隠《かく》して暮らす以上は、その言い分ももっともだと思ったし、だからこそ、マクシミリアンが選んだこのマンションに納得《なっとく》して越《こ》してきたわけだけど。

(それにしても……息苦しい)

SP付きの生活から解放され、憧《あこが》れの日本で暮らし始めたのに、開放的な気分になるどころか、日に日に息が詰まっていくような気がする。

「ルカ様」

ぼんやり廊下に立ち尽《つ》くしていたぼくは、リビングからの呼びかけにはっと肩《かた》を揺《ゆ》らした。

「ご夕食ですが、これから支度に取りかかりますが、六時でよろしいでしょうか？」

「あ……うん」

うなずいてから、改めてマクシミリアンの顔を見つめ、しばらく逡巡《しゅんじゅん》したのちにおずおずと切り出す。

「あの……手伝おうか？」

「ルカ様？」

「……食事の支度とか。その……たいしたことはできないけど」

ぼくの申し出に、意外そうに切れ長の目を見開いたマクシミリアンが、ややあって首を横に振《ふ》った。

「いいえ、結構です。お気持ちは大変にありがたいですが、ルカ様のお手を煩《わずら》わせるわけには参りません」

「でも……」

ここで共に暮らし始めてから、三度の食事、掃除《そうじ》、洗濯《せんたく》といった家事の一切《いっさい》をマクシミリアンに任せっきりなことが気になっていたのだ。たしかにマクシミリアンは何をやらせても有能で、どんなこともそつなくこなすけれど、彼の本来の能力を活《い》かせる仕事は、どう考えても家事じゃない気がする。

実はこの件についても一度話し合い、「通いの家政婦を雇《やと》ったらどう？」と提案してみたのだが、「日本にはまだ信用できる人間がおりません」と却下《きやつか》されてしまったのだ。

「見ず知らずの人間を部屋に入れるくらいなら私がやります。長年の一人暮らしで慣れておりますから」

有無《うむ》を言わせぬ口調でそう断言されてしまえば、それ以上は強く言えなかった。

「私が用意をしている間、ルカ様は明後日《あさって》からの大学の講義の予習をなさってください。私はルカ様が勉学に専念できる環境《かんきよう》を整えるためにここにいるのですから。ご幼少時より慣れ親しんでいらっしゃるとはいえ、日本語で授業を受けるのは初めての経験ですしね」

「………」

真面目な顔で正論を述べられたぼくは、黙《だま》ってすごすごと自分の部屋に引っ込んだ。

「はぁ……疲《つか》れた」

自室に入るなり、ライティングデスクの上にバッグを置き、ベッドの端《はし》にへたっと座り込む。外出の間中緊張《きんちょう》していたせいか、今になってどっと疲労感が押し寄せてきた。

ぱたんとベッドに仰向《あおむ》けになって、ゆっくりと目蓋《まぶた》を閉じる。目を瞑《つぶ》ってじっとしていると、ドアの向こうからかすかにキッチンの水音が聞こえてきた。

せめて少しでも何か手伝えたらいいんだけど。

生まれてから一度も、調理用のナイフを持ったことはおろか、食器を洗ったことすらない自分は、おそらく一緒にキッチンに立ったところで足手纏《あしでまと》いになるだけだ。それを思うと気後《きおく》れがして、さっきもあれ以上は言えなかった。

(大変だよな。……マクシミリアン)

慣れない土地で本国と仕事をしながら、お目付役としてぼくを監視《かんし》しつつ、何もできないぼくの生活の面倒《めんどう》まで見て……。

マクシミリアンの大変さを想像するにつれて、じわじわと情けない気分になってくる。

自分とマクシミリアンの関係は、昔から全然変わっていない。

子供の頃、利発な兄たちに比べて呑《の》み込みの悪い自分に、それでもマクシミリアンは根気強く勉強を教えてくれた。

何をするにも愚図《ぐず》な自分に呆《あき》れず——しかし決して手を貸さず——自分で解けるようになるまでいつまでも、何時間でも待ってくれた。

そうして、やっとなんとか問題を解くと、「よくできましたね」と頭を撫でてくれた。

いつもにこりとも笑わず、一線をきっちりと引いて敬語を崩《くず》さないマクシミリアンが、その時だけやさしく微笑《ほほえ》んでくれるのが嬉《うれ》しくて、もっと彼に誉《ほ》めてもらいたくて、その一念《いっ》で一生懸命《しょうけんめい》がんばった自分……。

そのうちにだんだんと勉強のコツが摑《つか》めるようになってきて、マクシミリアンの手をさほど煩わせることもなくなった。高校、大学と、ロッセリーニの名前を汚《けが》さない程度の成績を収めることができたのも、今回の編入試験に受かることができたのも、元を辿《たど》ればマクシミリアンのおかげだ。それについては、本当に感謝している。

今から十年前——父と一緒《いっしょ》にローマに居を移したマクシミリアンは、同時にぼくたち兄弟の世話役も卒業して、父の片腕《かたうで》となった。ほどなく父と連れだって世界中を忙《いそが》しく飛び回るようになり、滅多《めった》にシチリアには戻《もど》ってこなくなった。

突然《とつぜん》遠い存在になってしまったマクシミリアンと、たまに【パラッツォ・ロッセリーニ】で顔を合わせても、ひどく大人びて見える彼とは昔のように素直《すなお》に話せなくなってしまって……。

年を追うごとに疎遠《そえん》になり、いつしかパーティくらいでしか会わなくなった。それも、「お元気そうで何よりです」「マクシミリアンも元気そうだね」などと、当たり障《さわ》りのない会話をひとことかふたこと交《か》わす程度。

それが急に、十年ぶりに一緒に暮らすようになっても、どう対応していいのかわからない。

マクシミリアンと、どんなふうに接すればいいのか。

「わからないよ……」

途方《とほう》に暮れた声でひとりごちて、ぼくは顔を右腕《みぎうで》で覆《おお》った。

第二章

大学での授業が始まった。

ぼくが編入したのは広尾《ひろお》に広大なキャンパスを擁《よう》する私立大学で、学力レベルは日本の私大の中で一、二を争うランクにある。特に経済学部は、アメリカから講師を呼んだり、交換《こうかん》留学生を受け入れたりと海外との交流も盛んで、国内でもトップのレベルにあった。

それだけにさすがに編入のハードルは高く、試験も難しかった。でもフィレンツェの大学より劣《おと》る大学では父や兄たちを説得できないと思い、一年間必死でがんばったのだ。

だからその努力が報《むく》われて合格の通知が届いた時は本当に嬉しかった。

そして実際に今日から通い始めた大学は、キャンパスに緑が多く、校舎もきれいで雰囲気も明るくて（フィレンツェの大学は歴史がある分、いかんせん校舎の建物自体が古かった）、申し分のない環境だった。図書館やメディアセンターなどの設備も充実《じゅうじつ》している。

内心かなり緊張しながら初めての講義を受けたあと、その授業内容を問題なく理解できたことにほっとしつつ、ぼくは大教室から出た。一般《いっぱん》的な読み書き、会話は大丈夫だという自負があったけれど、果たして大学での授業に通用するかが心配だったから。

（よかった。なんとかついていけそうだ）

安堵《あんど》したとたんに空腹を覚える。腕時計《うでどけい》を見れば十二時十五分。ランチタイムだ。十分も歩けば広尾の街中に出られるけれど、まずは学食を試《ため》してみようと構内を歩き始める。

昨日の夜、マクシミリアンに「ランチボックスを用意いたしましょうか」と訊《き》かれたのだが、そのためには彼が早起きしなければならないと思って断ったのだ。これ以上マクシミリアンの雑用を増やしたくない。

朝いちで受けたガイダンスによれば、キャンパス内には、本館地下の大食堂と南館の生協内の学食、西館一階のカフェテリアの、計三つの学食がある。天気がよかったのでカフェテリアを選んだ。

どんな施設《しせつ》がどこにあるかは留学生用のオリエンテーションセミナーで説明されていたから、広大なキャンパス内をさほど迷うことなく、西館のカフェテリアに辿り着くことができた。

「うわ……すごい」

一面のガラスからさんさんと陽《ひ》が差し込む明るい空間――二百席という広大なホールに、たくさんの学生がひしめき合っている。わいわい、がやがや、おしゃべりしながらランチをとっている彼らのほとんどが、ぼくと同じく、黒い瞳《ひとみ》で髪《かみ》の色も茶色か黒だ。ひとりひとりの髪や瞳、肌《はだ》の色が違《ちが》って当たり前という環境から来た身にしてみれば、ちょっと不思議な光景ではあるけれど、改めて日本に来たんだなぁという感慨《かんがい》も込み上げてくる。

でもそのおかげで、みんなの中にすんなり溶《と》け込むことができる。留学生というだけでむやみやたらと目立たずに済むのはありがたかった。

「余計な注目はできるだけ集めずに済むに越《こ》したことはありません。行動を制約する必要はありませんが、学生として、そしてロッセリーニ家の一員として、節度を保った言動を心がけてください」

出がけにマクシミリアンから念押しされた『登校に当たっての心得』を脳裏《のうり》に還《かえ》したぼくは、椅子《いす》とテーブルがずらりと並んだホールをぐるっと見渡《みわた》した。壁際《かべぎわ》の一角に、蛇行《だこう》した長いカウンターを認める。カウンターの奥が厨房《ちゅうぼう》スペースになっているようで、白衣を着たスタッフが忙しそうに立ち働いているのが見えた。その蛇行したカウンターに沿って学生たちが一列に並んでいる。

「あそこに並ぶのか」

みんなに倣《なら》い、とりあえずぼくも列の最後尾《さいこうび》に並んだ。順番を待つ間に、前のほうの学生の行動を観察してみる。彼らは手にしたトレイの上に、ストックスペースから自分が欲しいものをピックアップして載《の》せていた。

（なるほど）

カウンターに沿って前進しつつ、順番に飲み物や食べ物をトレイに載せていって、最後にあそこのレジで精算するわけか。システムを把握《はあく》したぼくは、積み上げてあったトレイの一番上の一枚を手に取り、カウンターの向こう側を覗《のぞ》き込んだ。

まず最初はドリンクコーナーだった。これは迷わず炭酸の入っていないミネラルウォーターのボトルを取る。

次のコーナーはサンドイッチやパニーニ、ベーグル、うどん、蕎麦《そば》、おにぎりなどの炭水化物がずらりと並んでいた。

あまりに種類があって目移りしてしまう。食事は基本的にフィレンツェの屋敷《やしき》専属の料理長にお任せで、今まで自分で選んだり、リクエストしたりしたことはほとんどなかった。それに、そもそもイタリアにはこんなにたくさんの食べ物の種類がない。

あれこれ迷った挙げ句にひとつに決めきれなかったぼくは、結局『アボカドとルッコラのパニーニ』と『チーズとハムのカスクート』の両方をトレイに載せた。

次はサラダ。五種類の中から『豆腐《とうふ》と春菊《しゅんぎく》の韓国《かんこく》風サラダ』を選ぶ。

サイドディッシュは『ペンネアラビアータ』をチョイス。

メイン。どうやらこれは厨房に注文するようだ。どれもおいしそうでかなり目移りしたけれど、最終的にココナッツと香辛料《こうしんりょう》の匂《にお》いにそそられて『タイ風　チキンのグリーンカレー炒《いた》め』に決めた。厨房スタッフがカレー炒めを器《うつわ》によそってくれている間に、ドルチェのショコラムースを手に取る。もうトレイがいっぱいだ。最後のスープが載るだろうか。もう一枚トレイを取ってきたほうがいいのだろうか。迷いながらも、コーンポタージュとミネストローネとみそスープのうちのどれにするか、メニューボードをじっと見据《みす》えた時だった。

「もうやめといたら？」

肩越《かたご》しに声がかかって、ぴくっと肩を揺《ゆ》らす。怖々《こわごわ》と背後を振《ふ》り返ると、ぼくとそう変わらない年頃《としごろ》の青年と目が合った。

「あ……」

背が高くて目鼻立ちがすっきりと整った――レオナルドやエドゥアールとはタイプが違うけれど――かなり見目麗《みめうるわ》しい青年だ。シャギーの入った明るいさらさらの髪と、やはり明るい色の瞳。長袖《ながそで》のカットソーとジーンズに包まれた手脚《てあし》がすらりと長い。

一見してファッション雑誌のモデルみたいな、いかにも現代風なルックスの見知らぬ青年にいきなり話しかけられたことに、内心で動揺《どうよう》していると、端整《たんせい》な面《おも》立《だ》ちの彼が眉根を寄せて言った。

「もうトレイに載らないじゃん。本当にこんなに食えるの？」

「え？」

彼の確認の声に促《うなが》され、改めて下を向いたぼくは、隙間《すきま》なくみっしりと埋《う》まったトレイにいまさらおののく。

たしかに……これだけの量を完食する自信はない。

「今のままだと確実に千円超《こ》すぜ？」

狼狽するぼくの顔にじっと視線を据えて、彼が言葉を重ねてきた。

「学食で千円超えなんて、運動部の猛者《もさ》くらいだって。あんた、そんな細っこい体して実は大食いチャンピオンだったりしないよな？」

「大食いチャンピオン？」

意味がわからなかったけれど、どちらかといえば食は細いほう――この一週間でマクシミリアンにも眉をひそめられたくらい――なので、首を左右に振った。

「違います」

「じゃあさ、コレとコレは余分っぽいからやめときなよ」

言うなり、彼が『アボカドとルッコラのパニーニ』と『チーズとハムのカスクート』をトレイの上からひょいひょいっと摑み取る。

「あんただったら、カレー炒めとペンネとサラダで充分《じゅうぶん》だと思うけど。デザートは別腹としてもさ。ここのって結構量も多いし」

アドバイスをくれる彼のトレイを見れば、ナスのドライカレーとメンチカツ、ポテトサラダが載っている。背が高くてよく見れば引き締《し》まった筋肉質の彼が三品――となると、明らかにぼくの六品はキャパシティオーバーだろう。

「あのさ、別に全部のコーナーから律儀《りちぎ》に選ばなくてもいいんだぜ？」

「……いいんですか？」

てっきりコース料理のように、全部のカテゴリーからひとつずつ選ぶものだと思っていた。

「そ、食いたいもんを食いたいだけ取ればいいの。サラダだけでも、デザートだけでも、なんだったら飲み物だけでもオッケー」

「ああ、そうか」

納得《なっとく》してうなずくぼくに「じゃあ、これ戻《もど》すぜ」と断って、彼がカスクートとパニーニをストックスペースに戻してくれた。親切な人だ。

「ありがとう」

お礼を言ったら、軽く肩をすくめた。スタイルがいいせいか、そんな仕草がすごくスマートに決まって見える。

「余計なお節介《せっかい》だったらごめん。でもさっきから後ろで見てて、さすがに載せすぎだろうって気になってさ」

「ううん、ありがとうございました。助かりました」

ぺこっとお辞儀《じぎ》をしたぼくは、会計のためにレジへ進んだ。

「八百六十円です」

ジャケットのポケットから財布《さいふ》を取り出して支払《しはら》いを済ます。おつりのコインを受け取り、財布にしまってほっと一息。まだお金を扱《あつか》うことに慣れていないので、どうもいちいち緊張《きんちょう》してしまう。

（全部カードで済ませられたら楽なんだけどな）

そんなことを思ってすぐに否定した。自分でお金を管理するのだって立派な社会勉強だ。いつかきっと役に立つ。

空席を探したが、あいにくどの席も埋まっていた。隙間なく学生でいっぱいのフロアをトレイを持ってうろうろしていたら、後ろからぼやき声が聞こえてくる。

「さっすが年度初め、混《こ》んでやがんなー。満席じゃん」

いつの間にか先程《さきほど》の親切な彼が斜《なな》め後ろに立っていて、ふたたび目が合ったとたんに話しかけられる。

「なぁ、ひょっとしてここのカフェ使うのって今日が初めて?」

「はい。編入してきたばかりなんです」

「編入? どこから?」

「イタリアのフィレンツェです」

ぼくの答えに彼が器用に片方の眉を持ち上げる。

「へぇ、イタリアからの留学生か。もしかしてハーフとか?」

「父がイタリア人で母が日本人です」

「あー、やっぱり。それでそんなにかわいいのか」

納得したような最後のつぶやきに、ぼくは思わず彼の顔を見た。生まれてこの方、肉親以外からかわいいなんて言われたことがなかったのでかなり面食《めんく》らう。

「カフェに入って来た時からすげー目立ってたぜ。顔とか異常にちっちゃくて頭身が高いから、どっか外国の血でも入ってんのかなーと思って見てた」

目立っていたと言われてドキッとした直後、

「おっ、空いた」

くるっと方向転換《てんかん》した彼が、ふたりの学生が立ち上がった席に大股《おおまた》で近寄り、テーブルの上にさっとトレイを載《の》せる。椅子《いす》を引いて席を確保してから、ぼくに向かって手招きしてきた。

「こっちこっち！」

呼ばれて、ぼくもあわててふたり掛けのテーブルに近づく。

「同席してもいいんですか？」

「どーぞどーぞ。どうせメシ食うならかわいいコと一緒《いっしょ》のほうが楽しいし」

さっきから「かわいい」って女の子じゃないんだから……と思ったけれど、根本的に悪い人ではなさそうだし……と判断したぼくは、ありがたく椅子を引いて彼の前に座った。改めて向かい合うやいなや、彼が「自己紹介《しょうかい》がまだだよな」と言い出す。

「東堂和輝《とうどうかずき》。法学部の三年」

「杉崎琉佳。経済学部の三年です」

杉崎というのは、父と結婚《けっこん》する前の母の旧姓《きゅうせい》だ。ロッセリーニの名前を出さないために、マクシミリアンがその名前で大学関係の手続きを済ませてくれた。今住んでいるマンションも杉崎名義になっている。

「琉佳かぁ。並の男なら名前負けだけど、あんたなら許されるな」

にっと笑われて、どんなリアクションをしていいのか困った。困惑《こんわく》した挙げ句に黙《だま》って俯《うつむ》き、フォークでペンネをつつく。つまらないやつって思われたかもしれないと心配だったけど、ちらっと上目遣《うわめづか》いに窺《うかが》った彼の顔は、とりたてて気にしていないふうだった。ドライカレーをざっくりスプーンですくって口に運びながら質問してくる。

「三年ってことは二十歳《はたち》？」

「あ……はい」

「んじゃタメだし、お互《たが》い遠慮《えんりょ》は無用だな。俺も杉崎って呼ぶから、おまえも別に敬語じゃなくていいよ」

いつの間にか、「あんた」が「おまえ」になっている。まるですごく親しい仲みたいで、違《い》和感《わかん》を覚えるのと同時に、くすぐったいような感覚が背筋を這い上がった。

「杉崎さ、どこに住んでんの？」

「麻布」

「麻布かぁ、大学まで徒歩圏内《けんない》でロケーション最高じゃん。一人暮らし？」

「ううん……親戚《しんせき》の人と暮らしている」

対外的にマクシミリアンは親戚ということになっている。兄弟というには年が離《はな》れすぎているし、外見も似ていないから。

「親戚の人って日本人？」

「イタリア人」

「こっちに身内とかいないの？」

「……祖父がひとりいる。杉崎っていうのも母方の祖父の名字なんだ」

東堂の人なつこいしゃべり方と、気さくな雰囲気《ふんいき》のせいだろうか。気がつくとぼくは初対面の人間を相手に、かなりフランクにプライベートを打ち明けてしまっていた。

今まで誰《だれ》かと話す時は必ず『ロッセリーニ家の三男』という目で見られていて、ぼくも常にそのバックボーンを意識せざるを得なかった。

それは大学の学友との間ですら例外ではなかったから、こんなふうにごくごく普通《ふつう》の学生同士として話せたことがなんだか嬉《うれ》しくて、自然と口がなめらかになる。もちろん、そうは言っても、ロッセリーニ関連については絶対に秘密だけど。

差し障《さわ》りのない範囲《はんい》で、東堂の質問にひととおり答え終わると、今度は彼の家族や趣味《しゅみ》の話になった。

東京生まれ。世《せ》田谷《たがや》の一軒家《いっけんや》に両親と同居。兄がひとり。弟代わりの愛犬が一匹《いっぴき》（フレンチブルドッグでかなりのいたずら好きらしい。彼のヤンチャぶりをひとしきり聞かされた）。

さらに好きな音楽とか映画について東堂が語るのを楽しく聞いているうちに、いつしかランチを食べ終わる。あまりに楽しかったので、食べ終わってしまうのが寂《さび》しいくらいだった。

これでもうバイバイなのかな。こういう時って別れ際《ぎわ》はどうするんだろう。携帯《けいたい》の番号とか、訊《き》いてもいいのかな。

普通の友達づきあいに縁《えん》がなかったぼくは、こんな初歩の初歩で躓《つまず》いてしまう。

どうしよう、どうしようと内心で迷っていると、ぼくよりかなり早くトレイの上をきれいに完食していた東堂が、不意に訊いてきた。

「杉崎、午後の予定は？」

「一時からの授業を受けたら終わりだけど」

「俺もあとひとコマで上がり。んじゃ、もしそのあと時間あったらさ、渋谷《しぶや》に出ない？　俺がツアコンになって、ガイドブックに載ってないレアスポット案内してやるから。こっち来て一週間じゃまだ東京の上っ面《つら》しか見てないだろ？」

「本当⁉」

思いがけない申し出に、思わず身を乗り出す。

「本当」

ぼくの大げさな反応をおもしろがってか、東堂が笑った。

「つか、そんなに素直《すなお》に喜ぶなよ。かわいいヤツだなー」

からかうみたいに言われて、微妙《びみょう》に顔が赤くなる。

だって、授業のあとに誰かと一緒に街へ出かけるなんて、そんなの生まれて初めてだから。

「三時半に西校舎の掲示板《けいじばん》の前な。あ、一応、ケーバン教えといて」

「ケーバン？」

「携帯の番号」

「あ、そうか……えと、ちょっと待って。今出すから」

お互いの携帯の番号を交換《こうかん》している間も、気持ちが浮《う》き立つのを抑《おさ》えられなかった。

（ひょっとして、これって友達ができたってこと？）

いや、さすがにそう言い切るには気が早いかもしれないけど、でも少なくともこの先、東堂が友達になってくれる可能性はゼロではないわけで。

日本の大学で『杉崎琉佳』として過ごしていれば、いつかは気の置けない友人ができるかもしれないと密《ひそ》かに期待してはいた。でも初日からというのは嬉しい誤算だ。

うきうきと昂揚《こうよう》した気分で午後の授業を受け、講義が終わるとまっすぐに待ち合わせの場所へ向かう。約束の時間のかなり前に着いてしまい、腕時計《うでどけい》と睨《にら》めっこで東堂を待った。

本当に来てくれるのか心配でドキドキしたけれど、約束の時間どおりにちゃんと東堂は掲示板の前に現れた。

「待った？」

「ううん、ぼくも今さっき来たところ」

本当は二十分待ったけど、敢《あ》えて口にはしない。重たいヤツって思われたくなかったし、実際のところ、これから先の展開をあれこれ想像しながら、期待に胸をわくわくさせて待つ時間も楽しかったから。

「んじゃ行くか」

ふたりで肩《かた》を並べて正門を出たところで、すぐ前の道路の路肩《ろかた》にシルバーボディのサルーンが停《と》まっていることに気がつく。

「すげー。マセラティのエグゼクティブGTじゃん」

（マセラティ？）

東堂のつぶやきに嫌《いや》な予感を覚えた次の瞬間《しゅんかん》だった。運転席のドアがガチャリと開く。ドアを支える長くて形のいい指。アスファルトを踏《ふ》みしめる磨《みが》き上げられた革靴《かわぐつ》。やがて身を屈《かが》めるようにして、シルバーグレイの三《み》つ揃《ぞろ》いのスーツに包まれた長身が降り立つ。

「マクシミリアン！」

お目付役の思いがけない登場にぼくは叫《さけ》んだ。

「お迎《むか》えに上がりました」

恭《うやうや》しくこうべを下げたマクシミリアンが、じわじわと顔を上げて、ぼくにひたりと視線を据《す》える。

「あ……」

レンズ越《ご》しに青灰色の双眸《そうぼう》で射貫《いぬ》かれたぼくは、こくっと喉《のど》を鳴らした。

迎えに来るなんて言ってなかったじゃないか。そんなの聞いてない。そう文句を言いたかったけれど、喉が詰《つ》まって声が出ない。

「でも……あの……ぼく、これから彼と……」

「彼と？」

「し、渋谷に行く約束をしているんだ」

ようやっと最後まで絞《しぼ》り出した声は情けなくも、それとわかるほどにかすれていた。別に何も悪いことはしていないのに、なぜだか気まずい気分がひたひたと込み上げてくる。

ぼくの隣《となり》に立つ東堂をちらっと見やったマクシミリアンが、おもむろに彼に向き直り、口を開いた。

「お名前は？」

「あ……と、東堂です」

人なつこくて物怖《ものお》じしない東堂もさすがに、流暢《りゆうちよう》な日本語を操《あやつ》る無表情なイタリア人に疑惑《ぎわく》の矛先《ほこさき》を向けられて、面食《めんく》らったらしかった。マクシミリアンの全身から立ち上る静かな気魄《きはく》に呑《の》まれたみたいに表情が強《こわ》ばっている。

わずかにひきつった東堂の顔を見据《みす》えたまま、マクシミリアンがじりっと距離《きより》を詰め、一歩手前で足を止める。そうして比べてみると、日本人の中では長身の部類に入る東堂より、マクシミリアンはさらに五センチほど上背で勝っていた。眼鏡《めがね》のブリッジを中指ですっと押し上げたマクシミリアンが、値踏《ねぶ》みをするような冷ややかな眼差《まなざ》しで東堂を睥睨する。

「失礼ですが、ルカ様とはどういったご関係ですか？」

言葉こそ丁寧《ていねい》だけど、明らかに尋問《じんもん》口調だ。

「どういったって言われても……今日、昼に初めてカフェで会ったばっかりで……」

困惑《こんわく》の表情で口ごもる東堂を見てぼくは焦《あせ》った。

（まずい）

日本で初めての友達ができかけているのに、これじゃあいつもの二の舞《まい》だ。

せっかく言葉を交《か》わすようになっても、物々しいボディガードに気圧《けお》され、いつしか疎遠《そえん》になってしまったイタリアでの学友たちと同じ……。

「同じ学部のご学友ですか？」

「いえ……俺、いや、ぼくは法学部です」

（それは嫌だ。またあの無味《むみ》乾燥《かんそう》な学生生活の繰《く》り返しは嫌だ！）

そう思った刹那《せつな》、マクシミリアンに駆《か》け寄ったぼくは、淡々《たんたん》と尋問を続けるその腕《うで》をぐっと引いた。

「やめてよ！」

マクシミリアンがゆっくりと東堂から視線を外してぼくを見る。ぼくも彼の冷たく整った貌《かお》をまっすぐ見上げた。威圧的な眼差しに押し負かされないよう、目と腹筋にぐっと力を込めて訴える。

「わかったから。今日はもうおとなしく一緒《いっしょ》に帰るからっ」

だからこれ以上、東堂を威嚇《いかく》するのはやめて！

（嫌《きら》われちゃうよ！）

「…………」

ぼくの必死の懇願《こんがん》に、マクシミリアンの双眸がじわりと細まった。

「ルカ様をお護《まも》りするのが、ドン・カルロ、レオナルド様、エドゥアール様から仰《おお》せつかった私の役目です」

助手席にぼくを乗せて、自分は運転席に乗り込んだマクシミリアンが、ドアを閉めるなり低音を落とした。

「護るって何？　東堂は友達だよ？」

ぼくもまた、険悪な空気をさらに悪化させるのを承知で言い返す。

「ご友人と言っても、今日お会いしたばかりですよね。――シートベルトをお締《し》めください」

むっと眉《まゆ》をひそめてシートベルトを締めながら、ぼくは反論した。

「悪い人じゃないよ。ぼくがカフェでまごついていたら、いろいろ教えてくれて……」

「食堂で親切にしてくれたからといって、悪い人間でないという保証にはなりません。下心のある人間に限って、最初は親切ごかしに近づいてくるものなのです」

まるで東堂が悪人だと決めつけるかのような口振《くちぶ》りにカチンとくる。

「東堂のこと何も知らないくせに、決めつけないでよ！」

語尾《ごび》を荒《あら》らげるぼくにも表情ひとつ変えず、まっすぐウィンドウを見つめたマクシミリアンが、冷静な声で訊き返してきた。

「ではルカ様は、あの青年について何を知っていらっしゃるのですか？」

「いろいろ知ってるよ！　世田谷に両親と住んでて、お兄さんがひとりいて、フレンチブルを飼っていて……」

「犬を可愛《かわい》がっているからといって、悪い人間でないという保証にはなりません」

「もういいよ、馬鹿《ばか》っ！」

カッとなって怒《ど》鳴った瞬間、マクシミリアンがちらりと一瞥《いちべつ》を寄越《よこ》した。

「下品な物言いでご自分の品位を貶《おとし》めることは自重なさってください。いつ、どんな時にもロッセリーニ家の一員である誇《ほこ》りと威厳《いげん》をお忘れにならずに」

「……っ」

かつて子供時代、ことあるごとに繰り返された台詞《せりふ》で、成人した今また冷ややかにたしなめられる。子供扱《あつか》いに頬《ほお》を赤らめ、唇《くちびる》をきゅっと噛《か》み締めるぼくを、感情の読めない青灰色の瞳《ひとみ》で黙《だま》ってしばらく見つめたのちに、マクシミリアンが低く言った。

「とにかく、素性《すじよう》がはっきりしない人間とふたりきりになるなど、言語道断です」

それが結論だとばかりに断じると、エンジンをかけてマセラティを発進させる。

(なんだよ、それ!?)

口に出せばまた小言を言われるのがわかっていたので、胸の中で横暴なお目付役を「馬鹿、馬鹿、マクシミリアンの馬鹿っ」と罵《ののし》る。

運転に集中する彫像《ちようぞう》みたいな横顔からぷいっと顔を背《そむ》けたぼくは、それきり麻布までマクシミリアンと口をきかなかった。

マクシミリアンもそれ以上話しかけてはこず、お互《たが》いに視線すら合わせない状態でマンションの部屋まで上がる。険悪なムードを引き摺り、無言で自室に入ろうとしたぼくの背中に声がかかった。

「ご夕食はいかがなさいますか?」

「いらない」

振《ふ》り向《む》きもせず、吐《は》き捨てるみたいに答えて自室のドアを開ける。

バタン！

後ろ手に閉めた扉《とびら》に背中をもたせかけ、ぼくは「はぁー」と深い嘆息《たんそく》を零《こぼ》した。

結局、東堂と渋谷に出る予定は流れてしまった。

別れ際《ぎわ》、「また今度な」と言ってくれたけれど。

きっと煩《うるさ》い親戚《しんせき》がついていて、めんどくさいヤツって思われた。

（もう駄目《だめ》かもしれない。二度と誘《さそ》ってくれないかも）

そう思うと、ずーんと気持ちが沈《しず》む。一時は「友達ができるかもしれない」と舞《ま》い上がっていただけに、なおのこと落ち込みも激しかった。

失望のあまりにふらつく足でふらふらとベッドに近寄り、ばふっと俯《うつぶ》せに倒《たお》れ込む。

「マクシミリアンのせいだ……馬鹿、馬鹿っ……子供扱いすんなっ」

罵りつつ、羽枕《はねまくら》をバスッ、バスッと拳《こぶし》で叩《たた》いた。それでも全然気が治まらずに、靴《くつ》を両足からむしり取って床《ゆか》に投げつける。マクシミリアンが見たら眉をひそめ、「ロッセリーニ家の一員である誇りと威厳を」と例の決まり文句を口にするに違《ちが》いない行儀《ぎょうぎ》の悪さだ。

でもそうでもしないと、全身に充満《じゅうまん》した怒《いか》りの感情が収《おさ》まりそうになかった。

「ちくしょうっ」

最後にとっておきの罵声《ばせい》を吐き（生まれて初めて口にした）、やっと少しだけ気持ちが鎮《しず》まったぼくは、枕を抱《かか》えてごろっと仰向《あおむ》けになる。

「陰険《いんけん》で、意地悪で、慇懃《いんぎん》無礼で、高圧的で、頭が固くて」

天井《てんじょう》を睨《にら》みつけ、思いつく限りのマクシミリアンの悪口を並べ立てる。

「……四角四面で……融通《ゆうずう》が利《き》かなく……て」

悪口雑言を口にしているうちに、登校初日の疲《つか》れも手伝ってか、熱を帯びた頭がだんだんと混濁《こんだく》してくる。目蓋《まぶた》が重たく垂れ下がってきて——徐々《じょじょ》に意識が薄《うす》れ——どうやらいつの間にかふて寝《ね》してしまったらしい。

「ん………」

ふっと目が覚め、うっすら目を開くと部屋が暗かった。

「え?……今何時?」

月明かりに腕時計《うでどけい》を翳《かざ》して見る。十時三十五分。

その時間に驚《おどろ》いて、がばっと起き上がった。

「うわ……噓《うそ》みたい。……六時間以上も寝ちゃったのか」

イレギュラーな時間に寝てしまったせいで、ちょっと頭が痛い。

それにしても、上着も脱《ぬ》がないで寝入《ねい》っちゃうなんて、よっぽど疲れてたんだな。初日だからと無意識に気が張っていたのかも。

ぐっすり寝たせいか、お腹《なか》のあたりに溜《た》まっていたムカムカした気分はだいぶ治まっている。

だがやがて、それと入れ替《か》わるように別の感覚が胃を支配していることに気がつく。

ベッドの上で枕を抱え、ぼくはひとりごちた。

「……お腹すいた」

口にしてしまうといよいよお腹がすいてくる。我慢《がまん》できないくらいの空腹感に、ぼくはベッドから下りて、部屋の出入り口へよろよろと向かった。マクシミリアンに夕食はいらないと突《つ》っぱねちゃったけど、キッチンに行けば何か残っているかもしれない。

そろそろとドアを開けたぼくの視界に、白いナプキンが飛び込んできた。

「……何これ？」

部屋の前の廊下《ろうか》に置かれているトレイを持ち上げ、ナプキンを捲《めく》ってみる。

銀製のトレイの上には、ぼくの好物ばかりが並んでいた。

ゴルゴンゾーラムースの載《の》ったブルスケッタ。パンチェッタのパニーニ。ジェノバ風のラタトゥイユ。スパニッシュオムレツ。そして、ガス抜《ぬ》きのミネラルウォーター。

「これ――マクシミリアンが？」

（……覚えていてくれたんだ）

子供の頃《ころ》、ぼくが好きだったもの。

十年以上も前のことなのに、ちゃんと覚えていてくれた。

なんだか胸がきゅんと苦しくなる。

あんなに感じ悪くしたのに……。

じわじわと込み上げてくる罪悪感を、ふるっと首を振って遠ざけた。日中のあれは、どう考えてもマクシミリアンが悪い。ぼくに対して過干渉《かかんしょう》だし、初対面の東堂に対しても慇懃無礼だった。

だから……昼のことを謝るつもりはないけれど、夜食に関してはお礼を言わないといけないよな。

そう思ってトレイを持ったままリビングに顔を出してみたが、そこにマクシミリアンの姿はなかった。トレイをいったんダイニングテーブルの上に置いてから、ぼくの部屋とはリビングを挟《はさ》んで反対側に位置する彼の部屋まで行く。マクシミリアンの部屋は、ドアが薄く開いており、その二センチほどの隙間《すきま》から明かりが漏《も》れていた。

近づくにつれ、マウスを操《あやつ》るカチカチという音、キーボードを叩く音、イタリア語で誰《だれ》かと話している声が聞こえてくる。

(仕事中?)

ならば邪魔《じゃま》をしてはいけないと、こっそりドアの隙間から中を覗《のぞ》き込んだ。

デスクに向かうマクシミリアンの広い背中が見えた。パソコンを操作しながら電話で指示を告げている。電話の相手はおそらく、ローマにいる部下だろう。

イタリアは現在サマータイムだ。日本と七時間の時差があるので、向こうのビジネスのコアタイムは、こちらの夜から夜中にかけてになってしまうのだ。

狭《せま》いリビングで顔を合わせているのが息苦しくて、毎晩九時には自室に引き上げてしまっていたから、マクシミリアンが仕事をしている姿を初めて見た。

おそらく、ぼくが部屋に籠《こ》もったあと、マクシミリアンは毎日こんなふうに明け方近くまで仕事をしていたに違いない。そうして朝は朝でぼくのために早起きして……。

でも――こうなることはあらかじめ予想できたはずだ。

わかっていたのに、現場を離《はな》れてまで、ぼくと一緒《いっしょ》に日本に来たのはなぜ？

問いかけに、すぐさま答えが閃《ひらめ》き、ぼくは小さく自嘲《じちょう》の笑《え》みを浮《う》かべた。

(そんなの……父様に頼《たの》まれたからに決まっている)

今までも、そしてこれから先もずっと、マクシミリアンにとっては、主であるぼくらの父ドン・カルロが一番で、人生のすべてなのだ。父の命令には絶対服従。

彼の中の確固たる優先順位を思い知ったのは、父がシチリアの本邸《ほんてい》【パラッツォ・ロッセリーニ】を離れることになった時だ。

『マクシミリアン、行かないで。ぼくの傍《そば》にいてよ！』

当時、ぼくは母を失ったばかりだった。

追い打ちをかけるような世話役との別離《べつり》に、ショックを隠《かく》せないぼくの懇願《こんがん》を振り切り、マクシミリアンは父に付き従う形でローマの屋敷《やしき》へ居を移してしまった。

彼は、ぼくよりも父を選んだのだ。

その時の衝撃《しょうげき》と心の痛みがまざまざと蘇《よみがえ》ってきて、ぎゅっと拳を握《にぎ》り締《し》める。

『ルカ様も、もうそろそろ私から自立して大人になられるべきです』

感情の見えない声音で、ぼくを冷たく突き放したくせに。

今になって手のひらを返して子供扱《あつか》いしてくるなんて。

（いまさら……ずるいよ）

もって行き場のない苛立ちが心の奥底からふつふつと込み上げてきて、マクシミリアンの忙《いそが》しそうな背中から目を逸《そ》らす。くるっと踵《きびす》を返したぼくは、結局マクシミリアンに声をかけずにドアから離れた。


面倒《めんどう》くさいヤツと敬遠されたとばかり思っていたのに、その夜十一時頃《ごろ》に東堂から携帯《けいたい》メールが届いた。もしかしたら、ぼくが昼の件を気にしていると思ってメールをくれたのかもしれない。

【明日授業なんコマ？　よかったら昼一緒に食わない？】

短い文面を目にした瞬間、ダウナーだった気分が一気に浮上《ふじょう》した。慣れない手つきでメールを打ち、どうにかこうにか返信する。

【今日はごめんね。ぼくは二限目から出ています。ランチ、一緒に食べられたら嬉《うれ》しい】

何度かやりとりをした末に、待ち合わせ場所と時間を決めた。

翌日の昼、東堂とカフェテリアで待ち合わせる。

「しっかし、おっかなかったなー、あの眼鏡《めがね》の人」

昨日と同じようにふたり掛けの席に向かい合って座り、今日はフォークにパスタを絡《から》めながら、カルボナーラの皿の上に東堂が感嘆《かんたん》めいたつぶやきを落とした。

「無表情なのにすっげー迫力《はくりょく》でさ。威嚇《いかく》オーラびしびし出してて、マジびびったよ」

「嫌《いや》な思いさせてごめん……でもマクシミリアンのことは気にしなくていいから」

「気にしてねぇよ」

にっと不敵に唇《くちびる》の端《はし》を持ち上げる。どうやら本当に気にしていなさそうなので、ほっとした。

「でも本当に親戚《しんせき》なのか？　おまえのこと『ルカ様』とか呼んでたけど」

「あ……ええと、遠い親戚なんだけど、ぼくの父の下で働いているせいか、昔からぼくに対してもああいった畏《かしこ》まった口調で話すんだよね」

あながちまったく嘘でもない言い訳を疑わず、東堂は「なるほどね」と納得《なっとく》してくれた。

その日は授業が終わったあと、昨日の約束を実行に移すべく東堂と渋谷に出た。

それから約五時間後の夜——八時過ぎ。

見るもの聞くものすべてが目新しく刺激《しげき》的な渋谷の街を満喫《まんきつ》したぼくが、興奮冷《さ》めやらぬままに自宅マンションのエントランスロビーへ足を踏《ふ》み入れると、いつぞやと同じようにマクシミリアンが応接スペースから立ち上がる。

「お帰りなさいませ」

例によってポーカーフェイスを貫《つらぬ》いてはいるが、その顔にかすかに浮かんだ安堵《あんど》の色を見て取り、連絡《れんらく》を入れずに寄り道をしたことをちょっぴり後悔《こうかい》した。

でも、連絡すれば「行くな」と反対されるのが目に見えていたし。

マクシミリアンがいくらお目付役だって、ぼくの交友関係にまで口を出す権利はないはずだ。ものの判断のつかない子供ならいざ知らず、こっちはもう二十歳《はたち》を過ぎた成人なのだから。

友達くらい自分で選ぶし、それにちゃんと授業は受けているんだから、それ以外の自由時間についてあれこれ言われる筋合いはない。

そう思ったぼくは、もの言いたげなマクシミリアンを無視して足早にロビーを抜けた。だが後ろから追ってきたマクシミリアンに、エレベーターホールで追いつかれてしまう。

「ルカ様」

「何？」

ボタンを押してケージを呼びつつ、彼のほうは見ずに言葉だけ返した。

「今まで、あの東堂という青年とご一緒だったのですか？」

――来た！

予想どおりの質問に今度はくるっと振《ふ》り返り、挑戦《ちょうせん》的な眼差《まなざ》しでマクシミリアンを見上げる。

「そうだけど……悪い？」

レンズ越《ご》しに青灰色の双眸《そうぼう》とパチッと視線がかち合い、肩《かた》が揺《ゆ》れそうになるのを必死に堪《こら》えた。

ここで少しでも怯《ひる》んだら負けだ。隙《すき》を見せちゃいけない。

どんなにマクシミリアンがプレッシャーをかけてきても、断固としてはね除《の》けなくては。

せっかくできた友人との交友関係には絶対に口を挟ませない。――そう気合いを入れるぼくを無言で見下ろしていたマクシミリアンが、やおら唇を開いた。

「東堂和輝、二十歳。付属の高校から法学部に上がって、現在三回生。単位も着実に取っていますし、授業態度も真面目《まじめ》で成績はかなり優秀《ゆうしゅう》なようです。世田谷に両親とフレンチブルと同居中。母親は専業主婦。父親、兄共にきちんとした仕事に就《つ》いております」

「……どういうこと？」

淡々《たんたん》と紡がれた声音《こわね》に、つと眉《まゆ》をひそめる。

「素性《すじょう》は確かなようですね」

いっそ残念そうに結論づけられた直後、ぼくは大きく目を瞠った。

「まさか……調べたの？」

呆然《ぼうぜん》とつぶやくぼくの疑念を、マクシミリアンが平然と肯定《こうてい》する。

「ルカ様のご学友に相応《ふさわ》しい人間かどうかを見極《みきわ》めるのも私の仕事ですから」

「信じられないっ」

頭がカーッと熱くなり、気がつくと大きな声を出していた。

過干渉《かかんしょう》にもほどがある。

これではイタリアにいた頃《ころ》と何も変わらない——どころか前よりひどい！

二十四時間態勢でマクシミリアンの監視《かんし》下にあるも同然だ。

「……東堂がぼくに相応しいかどうかはぼくが自分で判断する」

怒《いか》りに震《ふる》える声で抗議《こうぎ》したが、眉ひとつ動かさずにマクシミリアンは却下《きゃっか》する。

「そうは参りません。ルカ様をお護《まも》りするのが私の仕……」

「仕事仕事って……もういいよっ！　頼むから放《ほう》っておいてよ！　ぼくはもう子供じゃないっ！」

爆発《ばくはつ》するのとほぼ同時、ちょうど口を開けたエレベーターにぼくは飛び込んだ。

第三章

マクシミリアンを一階に置き去りにして、ひとり先に部屋へ戻《もど》ったぼくは、駆《か》け込むようにして自室に飛び込む。

ドアをバタンッと荒《あら》っぽく閉めて、普段《ふだん》はかけない鍵《かぎ》をカチッとかけた。

そうやってひとりきりになってもまだ、怒りと興奮は収まらなかった。

こんな生活、もう我慢《がまん》できない！

おそらくマクシミリアンは、ぼくの行動を逐一《ちくいち》イタリアの父や兄たちに報告しているのに違《ちが》いない。問い詰《つ》めたところで、「それが私の仕事ですから」と平然と言ってのける冷徹《れいてつ》な表情が目に浮《う》かぶようだ。

マクシミリアンにとってはすべてが「仕事」。ぼくと一緒《いっしょ》に暮らすのも、身の回りの世話を焼くのも、夜食を作るのもすべて「仕事」なのだ。

でもそれは……仕方がないことだとわかっている。彼が父の命に背《そむ》けないのも、彼の立場からすれば仕方のないこと。

だけど、父や兄たちの庇護《ひご》から自立したくて日本に来たのに、今のままじゃ以前とまったく状況《じょうきょう》が変わっていない。四六時中ＳＰが張り付く生活と同じ……いや、彼らはぼくのプライバシーにまでは立ち入ってこなかったから、今のほうがむしろ悪いくらいだ。

（……最悪）

日本に来て一緒に暮らし始めて一週間弱。限られた空間をマクシミリアンとシェアするのは息苦しかったけれど、彼だって自ら望んでぼくと一緒にいるわけじゃないし、その点はお互《たが》い様だと思って、これでもなんとか上手《うま》くやっていこうと努力したつもりだ。

彼が決めたマンションに越《こ》してきて、部屋の鍵はかけないとか、夜はなるべく出歩かないとか、彼が決めたルールは守ったし、教育的指導にも従った。いずれにしても生活を共にしなくてはならないのなら、できるだけ波風は立てたくなかったから。

でも、もうこれ以上は一緒に暮らせない。

以前、まだ日本に来る前に、『ルカ様が本当にひとり立ちなさったと感じた時には、私はローマに戻りますので』と約束してくれたけど、いつともわからないそんな不確かな未来なんて待っていられない。

マクシミリアンが考え方を変えない限りは、無理だ。

ぼくの人格と人権をちゃんと認めて、自由意志を尊重してくれない限りは……。

イライラして親指の爪《つめ》を齧《かじ》っていると、背後でコンコンとノックが聞こえた。

「ルカ様」

マクシミリアンの声がいつになく神妙《しんみょう》に聞こえたけれど、今はまだ話をしたくなかったので、ぼくは返事をしなかった。

「…………」

重苦しい数秒の沈黙《ちんもく》を破るように、ドア越しに低音が届く。

「先程《さきほど》はルカ様のお気持ちも考えずに、申し訳ございませんでした」

マクシミリアンが謝った!?

驚《おどろ》きのあまりに息を呑《の》む。するとさらに低音が継《つ》がれた。

「しかし、やはり私の立場としましては、その御方《おかた》の素性を確認《かくにん》し、おつきあいをなさった場合にもルカ様の身になんらかの危害が及《およ》ぶことはないという確信を得られない限りは、ご交友を認めるわけには参りません」

結局──それか。

一瞬《いっしゅん》、軟化《なんか》を期待しただけにがっくりとくる。

「今回、東堂氏がご学友として相応しい御方だということがわかって、私も安堵《あんど》いたしました。学部は異なりますが、優秀なお友達ができるのは望ましいことです」

いまさらそんなフォローを入れてこられても、しらじらしく感じてしまう。

「ただし今後に関して、ひとつだけ約束してください。帰宅が五時を過ぎる場合は、必ず連絡を入れてください。暗くなってからのひとり歩きは危険です。私が車で迎《むか》えに参りますので」

（って……自分の容姿が人目を引くっていう自覚がないんだろうか）

ただでさえ目立つマクシミリアンにイタリア車でいちいち迎えに来られたら、こっちまで無用な注目を浴びてしまう。

切実な危惧《きぐ》を覚えたぼくは、硬《かた》く強《こわ》ばった声で断った。

「迎えに来なくてもひとりで大丈夫《だいじょうぶ》だから」

「ですが」

「東京は日が落ちても明るいし、人も多いから心配ないよ。ぼくも充分《じゅうぶん》注意するし」

「……では、お迎えに上がるかどうかはその場の判断にいたしますが、ご連絡だけは忘れずに必ずお願いします。夕食の支度《したく》もありますので」

最後に控《ひか》えめに言い添《そ》えられてはっとした。

たしかに、夕食を食べるのかどうかがはっきりしないのは、準備をする側からしてみれば迷惑だし困るだろう。

それに関しては悪かったと反省したので小声で応じる。

「……わかった」

ドアの向こうのマクシミリアンがほっと息をつくような気配があった。少し間を置いて伺《うかが》いを立ててくる。

「本日はお食事はいかがいたしますか？」

もしかしたら、夕食を食べずにぼくのことを待っていたんだろうか。罪悪感がちらっと胸を過《よ》ぎったけれど、東堂と食べたお好み焼きでお腹《なか》はいっぱいだった。

「食べてきたからいらない」

「……………」

何か言いたげな数秒の沈黙が落ちる。しかし次に聞こえてきたのは感情の見えない声だった。

「承知しました。失礼いたします」

マクシミリアンがドアの前から立ち去ったのを確認し、ぼくは溜《た》めていた息をお腹の底からふーっと吐《は》き出した。

なんでこんなに息が詰まるんだろう。

理由はわからないけれど、マクシミリアンと話をするだけでぐったり疲《つか》れてしまう。

少なくとも、シチリアで一緒に暮らしていた頃はこんなふうじゃなかったはずだ。

昔から感情表現が豊かなタイプではなかったし、話し方も今と変わらず畏《かしこ》まって他人行儀《たにんぎょうぎ》だったけれど、それでももう少し取っつきやすかった。あんなによそよそしくなかった。ストイックで高潔で自分にも他人にも厳しい人だったけど、ぼくに向けられる眼差《まなざ》しは本質的にはあたたかかった。

だからぼくも彼に対してもっと素直《すなお》にいろんなことが言えたし、時には相談したり、甘えることだってできたのだ。

今は、あれこれと世話を焼いて口煩《くちうるさ》く干渉《かんしょう》してくるくせに、肝心《かんじん》な部分で一線を引かれている気がして……。極力感情を排《はい》した眼差しと声のトーン。わずかでもその本心を垣間見《かいまみ》せることを拒《こば》むみたいな拒絶《きょぜつ》オーラを全身から出されれば、こっちもどう接していいかわからない。適切な距離感《きょりかん》が掴《つか》めずにぎくしゃくとして、話すだけで緊張《きんちょう》してしまい——そんな自分にまた苛《いら》ついて——。

(やっぱり、もう耐《た》えられない)

それに、息苦しいばかりか、マクシミリアンと一緒に暮らしている限り、彼の監視の目から逃《のが》れられず、本当の自由も手に入らない。

ここを出るしかない。そうして今度こそ本当の一人暮らし敢行《かんこう》。

よし!

結論に達したぼくは、ライティングデスクの椅子《いす》を引いて腰《こし》を下ろし、ノートパソコンを立ち上げた。

このマンションを出るとしたら、次に暮らす部屋が必要だ。

インターネットで調べてみると、日本の借家は契約《けいやく》のシステムが複雑だった。

どうやら敷金《しききん》、礼金というものが、契約に際して毎月の家賃の他《ほか》に必要らしいのだが、その額が一定ではなく、さらに解約時に敷金は戻《もど》ってくるが礼金は戻ってこない——らしい。その額も家賃の何ヶ月分なのかが各物件によって違うので、余計にややこしい。

(このマンションもマクシミリアンに任せきりだったからな……)

一時間近く、不動産関係のサイトを巡《めぐ》っていてわかったのは、とにかく引っ越しにはまとまった額のお金が必要なこと。特に大学の近辺は地価が高く、家賃も高額なようだ。

可能なら大学の近くがいいけれど、そう贅沢《ぜいたく》も言っていられないかもしれない。

大学へのアクセスは譲歩《じょうほ》するにしても、最低でも数十万単位の資金が必要だ。

現在のところ、生活費はすべてマクシミリアンに握《にぎ》られている。銀行口座とクレジットカードも押さえられていて、ぼくは毎朝決まった金額を彼から『お小遣《こづか》い』として渡《わた》されるだけ。

今日まではそのことになんの不満もなかった。

余ったお金は夜マクシミリアンに返却《へんきゃく》していたが、明日からはこっそりキープしなければ。

けれど一日分のお小遣いを、どんなに節約してコツコツ貯《た》めたとしても、まとまった金額になるまでには相当な時間がかかりそうだ。そもそも日本に滞在《たいざい》する期間が二年限定なのだから、何年もかかるようでは意味がない。

それに、自立するための資金までもが親がかりというのは、それもなんだかちょっと嫌《いや》だった。

できれば独立資金は自分の力で貯めたいけれど、情けないかな、今まで一度も『賃金の対価としての労働』をしたことがないので、具体的にどうすればいいのかわからない。

お金ってどうやって稼《かせ》げばいいんだろう。

いまだかつて抱《かか》えたことのない未知の懸案《けんあん》を持て余し、ぼくは途方《とほう》に暮れた。

正直な話、生まれてから今までいっぺんたりともお金に困ったことはなかった。

特別な何かが欲しい時は、そうと言えば誰《だれ》かが購入《こうにゅう》してきてくれたし、洋服や靴《くつ》や鞄《かばん》などの身の回りの大概《たいがい》のものは、スタッフによってあらかじめ過不足なく揃《そろ》えられていた（今はマクシミリアンがすべて用意してくれている）。

そのせいか、基本的に物欲《ぶつよく》もあまりなくて、何かを強く欲しいと思ったこともない。いわんや、お金そのものを欲しいと思ったことは過去一度もなかった。

でも今のぼくは、心の底からお金が欲しい。それも、自分で働いて手に入れたお金が。

——憧《あこが》れの一人暮らしのために。

（たぶん、アルバイトをするのが一番手っ取り早いよな。でも、ぼくでもできるアルバイトってなんだろう）

とりあえず、掲示板《けいじばん》に求人が出ているかもしれないから明日立ち寄ってみよう。

翌日、一日の授業をすべて受け終わったあと、ぼくは掲示板に向かって歩き出した。しばらくしてポンと背中を叩《たた》かれ、振《ふ》り返った背後に、今日は初めて顔を合わせる東堂が立っている。

「東堂」

「よ。おまえも上がり？　んじゃ一緒《いっしょ》に茶ーでも……と言いたいとこだけど、俺これからバイトなんだよな」

「バイト……」

その言葉に反応して、ぼくは思わず、今のところ大学で唯一《ゆいいつ》の友人に一歩詰《つ》め寄った。

「東堂は、どんなアルバイトをしてるの？」

ぼくの勢いに東堂が面食《めんく》らった表情をする。

「何、おまえひょっとしてバイト探してんの？」

「うん」

真剣《しんけん》な顔でこっくりうなずくと、「ふーん」とつぶやき、ちょっと考え込んでからふたたび口を開いた。

「飲食とかオッケー？」

ロッセリーニ・グループの中にはレストラン部門がある。いずれ自分が継《つ》ぐかもしれない可能性を考えれば、飲食の現場で働けるのは貴重な体験だ。だけど、アルコールを扱う店とかだと時間帯も遅《おそ》いだろうし、それはさすがに無理な気がして問い返す。

「飲食って、たとえばどんな？」

「カフェとか」

「ああ……カフェなら、たぶん大丈夫《だいじょうぶ》」

それならそんなに帰宅が遅くならないだろうから、マクシミリアンに内緒《ないしょ》で働くことも不可能ではなさそうだ。

「じゃあさ、俺の伯父貴《おじき》の店を紹介《しょうかい》しようか。俺も週三で午後から入ってるんだけど、雰囲気《ふんいき》いいし、アットホームな店だから杉崎にも向いていると思う。ちょうどこれから向かうとこだから、なんだったら一緒に行く？」

「いいの⁉」

降って湧いたラッキーな展開に、ぼくは声を弾《はず》ませた。

「実を言うと、誰か周りに性格いいヤツいたら紹介してくれって、伯父貴に頼《たの》まれてたんだよね。先月バイトの女の子がひとり辞《や》めちゃって、シフトきつかったからさ」

東堂の伯父さんが経営している小さなカフェは、恵比寿《えびす》と代官山《だいかんやま》の中間のあたり、どちらかと言えば恵比寿寄りの場所にあった。繁華街《はんかがい》からは少し外れた瀟洒《しょうしゃ》な住宅街の中というロケーションで、周囲には、雑貨店や洋服のショップ、古着のショップなどがぽつぽつと点在している。

アパレルの会社やオフィスなどが入った雑居ビルの一階が【café Branche《カフェ ブランシェ》】だ。

石畳《いしだたみ》がヨーロッパを思わせるエントランスに、店名が白く染め抜《ぬ》かれた黒のシェード。こぢんまりとしたテラスには、白い傘《かさ》が開かれたオープンテラス席がふたつあり、テラコッタの花《はな》鉢《ばち》が彩《いろど》りを添《そ》えている。

「なんか、ヨーロッパのカフェみたい」

「だろ？　伯父貴が昔仕事でパリに駐在《ちゅうざい》していた時に、お気に入りだったカフェのイメージで造ったらしい」

「パリに仕事で？」

「外交官やってたんだよね。ここはまぁ、趣味《しゅみ》が高じてっていうか。料理と接客が趣味な人だから」

東堂が年季の入った古木のドアを押し開くと、天井《てんじょう》の高い開放的な空間が目の前に広がった。二面がガラス張りなので、実際のスペースより広く感じられるのかもしれない。

「いらっしゃいませ！」

白い長袖《ながそで》のカットソーに黒のボトム、黒のタブリエという出《い》で立ちの女の子が、勢いよく振り向《む》いた一瞬《いっしゅん》後、入り口の東堂を見て肩《かた》をすくめた。

「……なーんだ、和輝くんかぁ」

「なーんだじゃねーだろ。麻美《あさみ》、オーナーは？」

「今、バックヤードで山田《やまだ》さんと話してる」

「呼んでくるからちょっと待ってて」

東堂に言われ、ぼくはうなずいた。店の奥に入っていく彼の背中を見送ってから、ぐるりと店内を見回す。

石造りの壁にフローリングの床。家具はすべて木製だった。自然の風合いで統一された内装は、要所要所に置かれた観葉植物のグリーンがアクセントとなっている。

フロアの中央に十人近くが座れそうな大きなテーブルがひとつ、壁際《かべぎわ》に六人がけの天然木のカウンター、その他《ほか》にふたり掛けの席が六つあるが、そのほとんどがお客さんで埋《う》まっていた。

ひとりで本を読んでいる女性客、女子大生風のふたり組から、仕事の打ち合わせっぽいスーツを着た男性客まで、客層はバラエティに富んでいる。さっき東堂と話していた彼女を含《ふく》めたふたりのフロアスタッフが、オーダーを取ったり、食器を下げたりと忙《いそが》しそうに働いていた。

店の奥はオープンキッチンになっていて、白いユニフォームを着たスタッフがふたり、こちらもまたステンレスの厨房《ちゅうぼう》内をくるくるとせわしく動いている。

もし雇《やと》ってもらえたら、彼らと一緒に働くことになるのだ。

(足手《あしで》まといにならないように上手《うま》くやれるかな)

そんな心配を胸に、きびきびとした彼らの動きを眺《なが》めていると、やがて店の奥から東堂と六十がらみの男性が出てきた。

「どうも、初めまして。和輝の伯父です」

あいさつをしてきたのは、なるほどどこか東堂の面影《おもかげ》がある、がっちりとした体型の長身の男性だった。白いシャツにジーンズというアイテムをすごく自然に着こなしている。

白いものが交じる顎鬚《あごひげ》が日に焼けた顔の三分の一を覆《おお》っているが、眼鏡《めがね》の奥の目が柔和《にゅうわ》に笑っているので、強面《こわもて》という印象はない。初対面の大人を前にして緊張《きんちょう》していたぼくは、オーナーのやさしそうな雰囲気に内心ほっとした。

「杉崎琉佳くん。和輝と同じ大学の三年なんだってね」

事前に東堂が連絡《れんらく》を入れて、ぼくを連れていくことを話しておいてくれたので、すでに大まかな情報は伝わっているようだ。

「はい。学部は違《ちが》うんですが」

「イタリアからの留学生だって？　僕もローマには三年ほど住んでいたことがあるんだ」

「そうなんですか？　ローマには今父が住んでいます」

「きみは出身は？」

「シチリアで生まれて、十五歳からフィレンツェに移りました」

「シチリア！　何度か休暇《きゅうか》で訪《おとず》れたが、実に美しい島だった。花々は咲き乱れ、果実がたわわに実り、まさに地中海の庭園といった趣《おもむき》でね。アグリジェントのギリシア神殿《しんでん》も素晴《すば》らしかったし、海岸沿いの小さなトラットリアで食べたウニは絶品で、いまだに忘れられないよ」

海外生活が長いせいなのか、東堂の伯父さんと話していると、なんだか親戚《しんせき》のオジサンと話していいるような気分になってくる。雑談をかわしながら、かなり肩の力が抜けてきた頃《ころ》、不意に言われた。

「日本語はまったく問題ないようだね」

「え？　あ、はい。母が日本人で、ものごころついた頃から話していますので」

ぼくの返答に、うんうんとうなずいてから、オーナーが尋《たず》ねてくる。

「こういった飲食店のアルバイトの経験はありますか？」

「それが……あの、実は、アルバイトそのものが初めてなんです」

おずおずと答えた直後、伯父さんが改めてぼくの顔にじっと視線を注いでくる。

「……ふむ」

まっすぐな眼差《まなざ》しに晒《さら》されて、両手をそっと握《にぎ》り締《し》める。

一回くらい経験ありますと答えればよかったかなと、ちょっぴり後悔《こうかい》した。でも、嘘《うそ》をつくことによって結果的にお店に迷惑《めいわく》をかけることになってしまったら、それこそ取り返しがつかない。紹介してくれた東堂にも悪いし……。

やっぱり駄目《だめ》かな、断られてしまうかな、そう覚悟《かくご》した時だった。

「じゃあはじめはフロアからやってもらって、そのうち慣れてきたら厨房も手伝ってもらうことにしようか」

「え、じゃあ……」

ゆるゆると両目を見開くぼくに、オーナーがにっこりと笑う。

「もしきみさえよかったら、明日からでも手伝って欲しい。見てのとおり、うちは少人数で回しているので、フロア業務だけじゃなくて裏方のいろいろな仕事もやってもらうことになるけれど、それは大丈夫かな」

「はい！　大丈夫です」

ふたつ返事のぼくの肩を、東堂が斜《なな》め後ろからぽんと叩《たた》いた。

「改めて、バイト仲間としてもよろしく」

差し出された右手を、ぎゅっと握る。

「こちらこそ、よろしく」

「お店のオープンは午前十時から夜の十時まで。その時間帯の中で杉崎くんが入れる時間を申《しん》請《せい》してもらえれば、こちらでシフトは調整します。アルバイト代はまずは時給九百円からで、交通費は別途《べっと》お支払《しはら》いします。それで問題ない？」

「はい」

たぶん最初は使い物にならないから、お給料をいただくのも申し訳ないくらいだけど。

「その他、詳《くわ》しいことは和輝に訊いてもらえると助かるんだが」

「オッケー。説明しておく」

伯父さんの要請《ようせい》を東堂が請《う》け合う。

「あの……ふつつか者ですが、よろしくお願いします」

ぼくがぺこりとお辞儀《じぎ》をすると、オーナーも「ふつつか者はいいね」と皺《しわ》深い顔をくしゃっと崩《くず》した。

「和輝が連れてくるってことは、イイコに決まっているからね」

甥《おい》っ子のお墨付《すみつ》きなら安心だとおおらかに笑うオーナーに、ぼくは「ご迷惑をかけないようにがんばります」と、もう一度頭を下げる。

「じゃあさ、手がすいたら説明するから、それまで空いている席に座って待ってて」

シフトに入った東堂を待つために、ぼくはひとつだけ空いていたカウンター席に腰《こし》を下ろした。そうしてから改めて店内を——今度は細部まで目を配ると、石の壁にはたくさんの写真や絵が飾《かざ》られており、アンティークの置物や家具が各所にさりげなく飾られていた。おそらくはオーナーが各地で買い求めたものなんだろう。よく見れば、テーブルや椅子《いす》もそれぞれ微妙《びみょう》にデザインが違う。

雑然としているようで不思議な統一感があるそのレイアウトに、ルネサンス様式の中にアラブ圏《けん》やギリシアからの様々な影響《えいきょう》が混在する【パラッツォ・ロッセリーニ】と共通のテイストを感じて、そのせいなのか、なんとなく気分が落ち着く。

(よかった。雇ってもらえて)

明日からここで働くのだ。

じわじわと感慨《かんがい》が込み上げてきて、「がんばろう」と小さくひとりごちる。

紹介《しょうかい》してくれた東堂と雇ってくれたオーナー、ふたりの恩義に報《むく》いるためにも。

気持ちを引き締めてから、ふと思い出した。

——そうだ。

マクシミリアンには絶対に秘密にしなければ。

バレたら反対されるに決まっているもの。

明日からのアルバイト生活に際しての最大のハードルにして要注意事項《じこう》を、ぼくは胸に刻み込んだ。


その日の夜、ぼくはおそるおそるマクシミリアンに「明日からゼミの担当教授の資料整理の手伝いをするから、帰りが遅《おそ》くなる」と切り出した。

案の定というか、予想どおりというか、はじめはいい顔をしなかったマクシミリアンだが、最終的には渋々《しぶしぶ》ながらも「勉学の一環《いっかん》ということなら仕方がありませんね」と認めてくれた。

もちろんそれだけでは済まず、「ただし」としっかり釘《くぎ》を刺《さ》される。

「遅くとも八時にはお戻《もど》りくださいますように。あまり夜更《よふ》かしなさいますと翌日の授業に差し支《つか》えますから。帰りは駅までお迎《むか》えに上がります」

駅からたった二分なんだし、人通りが多くて明るい道だから迎えに来なくていいよと言いたかったけれど、嘘をついて騙《だま》している罪悪感もあり、それ以上は強く出られなかった。

八時の門限をマクシミリアンに約束したぼくは、翌日の午前中にオーナーに電話をして、七時で上がれるようにシフトを組んでもらった。それでも、午後の授業がない日は一時から六時間は働けるので、「助かるよ」と言ってもらえてほっとする。

午後、大学の授業が終わってから早速《さっそく》【café Branche】に移動してユニフォームに着替《きが》え、フロアスタッフ見習いとして働き始めた。スタッフに紹介されたあと、その日たまたまシフトに入っていた東堂に席への案内の仕方、オーダーの取り方、トレイの持ち方、タンブラーやカップ&ソーサーの置き方、空いた食器の下げ方など、まずは接客の基本中の基本を教わる。

「……『おひとり様ですか？』……『お煙草《たばこ》はお吸いになりますか？』……『今でしたら、テラス席と店内のお席のどちらでもお選びいただけますが』……『もしよろしければ、お荷物をこちらでお預かりいたします』」

マニュアル対応をぶつぶつと頭に叩き込んでいると、サラリーマン風の男性客が入ってきた。

「習うより慣れろだ。——ほら、行け！」

どんっと東堂に背中を押し出され、ひーっと叫《さけ》びそうになるのを懸命《けんめい》に堪《こら》える。顔を強《こわ》ばらせたぼくは、ぎくしゃくと男性に近づき、「いらっしゃいませ」と声をかけた。

「おひとり様ですか？」

「うん、できれば禁煙《きんえん》席がいいんだけど」

「かしこまりました。では、こちらへ」

初めてのお客さんをなんとか席に案内して、オーダーも無事完了《かんりょう》。

「六番テーブルのお客様、ブレンドコーヒーのオーダーです」

厨房《ちゅうぼう》に伝えてすぐ、東堂が肘《ひじ》でこづいてきた。

「な？　やれば出来るだろ？」

「和輝くん、なんか偉そー」

通りかかったアルバイトの麻美さんがおかしそうにからかう。

「うっせーな。杉崎は俺の弟子《でし》なんだからいいの」

「まーねー、琉佳ちゃん、素直《すなお》でかわいいものねー」

琉佳ちゃん、なんて言っているけど、彼女のほうがひとつ年下だ。

短大生だという麻美さんと東堂、そしてぼくを合わせてアルバイトは三人。常勤のスタッフ四名――うち二十代後半のチーフとセカンド、パティシエの計三人が調理スタッフ――にオーナーを加えた八人が【café Branche】のメンバーだった。といってもシフト制なので、常時店にいるのは五人前後。ランチタイムや夜の忙《いそが》しい時間帯には、フロアスタッフも接客だけでなく、フードを盛りつけたりドリンクを作ったり洗い物をしたりと、厨房業務を手伝う。オーナーも例外じゃない。

日中はドリンクやスイーツをオーダーするお客さんがほとんどだが、六時を過ぎるとワインやビールなどのアルコールの注文も増え、いよいよ忙しくなる。

「自分が世界各国で食べてきておいしいと思ったものを提供したい」というオーナーのこだわりもあって、スペイン料理やエスニック料理、南欧《なんおう》料理を中心に、バラエティに富んだメニューは五十種類以上（とても一日では覚えきれなかった）。小皿料理のタパスやピンチョスに人気があり、よく出るみたいだ。サパータイムの【café Branche】は、カフェと言うよりBAR《バール》のようだった。

先輩《せんぱい》たちの指示に従って、とにかく無我夢中で動いているうちに初日は終了《しゅうりょう》。七時半に店を出た時には、ふくらはぎがパンパンに腫《は》れ上がっていた。くたくたに疲《つか》れていたけれど、気分は不思議と高揚《こうよう》している。

それからの一週間はあっと言う間に過ぎた。

自宅から大学→大学からバイト先→そしてまた自宅――の巡回《じゅんかい》コースの合間に、こっそり祖父の様子を見に行ったりとフル回転で活動していると、まさに秒速で時間が過ぎていく。

カフェでの仕事にも少しずつ慣れてきたが、基本をクリアしてもさらに、仲間との連携《れんけい》やお客さんとのコミュニケーションの取り方、いろいろなサービス、メニューの名前、盛りつけ、後片づけのルールなどなど、覚えなくちゃいけないことが次から次へと出てくる。

毎日覚えること、経験することのすべてが新鮮《しんせん》で、『初めて』の連続に目が回りそうだった。

もちろん失敗もあったし、自分のあまりの駄目《だめ》さ加減に落ち込むことも多々あったけれど、体を動かして働くことがこんなに楽しいものなんだと、生まれて初めて知った。

「教授のお手伝いの進捗《しんちょく》状況《じょうきょう》はいかがですか？」

バイト先からダッシュで駅まで走り、なんとか門限までにマンションに滑《すべ》り込んで遅い夕食をとっていたぼくは、正面のマクシミリアンの質問にドキッとする。

「あ、うん……順調」

あれから一週間経《た》つけれど、どうやらマクシミリアンはアルバイトの件に気がついていないようだ。ゼミの教授の手伝いというぼくの嘘《うそ》をすっかり信じ切っている。

（しかも、そのバイトでお金を貯《た》めて、ここを出ていこうとしていることを知ったら）

どんな時にも冷静沈着《ちんちゃく》な、さしものマクシミリアンもショックを受けるだろうか。

ちらっと、目の前の端整《たんせい》な貌《かお》を上目遣《うわめづか》いに窺《うかが》う。

まるで生まれつき扱《あつか》っていたかのような美しい箸《はし》さばきで、イワシの骨をきれいに取り除いてくれたマクシミリアンが、「どうぞ」とぼくのほうへ皿を押し出してきた。ヘルシーで体にいいというマクシミリアンの主張で、このところの食卓《しょくたく》は和食中心になっている。

「あ……ありがとう」

「ＤＨＡと良質なタンパク質が豊富ですから、残さず食べてください」

何も知らず、露《つゆ》も疑わず、変わらず甲斐甲斐《かいがい》しく世話を焼いてくれるマクシミリアンを騙しているのだ。出し抜けに後ろめたい気持ちが募《つの》ってきて、それと入れ替《か》わりに食欲《しょくよく》が失《う》せる。

ぼくはそっとお箸を置いた。

「ごちそう様」

「もうよろしいんですか？」

「うん、お腹《なか》いっぱい」

うなずいて、そそくさと席を立つ。

「ご入浴はいかがなさいますか？」

「うーん、どうしようかな。シャワーにしておこうかな」

優柔不断《ゆうじゅうふだん》に迷いながらリビングのソファに腰《こし》を下ろしたとたん、どっと疲労感《ひろうかん》が押し寄せてきて、二度と立ち上がれなくなった。

慣れない肉体労働の疲れが知らず識らずに蓄積《ちくせき》していたのか、急激な眠気《ねむけ》が襲《おそ》ってくる。いけない、部屋に戻らなきゃ——そう頭では思うのに、体がだるくて動けなかった。上目蓋《うわまぶた》が重たく垂れ下がってきて、ついに下目蓋とくっつく。

(どうしよ……めちゃめちゃ眠……い……でも……ここじゃ……ダ……メ)

抗いも虚しく、強力な睡魔に腕を引っぱられ、ゆっくりと意識が遠くなりかけた時、耳許《みみもと》で「ルカ様」と囁《ささや》かれた。

「こんなところでうたた寝《ね》をしてはいけません」

耳に心地《ここち》いい深みのある低音を、とろとろと混濁《こんだく》し始めた意識のどこかで聞く。

「眠《ねむ》るならご自分のベッドで……ルカ様？」

「……う……ん……マクシ……ミリア……ン？」

懐《なつ》かしいコロンの香《かお》りが鼻《び》孔《こう》を擽《くすぐ》り、背中と膝《ひざ》の下に固い何かを感じた――と思った一瞬《いっしゅん》後、体がふわっと浮《う》き上がる感覚。

あれ？――浮いた？　浮いてる？

身じろいだ刹那《せつな》、顔の片側が張り詰《つ》めた固いものに当たる。夢うつつの状態で、熱っぽいそれに無意識にもすりすりと頰《ほお》をすり寄せつつぼんやり思った。

誰《だれ》かの、腕《うで》の中に……いる？

確かめようと思うのだけれど、上目蓋が鉛《なまり》みたいに重くてどうしても目が開かない。

力強い腕に支えられ、広くてあたたかい胸にすっぽり包み込まれた自分が、ゆらゆらと揺《ゆ》れる感覚がなんだかすごく気持ちいいと思った。

ゆらり、ゆらり……まるで揺りかごみたい。どこか……懐かしい感覚。

そうだ。この感覚を、自分は遠い昔に知っている。

この腕の中に抱《いだ》かれると、自分はいつも気分が落ち着いた。これでもう大丈夫《だいじょうぶ》だ。護《まも》ってもらえると心から安心して……。

これは子供の頃《ころ》の夢？　夢を見ているのかな。

やさしい揺れが心地よくて、密着した誰かの体温があたたかくて、どんどんどんどん意識が遠くなっていく――。

そのあとは録画映像を再生するみたいに、幸せな夢を繰《く》り返し見ていた気がする。まだ母が生きていた頃の【パラッツォ・ロッセリーニ】の夢。父と母、レオナルドとエドゥアール、執《しっ》事《じ》のダンテ、そしてもちろんマクシミリアンも一緒《いっしょ》で……毎日笑いが絶えなかった頃の――。

ひさしぶりに、ほんわか幸せな気分で、ふっと目が覚める。

「…………」

静寂《せいじゃく》の暗闇《くらやみ》の中でぱちっと目を開いたぼくは、一瞬自分がどこにいるのかがわからずに混乱した。

「ここ……どこ？」

むくっと半身を起こし、薄闇《うすやみ》に沈《しず》む部屋の様子をぼーっと眺《なが》めていると、やがてゆっくりと現実感が戻《もど》ってくる。

日本の、東京の、麻布の、マンションの、自分のベッドの上だ。

少しずつ状況《じょうきょう》を把握《はあく》するのと同時に疑問が湧《わ》く。

（いつの間に？）

たしか意識が途切《とぎ》れる前は、ソファでうとうとしていたはずだ。それなのに、今ベッドで寝ているのはなぜ？

そこまで考えて、ぼくは眉《まゆ》をひそめた。

記憶《きおく》の最後にかすかに残っている――揺りかごみたいな揺れ。

あれってもしかして……？

恐《おそ》ろしい推測に行き当たって「うわーっ」と叫《さけ》びかけ、もっと驚嘆《きょうたん》すべき事実にハタと気がつき、ひっと息を呑《の》んだ。

自分がちゃんと、寝間着《ねまき》に着替《きが》えていることに。

ソファでうたた寝してしまったのは、シャワーを使う前だった。

ということはこの寝間着は、マクシミリアンに着替えさせられたということ？

自覚した刹那、カーッと顔が熱くなる。思わず両手で頬を挟《はさ》み込んだ。

「し、信じられない」

……子供時代ならいざ知らず、二十歳《はたち》にもなって、マクシミリアンに抱《だ》っこされてベッドまで運ばれ、挙げ句パジャマに着替えさせられたなんて!!

いや、洋服で寝てしまった自分が悪いことはわかっているし、そんなだらしのない状態のぼくをマクシミリアンが見過ごせない性分《しょうぶん》であることも、男同士なんだから恥《は》ずかしがる必要がないこともわかっている。おそらくマクシミリアンのほうは、別になんとも思っていないだろう。

「でもっ……でもっ」

やっぱり恥ずかしいよ！

自分に脱《ぬ》がされた記憶がまったくなく、マクシミリアンのされるがままだったことが恥ずかしさに拍車《はくしゃ》をかける。

羞恥心《しゅうちしん》を持て余したぼくは、枕《まくら》を抱《かか》えてごろごろとベッドの上を転がり回った。五分くらい悶々《もんもん》として、やっと心拍数《しんぱくすう》が正常値に戻ってくる。反動で脱力《だつりょく》しながら枕にぽつりとつぶやいた。

「………喉《のど》、渇《かわ》いた」

起き抜《ぬ》けに興奮したせいかもしれない。我慢《がまん》できないほどの切迫《せっぱく》した喉の渇きを覚えたぼくは、のろのろとベッドから降り、部屋を出てキッチンへ向かった。

さっきの今でマクシミリアンと顔を合わせるのは気まずかったので、内扉《うちとびら》の陰《かげ》からそーっとリビングを覗《のぞ》き込む。間接照明のオレンジに照らされたリビングに人気はなかった。

よかった。もう自室に籠《こ》もって仕事をしているのだろう。

リビングに併設《へいせつ》されているキッチンまで行って、冷蔵庫を開ける。コップに移す余裕《よゆう》もなく、タイルの床《ゆか》に立ったままミネラルウォーターをゴクゴクと喉へ流し込んだ。

(おいしい。生き返る)

よく冷えた硬水《こうすい》を夢中で飲んでいると、背後でガチャッと音がした。

ボトルを手に何気なく振《ふ》り向《む》いたぼくは、うっと息を呑んだ。

リビングの出入り口に、マクシミリアンが立っていたからだ。

「…………っ」

正確に言えば、濡《ぬ》れ髪《がみ》で半裸《はんら》のマクシミリアンが立っていた。

腰にバスタオルを巻いているけれど上半身は掛《か》け値《ね》なしの裸《はだか》。シャワーを浴びて出てきたところなのか、額に下りた髪から雫《しずく》が幾《いく》重《え》にも筋を作ってぽたぽたと滴《したた》っている。

なだらかな隆起《りゅうき》を描《えが》く肩《かた》から二の腕にかけての理想的なライン。張り詰めた胸と美しく引き締《し》まった腹筋。

いつもきっちりとネクタイを締めて、夏でも外では上着を滅多《めった》に脱がない彼の、意外なほど筋肉質な裸体《らたい》を目《ま》の当たりにして、ぼくは声もなくその場に硬直《こうちょく》した。

（う……そ）

こんな無防備な姿を見るのは初めてで……。

何より驚《おどろ》いたのは眼鏡《めがね》がないこと。ものごころついた頃からマクシミリアンと言えば眼鏡をかけた顔がデフォルトだったから、一瞬誰《いっしゅんだれ》だかわからないくらいだった。

薄々《うすうす》そうだろうな、とは思っていたけど、やっぱりすごく端整《たんせい》で綺麗《きれい》な顔立ちをしている。

隙《すき》なく整いすぎていて、ちょっと怖《こわ》いくらいだ。

普段《ふだん》はきっちりと撫《な》でつけている前髪《まえがみ》が額に下りているせいか、いつになくラフで男っぽい雰囲気《ふんいき》もあって、見慣れない眼鏡を取った素顔《すがお》を見つめているうちに鼓動《こどう》がどんどん速くなってくる。

ひとりでドキドキしながら立ち尽《つ》くしていたら、ぼくの視線に気がついたらしいマクシミリアンがゆっくりとこちらを振り向いて——焦点《しょうてん》を合わせるみたいにじわじわと双眸《そうぼう》を細めた。

やがて、ぼくの存在を認めたようにはっと肩を揺らし、めずらしくあわてた口振《くちぶ》りで「失礼しました」と頭を下げる。直後さっと身を翻《ひるがえ》して内扉の向こうへ姿を消した。

「…………」

彼の姿が視界から消えたあともしばらく、ぼくの脳裏《のうり》からは生々しくて衝撃《しょうげき》的なマクシミリアンの映像が消えなかった。


「どうした？　ぼーっとして」

東堂の横合いからの問いかけに、壁際《かべぎわ》に立った状態でぼんやり物思いに耽《ふけ》っていたぼくは、ふっと我に返った。両目をパチパチと瞬《しばたた》かせる。

「あ、ごめん。……昨日あんまり眠《ねむ》れなかったからちょっと眠くなっちゃって」

午後三時。厨房《ちゅうぼう》が戦場の様相を呈《てい》したランチの波が一段落して、ティータイムに入った

【café Branche】の店内は、本日のスイーツ目当ての女性客が数組と落ち着いている。六時過ぎから始まる次の戦闘《せんとう》に備えて、厨房のスタッフも休憩《きゅうけい》に入っていた。

「なんか妙《みょう》に色っぽい顔してたけど」

今日は一緒のシフトに入っていた東堂に重ねて問われ、彼の顔を訝《いぶか》しげに見上げる。

「……色っぽい？」

とっさに意味がわからずに訊《き》き返した。

「好きな相手のことでも考えてた？」

「好きな相手？」

考えていたのは昨夜のマクシミリアンのことだ。

抱っこされてベッドに運ばれて着替えさせられたのも相当にショックだったけど、その衝撃ですら、半裸のマクシミリアンとの遭遇《そうぐう》に吹《ふ》き飛んでしまった。あれからずっと衝撃の半裸映像が脳裏から消えなくて、ベッドに戻ってからもまんじりともせず……。

今朝になっても、なんとなく気まずい気分は拭《ぬぐ》えなくて、マクシミリアンの顔がちゃんと見られなかった。ちなみにマクシミリアンは昨夜のことなどまるでなかったみたいに『普通《ふつう》』だった。

「違《ちが》うよ。そんなんじゃな……」

首を横に振って否定しかけたのを東堂に片手で制された。

「あー、いいっていいって隠《かく》さなくても。わかるからさ」

同志を見るような同病相憐《どうびょうあいあわ》れむ眼差《まなざ》しを向けられ、いよいよ困惑《こんわく》する。

「わかるって？」

「俺も似たようなもんだから。報《むく》われない相手に片思いってやつ」

「東堂が？」

男女を問わず人気者の彼が片思いをしているというのは意外だった。

大学でもアルバイト先でも、明るくて気さくな東堂はいつも人に取り囲まれている。ぼくの目から見ても、カッコイイし、頭いいし、面倒見《めんどうみ》もいいしで、人気があるのもすごく納得《なっとく》がいった。

そして実は密《ひそ》かに、もしかしたら麻美ちゃんとつきあっているのかな、と思ったりもしていたので、片思い告白にはかなり意表を衝《つ》かれたのだ。

「杉崎ってさ、普段はにこにこしてんのに、時々すげー切なそうな顔してため息吐《つ》いてたりすることあるから……きっと報われない恋愛《れんあい》してるんだろうなって前から思ってた」

切なそうな顔？　ため息？　ぼくが？

自覚がなかったのでびっくりする。

「俺も同じだからわかる。こっちはこんなに好きなのに、なんで向こうはそうじゃないんだって、腹立つけどどうしようもなくて」

つれない片思いの相手を思い出しているかのような、切なげな表情で東堂がつぶやいた。

「………」

東堂の想《おも》いとは種類が違うけれど、そのやるせない気持ちはちょっぴりぼくにもわかるような気がした。

がんばったところで、どうしたって『彼』の中では一番にはなれない。

だって『彼』には、自分よりも大切な相手がいるのだから。

その相手に忠誠を誓《ちか》い、生涯《しょうがい》を捧《ささ》げてしまっているのだから。

いつだったか尋《たず》ねたことがある。

『マクシミリアンは結婚《けっこん》しないの?』

『いたしません。すでに生涯の忠誠を誓った御方《おかた》がおりますので』

それ以上は追及《ついきゅう》しなくても、その「生涯の忠誠を誓った御方」というのが、天涯孤独《てんがいこどく》だったマクシミリアンを施設《しせつ》から引き取り、成人まで育て上げた父であることはわかった。

(そんなの……勝てるわけない)

ぼくなんかに太刀打《たちう》ちできない強い絆《きずな》で結ばれた父とマクシミリアン。そんな人間を想ったところで……。

ふたたび思考を飛ばしかけていたぼくを現実へと引き戻《もど》すように、ドアがギィーと開いてお客さんが入ってきた。スタッフが案内する前に、空いている喫煙《きつえん》席に勝手に腰《こし》を下ろしてしまう。

「あ――オーダー、ぼく行くよ」

東堂に言ってぼくは壁《かべ》から背中を離《はな》した。夕方からまた忙《いそが》しくなるし、いつまでもぼーっとしてはいられない。

「いらっしゃいませ」

お冷やとメニューをトレイに載《の》せて注文を取りに行くと、ぼくの顔を見るなりお客さんが言った。

「いつものお願い」

ここ数日、続けて顔を見せている三十代の男性客だ。

「はい、カフェラテですね」

毎日ほぼ同じ時間に来て、判で押したようにカフェラテを頼《たの》むので、自然と覚えてしまっていたのだが。

「ちゃんと覚えていてくれてたんだ」

男が歯を見せて嬉しそうに笑う。

肌《はだ》が浅黒いので、歯の白さが妙に目立った。右の奥に金歯がある。薄《うす》いピンク色のシャツに黒のスーツという格好《かっこう》だが、ネクタイはつけていない。第二ボタンまで外した首許《くびもと》から、細い金のチェーンが覗《のぞ》く。左の手首にはゴールドのロレックス。右の中指にシルバーの指輪。

何をしている人なのか。サラリーマンには見えないけれど。

ぱっと見は職業不詳《ふしよう》の男性客を無意識に観察していると、不意に尋ねられた。

「名前、なんていうんだっけ?」

「え?」

「名前だよ、きみの名前」

今まで一度もお客さんに名前を訊《き》かれたことがなかったので、戸惑《とまど》いつつも答える。

「杉崎です」

「下の名前は?」

なんでそんなことを知りたがるのだろう。彼の真意がわからなかったけれど、常連客に嘘《うそ》をつくわけにもいかない。

「……琉佳です」

「琉佳ちゃんか。かわいい名前だ。顔に合ってるね」

「あ……ありがとうございます」

「俺は黒部《くろべ》っていうんだ」

灰皿を引き寄せながら、色黒の男性客が名乗った。ジャケットの胸許から煙草《たばこ》を取り出し、口にくわえる。

「よろしくね」

くわえ煙草の唇《くちびる》をにっと横に引かれて、反射的に「は、はい」とうなずいてしまった。

（変わった人だな）

「カフェラテ、ワンです」

席を離れてオーダーを厨房に伝えに戻ったぼくの傍《かたわ》らに、東堂がすっと寄ってくる。

「気をつけろよ」

小声で耳打ちされて、「何が？」とやはりひそめた声で問い返した。

「あいつ」

ちらっと目線で先程《さきほど》の男性客を示し、東堂が囁《ささや》く。

「おまえ狙《ねら》いっぽい」

「狙いって？」

「おまえ目当てで通ってきてる気がする。初日からおまえを見る目つきが変だった」

「目当てって……」

そう言われてもピンとこない。だって――。

「あの人、男の人だよ？」

当たり前の事実を指摘《してき》すると、東堂が微妙《びみょう》な顔つきをした。眉《まゆ》をひそめてつぶやく。

「そういうやつもいるんだよ」

「そういうやつって？」

まさに鸚鵡《おうむ》よろしく質問を繰《く》り返すぼくに、東堂が迷うような表情をして前髪《まえがみ》を掻《か》き上げた。

ふーっとため息を吐いたあとで、まるで子供に言い含めるみたいな口調で言う。

「理由は深く考えなくていいから」

「……東堂？」

「とにかくあいつには気をつけろ」

第四章

「杉崎くん、悪いね。明日には山田くんも復帰できるみたいだから」

申しわけなさそうな顔のオーナーに謝られ、ぼくは「いいえ」と首を横に振《ふ》った。こんな自分が少しでも役に立てるなら純粋《じゅんすい》に嬉《うれ》しい。オーナーには本当に感謝しているし。

「おうちの人は大丈夫《だいじょうぶ》？」

心配されて、今度は首を縦に振る。

「大丈夫です」

風邪《かぜ》で倒《たお》れてしまった常勤スタッフの穴埋《あなう》め要員として、ぼくはここ数日連続で夜遅《よるおそ》くのシフトに入っていた。マクシミリアンには「ゼミの集まりがある」と嘘をつき、十一時過ぎに帰宅するのも今日で三日目。それからお風呂《ふろ》に入ったり明日の講義の準備をしたりしているうちに、気がつくと深夜の二時とか三時を過ぎていて……。

眼鏡《めがね》をかけていない半裸《はんら》のマクシミリアンとリビングで出くわしてしまった――あの夜以来、彼と長い時間顔を合わせるのがなんとなく気まずかったから、バイトで遅《おそ》くなって一緒《いっしょ》に食卓《しょくたく》を囲まないで済むのは有り難《がた》かったけれど。

「……さすがに疲《つか》れたな」

十時の営業終了《しゅうりょう》後の店内の後片づけを終えて、バックヤードであくびを噛み殺しながらタブリエを外す。完璧《かんぺき》な寝不足《ねぶそく》だ。

ユニフォームから私服に着替えたぼくは、腕時計《うでどけい》を確認《かくにん》した。

（十時半か。今日も広尾駅に着くのは十一時過ぎるって、恵比寿駅でマクシミリアンに電話しなくちゃ……）

脱《ぬ》いだユニフォームをロッカーにしまい、今朝玄関《げんかん》で見たマクシミリアンの顔を思い浮《う》かべる。

「――お気をつけて行ってらっしゃいませ」

相変わらず鉄壁《てっぺき》のポーカーフェイス。表情には出さないけれど、おそらく内心ではぼくの帰宅が遅いことを、快く思っていないに違《ちが》いない。勉強の一環《いっかん》ということで甘んじて受け入れているのだろうけど。

（でもそれもまぁ、今日で最後だし）

ジャケットを羽織り、ナイロンバッグを肩《かた》にかけた時、ガチャッとドアが開いて、東堂がバックヤードに入ってきた。彼もまたピンチヒッターで駆《か》り出されたのだ。

「オーナーとの話終わったの？」

さっき店内の掃除《そうじ》が終わったあとでオーナーに呼ばれていったのだが。

「来月、爺《じい》さんの喜寿《きじゅ》の祝いがあってさ。その話だった」

着替え始めた彼を待っているべきか否《いな》か迷っていると、東堂が横目でぼくを促《うなが》す。

「先に帰れよ。俺、どーせバイクだし。ここんとこ毎日遅いから、少しでも早く帰ったほうがいいんじゃね？」

マクシミリアンのことを心配しているのはわかった。東堂には「親戚《しんせき》だけど父親の部下でお目付役みたいな感じ」と話してあるから。

「うん。じゃあ、お先」

「お疲れー」

椅子《いす》が上がって照明も落とされたフロアを足早に横切り、厨房《ちゅうぼう》のさらに奥へ向かう。裏口を抜《ぬ》け、ビルの裏側の出口から外に出た。まだ少し肌寒《はださむ》い外気に触《ふ》れて小さく震えたぼくは、路地の壁《かべ》に背を向けて立つ人影《ひとかげ》に気がつき、目を細めて焦点《しょうてん》を合わせる。

腰《こし》位置が高く、手足が長い、すらりと均整の取れた長身。広い肩幅《かたはば》。見ているこっちの気が引き締《し》まるほどに、ぴしっと伸《の》びた背筋。

「………っ」

暗くてディテールまではっきり見えなくても、そのシルエットだけで誰《だれ》だかわかってしまったぼくは、思わず大きな声を出した。

「マクシミリアン⁉」

な、なんでここにマクシミリアンが⁉

不意打ちに動揺している間に、長身の影が建物の陰《かげ》から歩み出てきた。外灯の光に晒《さら》されて、その怜悧《れいり》な美貌《びぼう》があらわになる。

「ど、どうして……」

立ち尽《つ》くすぼくにゆっくりと近づきながら、マクシミリアンが静かな声を発した。

「ルカ様がこのカフェで働いておいでなのは承知しておりました」

「知って……た？」

「はい」

「って、いつから⁉」

少し手前で足をぴたりと止め、険しい表情でぼくを見下ろして告げる。

「二週間ほど前です」

「二週間……」

つまりアルバイトを始めてすぐ？

まだ衝撃《しょうげき》から立ち直れずに、半ば呆然《ぼうぜん》と、魂《たましい》の抜けた声音《こわね》で尋《たず》ねる。

「知っていたのに……なんで？」

「ルカ様の一度は働いてみたいというお気持ちもわかりましたし、今この時期、それも日本でしか経験できない得難い体験であろうとも思いましたので、この件に関しましては敢《あ》えて見て見ぬふりをしておりました」

本当に、何から何まですべてお見通し。

全身から力が抜け落ちるような感覚に囚《とら》われる。

そうとは知らずに必死に隠《かく》していた自分が馬鹿《ばか》みたいで……。そのために嘘《うそ》をついたり言い繕《つくろ》ったりするぼくを、あの無表情の陰でマクシミリアンはどう思っていたんだろう。

なんだか自分が、マクシミリアンの手のひらの上で転がされてるだけの存在である気がして虚《むな》しくなる。

「しかし、このように遅くまで働くとなると話は別です」

ぼくが状況を理解するまで待っていたらしいマクシミリアンが、ふたたび口を開いた。

「このところ連夜睡眠《すいみん》不足ですし、外食も続いています。このままでは体が保ちません。いずれ学業にも影響《えいきょう》が出てきます」

「………」

寝不足、外食は本当なので反論できず、ぼくは唇《くちびる》をきゅっと嚙《か》み締める。

「同じ働くにしても、もっと体に負担の少ない仕事がいくらでもあるはずです。私がルカ様に相応《ふさわ》しいアルバイト先を探しますから、とりあえずここはお辞《や》めになって……」

「嫌《いや》だ。辞めたくない」

最後まで聞かずにぼくは彼の声を遮《さえぎ》った。まるで駄々《だだ》っ子みたいな物言いだったけれど、ここで引くわけにはいかなかった。

「ルカ様」

「ここを気に入ってるし、オーナーもスタッフもみんないい人たちなんだ。辞めたくない」

「……………」

言い募《つの》るぼくをマクシミリアンが無言で見つめる。その感情の読めない、冷たく整った貌《かお》と対峙して、首筋にちりっと嫌な感覚が走った。

（もし……）

もしも父様やレオナルド、エドゥアールにアルバイトの件を報告されてしまったら？

きっと大騒《おおさわ》ぎになる。「ロッセリーニ家の三男がカフェのギャルソンなんてとんでもない」と、問答無用で辞めさせられてしまうに違いない。生活費のために働く必要はないはずだ、そんなことをさせるためにわざわざ日本へ行かせたのではないと言われてしまえば、まさにそのとおりで一言も返せない……。

背筋を這《は》い上がる焦燥《しょうそう》に圧されて一歩を踏《ふ》み出したぼくは、父と兄が遣《つか》わした『お目付役』を縋《すが》るような目で見上げた。

「お願い。父様たちには言わないで。知られたらきっとまた大騒ぎになる」

はじめは独立のためのお金が欲しくて始めたアルバイトだった。でも今は、この店と仲間が好きで一緒に働きたいという気持ちが強くなってきている。みんなと別れるのは嫌だ。

「この店を辞めたくないんだ」

切羽詰《せっぱつ》まった懇願に、マクシミリアンが秀麗《しゅうれい》な眉根《まゆね》を寄せる。

「……しかし」

「本人が辞めたくないって言ってるんだから、自由にさせたら?」

その声に肩を揺《ゆ》らして振《ふ》り向《む》いたぼくは、ビルの出入り口に友人の姿を認め、「東堂」と名前を呼んだ。

大股《おおまた》で近づいてきた東堂が、ぼくの肩を摑《つか》んだかと思うとぐいっと後ろへ押しやる。まるで庇《かば》うみたいにぼくの前に立ち、マクシミリアンと向き合った。

「お目付役だかなんだか知らないけど、もう成人しているこいつにそこまで指図する権利はないでしょう」

相対するマクシミリアンのこめかみがぴくっと震《ふる》える。たちまち険を孕《はら》むその顔を見て、ぼくは東堂の肩越《かたご》しに目を瞠った。

ここまではっきりと感情をあらわにするマクシミリアンを初めて見たからだ。

しかし東堂も怯《ひる》まない。プレッシャーに負けじと胸を張って、さらに言葉を継《つ》ぐ。

「この三日ばかりはスタッフの急病で遅番《おそばん》に入ってもらっていたけど、それも今日で終わりです。明日からは前と同じようにちゃんと八時には帰すようにしますから」

「…………」

マクシミリアンは何も言わない。ただ、目の前の東堂をレンズ越《ご》しに強い眼光で見据《みす》えるだけだ。自然とふたりが睨《にら》み合う形になり、視線と視線の火花が散る。

ぴんと張り詰めた空気に耐《た》えられなくなったぼくは、緊張《きんちょう》に強《こわ》ばった喉《のど》を開いた。

「あ、あの……本当に明日からはちゃんと八時には帰……」

刹那《せつな》、マクシミリアンが東堂から視線を剥《は》がしてぼくを見る。

「………ッ」

背中をピリッと電流のような衝撃が貫いた。

初めて向けられた激しい眼差《まなざ》しに、ぼくは息を呑《の》む。

その青灰色の双眸《そうぼう》に宿っているのは――『憤《いきどお》り』だ。

いつも、どんな時だって冷静沈着《ちんちゃく》な彼が、ぼくに対して初めてぶつけてきた剝《む》き出しの激情。

彼の瞳《ひとみ》に立ち上る青い炎《ほのお》に圧倒《あっとう》されたぼくが、言葉もなく立ち竦《すく》んでいると、マクシミリアンが低くつぶやいた。

「お好きになさい」

言うなりくるっと背を向ける。

「マクシ……」

かすれた呼びかけが途中《とちゅう》で途切れた。マクシミリアンの広い背中が、これ以上の会話を拒絶《きょぜつ》しているような気がして。

――お好きになさい。

あんな、突《つ》き放すみたいな投げやりな物言いをされたのは初めてだ。

(嫌……われた？)

そう思ったとたん、すーっと体が冷たくなり、両脚《りょうあし》が硬直《こうちょく》して動けなくなった。カツカツコツコツと靴音《くつおと》を響《ひび》かせて去っていくマクシミリアンを追いかけることもできない。

心のどこかで、どんなことがあってもマクシミリアンは自分を嫌《きら》わない、見捨てないと思っていた。なんの根拠《こんきょ》もなくそう思い込んでいた。

でもどんなに完全無欠なマクシミリアンだって人間で……仕事に私情を挟《はさ》まないことを信条としていても、どうしても感情的に許せないことがあるはずで。

それに、自分は別にマクシミリアンの主人なわけでもない。

マクシミリアンが一生の忠誠を捧《ささ》げた主君は父様。

その父様の命令だから、彼は仕方なくぼくの傍《そば》にいるだけなのだ……。

「杉崎？　大丈夫《だいじょうぶ》か。おまえ」

東堂の気遣わしげな問いにも、返事をすることができない。

「顔、真っ青だぞ」

小刻みな震えを堪《こら》え、ぼくはマクシミリアンが消えていった闇《やみ》を見つめるばかりだった。

地下鉄の恵比寿駅から外に出て、代官山方面に向かって歩き出す。大学からバイト先へと向かうぼくの足取りはふらふらとおぼつかなかった。

このところずっと寝不足《ねぶそく》と食欲不振《しょくよくふしん》が続いていて、体に力が入らないのだ。不調の原因はわかっている。マクシミリアンとの冷たい関係のせいだ。

とはいっても、表面上は以前とまったく変わらない生活で、マクシミリアンのフォローも朝から晩まで相変わらず完璧《かんぺき》だ。丁寧《ていねい》な物言いも変わらない。

でもやっぱり、態度が微妙《びみょう》に冷たい気がする。はっきりと、どこがどういうふうにとは言えないのだけれど。

あの夜、ぼくの様子を心配した東堂がバイクで麻布まで送ってくれた。しかしマンションの部屋に戻《もど》った時にはもう、マクシミリアンは自室へ入ってしまっていて、顔を合わせることはなかった。

そして翌朝。一睡《いっすい》もできぬまま朝を迎《むか》えたぼくが、勇気を振り絞《しぼ》ってリビングに行くと、マクシミリアンは拍子抜《ひょうしぬ》けするほどあっさりと「昨夜はすみませんでした」と謝った。それきりアルバイトの話題には触《ふ》れずに朝食の用意を始めてしまったので、ぼくもそれ以上は何も言えず……。

あれから――まるで故意に避《さ》けてでもいるかのように、マクシミリアンはアルバイトについて言及《げんきゅう》してこない。そして、あれだけ口煩《くちうるさ》かったのが嘘のように、ぴたりと小言を言わなくなった。あの夜の捨て台詞《ぜりふ》そのまま、「好きにしろ」と言わんばかりに干渉《かんしょう》してこなくなった。

そうなってしまうと、ぼくたちの間にはほとんど会話がなくなってしまって……。

マクシミリアンのことだから、わざわざ問い質《ただ》さなくても、ぼくがアルバイトを始めた理由——ここを出る準備金を貯《た》めるため——にはとっくに気がついているだろう。

そのくせ「父様には言わないで」なんて勝手ばかり言うぼくに呆《あき》れ果てたのか。

（本当に嫌われてしまったのかも……）

そこに思い至ると気持ちがずーんと沈《しず》んで、ただでさえ旺盛《おうせい》とは言えない食欲《しょくよく》が失せた。

あれやこれや、埒《らち》もないことをぐるぐる考えてしまって夜もよく眠《ねむ》れない。

嫌われてしまったマクシミリアンと顔を合わせるのが、辛《つら》い。

今までは、ぼくが一方的に怒《おこ》ったり八つ当たりしたりしても、マクシミリアンは大人の余裕《よゆう》で、いなしてくれていた。だからこそ、ぼくも心のどこかで安心して、彼に対して拗《す》ねたり、駄々《だだ》をこねたりできていたのだ。

十年ぶりに一緒《いっしょ》に住むようになってから、いつの間にかまた、子供の時分と同じような甘えの気持ちが復活してしまっていた。

甲斐甲斐《かいがい》しく世話を焼いてくれて、面倒《めんどう》を見てくれて当たり前。

その上、何をしてもマクシミリアンには嫌われないなんて、ぼくはなんて驕《おご》っていたんだろう。

この前の夜の、マクシミリアンの双眸に宿った青い憤怒《ふんぬ》の炎を思い出し、アスファルトに苦いため息を落とす。

──お好きになさい。

突き放すような邪険《じゃけん》な物言いが脳裏《のうり》にリフレインしてきて、足取りがいよいよ重くなる。

(馬鹿《ばか》だ)

こんな自分は……見限られて当然だ。

首までどっぷりと後悔《こうかい》に浸《つ》かり、俯《うつむ》き加減《かげん》にとぼとぼと狭《せま》い裏道を歩いていたぼくは、店まであと五分というあたりで、ふと足を止めた。ガードレールに摑まるようにして男の人がうずくまっているのに気がついたからだ。

「どうしたんですか？」

反射的に傍《そば》まで駆《か》け寄り、うずくまっている背中に話しかけた。

「……苦しくて」

心臓のあたりを手で押さえて、本当に苦しそうな声が返る。

発作《ほっさ》か何かだろうか。周りを見回したけれど、あいにくと視界の範囲《はんい》には誰《だれ》もいない。

「誰か呼んできます」

その時、男が顔を上げたので、ぼくは思わず「あっ」と叫《さけ》んでしまった。浅黒い顔に見覚えがあったからだ。

「黒部……さん？」

男もぼくを見て「ああ、きみか」とつぶやく。【café Branche】の常連客のひとりだった。顔見知りとなると、なおのこと責任感が募《つの》る。

「そうだ。救急車！」

携帯《けいたい》に手を伸《の》ばそうとして、「そんな大げさにしないでくれ」と止められた。

「持病の発作なんだ。……この少し先の仕事場に行けば薬があって、飲めばすぐ治まるから」

「そこまで歩けますか？」

すると男が顔をしかめて、首を横に振《ふ》る。

「悪いけど……ちょっと歩けそうにないんで、肩《かた》貸してもらっていいかな？」

一瞬、いつだったかの東堂の「あいつには気をつけろ」という台詞が頭をかすめたが、目の前で苦しんでいる人間を放ってはおけない。それに、あれからも何回か接客をしたけれど、黒部はいつも感じがよく、必要以上に絡《から》んでくることもなかった。

「わかりました。摑《つか》まってください」

ぼくより十センチは身長の高い黒部を支えるのは大変だったが、なんとか彼の誘導に従って、近くの細長い雑居ビルまで辿《たど》り着く。かなり旧式なエレベーターの、ガタガタと揺《ゆ》れる箱の壁《かべ》にもたれて、黒部は苦しそうな息を吐いている。

「大丈夫ですか？」

「うん……なんとか。すまないね……つき合わせちゃって。これからバイトだろ？」

「ええ、でもまだ時間に余裕がありますから」

五階で下り、薄暗《うすぐら》い踊《おど》り場に立った。隣《となり》合わせにふたつのドアが並んでいる。どちらも表札は出ていなかった。

「向かって右側のほう」

ふたたび彼に肩を貸しながら、右側のドアの前まで行く。

「ここがお仕事場ですか？」

「そう、でも俺しかいないから。あ……鍵《かぎ》はポケットの中」

黒部のジャケットのポケットから鍵を取り出し、彼をいったん階段に座らせてから、ぼくはもう一度ドアに向かい合った。鍵穴《かぎあな》に鍵を差し込み、カチャッと解錠《かいじょう》してドアノブを掴む。

扉《とびら》を引き開けると、誰もいないはずの玄関《げんかん》にずんぐりと太った男が立っていた。

「ご苦労さん」

スキンヘッドの丸顔ににやりと笑われて、びくっと肩を揺らす。とっさに状況《じょうきょう》が把握《はあく》できなくて後ろを振り返ると、いつの間にか音もなく黒部が背後に立っていた。

「なかなか迫真《はくしん》の演技だったろ？」

質《たち》の悪い薄笑《うすわら》いを見て、自分が罠《わな》に嵌《はま》ったことをようやく覚《さと》る。

身を翻《ひるがえ》して逃《に》げようとした左肩《ひだりかた》を、スキンヘッドに乱暴に掴まれた。

「おおっと。逃げちゃダメだよ、子猫《こねこ》ちゃん」

（騙《だま》された！）

「放せっ……放――ッ」

叫びかけた口を後ろから黒部に塞《ふさ》がれ、必死に手足をばたつかせて暴れる。けれど、この手の荒《あら》っぽい所業に慣れているらしい男ふたりは、ぼくの抵抗《ていこう》などものともしなかった。

ふたりの男に挟《はさ》み打ちにされた状態で背中をぐいっと押され、玄関の中へ押し込まれる。靴《くつ》のまま室内へ引き上げられ、廊下《ろうか》をずるずる引きずられた。

突《つ》き当たりのドアを開けたスキンヘッドに、殺風景な部屋の中へどんっと突き飛ばされたぼくは、カーペットの床《ゆか》でたたらを踏《ふ》んだ。

二、三歩よろめいてから振り向《む》き、入り口に立つ男ふたりに叫ぶ。

「な、なんで、こんなことを!?」

「おまえを拉致《らち》って監禁《かんきん》しておけってぇ上からの命令だ」

スキンヘッドがドスの利《き》いた声で答えた。

「上？」

「うちなんかよりずーっと上の組織だよ」

黒部が嘯《うそぶ》き、部屋の中に入ってくる。反射的にじりじりと後ずさったぼくは、まもなく壁に阻《はば》まれて逃げ場を失った。出し抜《ぬ》けに右腕《みぎうで》を摑まれ、ぎりっと捻《ねじ》り上げられる。

「痛っ」

「しばらくおとなしくしてもらおうか」

耳許《みみもと》の囁《ささや》きの直後、鳩尾《みぞおち》のあたりに激しい衝撃《しょうげき》を感じた。

「……ッ——‼」

あまりの痛みに声が出ず、息もできない。酸欠のせいか、だんだんと頭が霞《かす》んで、目の前が暗くなって——ずるずるとその場に頽《くずお》れたぼくは、ほどなく意識を失った。

第五章

「う……ん」

ゆっくりと覚醒《かくせい》していく意識の中で、じわじわと薄目《うすめ》を開ける。頬《ほお》に触《ふ》れる——ざらついたアクリルカーペットの感触《かんしょく》。どうやら床に直接寝《ね》てしまっていたらしい。

身じろいだ刹那《せつな》、ジャラ……という金属音が聞こえ、その音の発信源に視線をやると、両手首に手錠《てじょう》が嵌《は》められていた。

(本物？)

映画やドラマの中でしか見たことのないそれを、顔の近くまで持ってきてまじまじと見つめる。輪っかの中で手首をぐるぐる回してみたり、鎖《くさり》の部分を左右に思いっきり引っ張ってみたりしたけれど、ステンレスの手錠はびくともしない。本物なのかどうかは別として、ぼくの力でどうにかできる代物《しろもの》じゃないことだけはわかった。

両手の自由が利かないので仕方なくカーペットに肘《ひじ》をつき、腕《うで》の力でじりじりと上体を起こす。とたん、鳩尾《みぞおち》のあたりが重苦しく疼《うず》いた。

「気持ち……悪い」

なんだか吐きそうだ。顔をしかめ、胃の周辺を手のひらで押さえる。手錠を嵌められた手ですりすりとさすっているうちに、徐々《じょじょ》に嘔吐《おうと》感が治まってきた。

よかった。とりあえず内臓破裂《ないぞうはれつ》とかはしていなさそうだ。あんなふうに殴《なぐ》られたのは生まれて初めてだったから、どうなっちゃうか心配だったけど。

壁に寄りかかって額の脂汗《あぶらあせ》を拭《ぬぐ》いつつ、ほっと息を吐く。直後、今度は全身がふるふると震《ふる》え出した。おこりのような小刻みな震えを、膝《ひざ》を引き寄せ、エビみたいに身を丸めることでどうにか抑《おさ》えつける。

(落ち着け。パニックが一番の敵だ。落ち着け。平常心だ)

トラブルに巻き込まれた際の心得は、子供の頃《ころ》からマクシミリアンに教え込まれている。

とにかく冷静でいること。

冷静に状況を把握して、無茶《むちゃ》をせず、無闇《むやみ》に抗《あらが》わず、救出を信じて待つ。

——いつ、どんな時にもロッセリーニ家の一員である誇《ほこ》りと威厳《いげん》をお忘れにならずに。

マクシミリアンの言葉を心の中で繰《く》り返し、すーはーと深呼吸した。何度か繰り返すにつれ、早鐘《はやがね》を打っていた心臓が落ち着いてくる。

大丈夫《だいじょうぶ》だ。きっと誰《だれ》かが助けに来てくれる。

懸命《けんめい》に自分に言い聞かせて、なんとか平常心を取り戻《もど》したぼくは、それでも完全には払拭《ふっしょく》しきれない畏怖の念から意識を逸《そ》らすために、気を失うまでの経過を改めて辿り始める。

バイトに行く途中《とちゅう》、裏道でうずくまっている常連客——黒部を見つけて、胸が苦しいと言う彼を、彼の仕事場まで肩を貸して連れて行った。

ところが、誰《だれ》もいないはずの部屋にはスキンヘッドの男がいて……。

――ご苦労さん。

――なかなか迫真の演技だったろ?

男たちのニヤニヤ笑いを思い出し、奥歯を噛《か》み締《し》める。

騙《だま》されたのだ。飛んで火に入る夏の虫よろしく、自分から罠《わな》に赴《おもむ》いてしまった。東堂に「黒部には気をつけろ」と再三言われていたのに。

やつらの目的はなんなのか。たしか「上の組織の命令だ」とか言っていたけれど。

ぼくを攫《さら》ったり監禁したりすることによって、なんらかの利益を得られる組織?

やっぱり『ロッセリーニ』が関係しているんだろうか。

ふと脳裏《のうり》に、マクシミリアンの険しい表情が浮《う》かんで、胸がツキッと痛んだ。

(マクシミリアンも怒《おこ》るだろうな)

いや、怒るよりも呆《あき》れるかも。……あれだけ厳しく言い聞かせてあったのに、と。

――誰かに話しかけられたり、どこかへ行こうと誘《さそ》われたりしても、絶対についていってはいけません。

暗記してしまうほどに繰り返された注意事項《じこう》が耳に還《かえ》る。言われるたびに内心で「子供じゃないんだから」とうんざりしていた。まさかこんなことになるとは思わずに。

ロッセリーニ家に生まれた以上は、一族が持つもうひとつの顔、ダーティな一面も引き受けなければならない。

実際、少し前に長兄《ちょうけい》のレオナルドが撃《う》たれたこともあって、ある程度は覚悟《かくご》ができているつもりだった。

たまたま今までは危険な目に遭《あ》うことなく平穏《へいおん》無事でこられたけれど、いつ何時自分がトラブルに巻き込まれてもおかしくはないのだと。

だけど、安全な日本での生活も半月が過ぎ、環境《かんきょう》にも慣れてきて、いつしか気持ちが緩《ゆる》んでいた。平和ボケじゃないけれど、油断していたのだ。

ひとりで大学に通って、バスや電車を使って移動したりアルバイトをしたり、イタリア時代から比べると格段に自立できた（と自分では思っていた）――そんな自分にちょっといい気になって、どこかに隙《すき》があったのかもしれない。よもや白昼堂々拉致《らち》されるとは思わなかった。

（マクシミリアン……煩《うるさ》いなんて思ってごめん）

膝を抱《かか》え、心の中で謝る。するとふたたびマクシミリアンの声が脳内にリフレインしてきた。

――何かわからないことがあったり、道に迷ったりしたら、すぐにこの携帯《けいたい》で私に連絡《れんらく》を入れてください。登録ナンバーの一番を押せば、私の携帯に繋《つな》がるようになっていますから。

「そうだ。携帯！」

あわてて周囲を探してみたが、携帯が入っているバッグは見つからなかった。いつの間にかジャケットと靴を脱《ぬ》がされ、シャツにボトムという格好《かっこう》になっている。おそらく気を失っている間に、やつらに脱がされ、バッグも取り上げられてしまったに違《ちが》いない。

がっかりして、もう一度部屋の中を見回した。

三メートル四方くらいの、四角い箱のような殺風景な部屋だ。ドアがひとつある以外はガランとしていて家具もない。もともと倉庫か何かだったのだろうか、窓すらなかった。その代わりに壁《かべ》の二面の上のほうに、幅五センチほどの横長の明かり取りのスペースが空いていて、そこからかすかに外光が差し込んでいる。

差し込む光はうっすらと赤みを帯びていた。

夕日？

日が沈《しず》みかけているということは、少なくともこの部屋に連れ込まれてから二時間は気を失っていたということだ。

本来ならば、今日は三時にアルバイトに入る予定だった。

ぼくが連絡もなく休んだら、東堂が不審《ふしん》に思って捜《さが》してくれるかもしれない。

だけど、捜すにしたってなんの手がかりもない状態で、ここを突きとめるのは無理……。

いや、でもこのビル自体は【café Branche】からそう離《はな》れていないはずだし、なんとかして居場所を伝える方法はないだろうか。

無意識にも親指の爪《つめ》を齧《かじ》りながらあれこれ思案していると、カチッと鍵が回る音が聞こえ、ドアがガチャッと開いた。はっと顔を上げたぼくの視界に、浅黒い顔が映り込む。

「おー、起きたな」

そのまま部屋の中に入ってきた黒部が、壁際《かべぎわ》にうずくまるぼくのすぐ手前で足を止めた。その場でしゃがみ込み、腰《こし》のポケットから何かを引き抜《ぬ》いて、ぼくの目の前に掲《かか》げる。

「ほら、おまえの携帯」

「あ……っ」

「登録してあったバイト仲間のオトモダチ宛《あて》にメールを打っておいた。【具合が悪いので今日は欠勤します】とな」

「――――っ」

東堂にメールを打った？

となると、東堂が異変を感じて捜してくれる可能性は消えた。

あとはマクシミリアンが頼《たよ》りだけど、最近は帰宅が八時を過ぎるのが当たり前になっているから、かなり遅《おそ》くにならないと気がつかないかもしれない。

それに最近のマクシミリアンは、以前のようにぼくの行動に四六時中目を光らせて監視《かんし》することもなくなってしまった。

まるでもう、ぼくに興味を失ってしまったみたいに……。

そう思った瞬間《しゅんかん》、ただでさえどんより湿《しめ》った不安で沈みがちだった心の底が、さらにずーんと重くたわむ。

負の感情に押し潰《つぶ》されそうになったぼくは、目頭《めがしら》からじわっと染《し》み出そうになる涙《なみだ》を必死に堪《こら》え、自分を叱《しか》った。

(馬鹿《ばか》。泣くな!)

めそめそしていても、なんの解決にもならない。

誰も助けに来てくれないなら、自分でなんとかするしかないんだ。

自らを叱咤《しった》激励《げきれい》し、お腹《なか》にぐっと力を入れてから、ぼくは顔を上げて目の前の男をまっすぐに見据《みす》えた。

「なんでぼくを監禁《かんきん》するの?」

黒部が「さぁな」と肩《かた》をすくめる。

「上の組織にうちの組長が頼《たの》まれたらしい。俺らみたいな下っ端《ぱ》に理由なんざわからねぇよ」

どうやら黒部は本当に何も知らないらしい。上からの命令で動いているだけのようだ。

そう覚《さと》ったが、少しでもその黒幕——組長と呼ぶからには任侠《にんきょう》組織なんだろうけど——に関して情報が欲しくて、さらに探《さぐ》りを入れてみる。

「カフェに通ってきていたのは、ぼくが目当てだったの?」

「まぁな。客のフリを装って張り込むために、わざわざここに部屋も借りた。顔見知りになっておいて、隙を見て拉致《らち》る算段だったんだが、おまえに連れがいたり人目が多すぎたりと、チャンスがなかなか巡《めぐ》ってこなかった。帰りは帰りでわざわざ駅まで迎《むか》えが来ていたしな」

「………」

マクシミリアンのことを知っているということは、本当に麻布のマンションまでずっと尾行《びこう》していたということだ。でもおそらくは何人かで交代で尾行していたに違いない。毎日同じ男につけられていたら、さすがのぼくだって気がつく。

「おまけにおまえは一見ぽやんとしている癖《くせ》に思いのほか警戒心《けいかいしん》が強くて、隙がねえ。家と大学とバイトの往復で、滅多《めった》に寄り道もしねぇしな。おかげでガキひとり拉致るのに、ずいぶん時間がかかっちまったぜ」

ぼりぼりと頭を掻《か》いて、黒部がぼやく。

「それが今日は駅で張ってたら、妙《みょう》にぼやーっと心ここにあらずって顔つきで改札から出てくるから、こりゃぁチャンスだと思って先回りしてたってわけさ」

得意げな男を上目遣《うわめづか》いに見て、ぼくは一番知りたかったことを問いかけた。

「ぼくを……どうするつもり？」

「さっき連絡したら、上の組織のお偉《えら》いさんは義理掛《か》けで九州だそうだ。戻《もど》りは明日の夜になるとさ。あいにくとうちの組長も大阪《おおさか》に出張してるし、おまえを事務所に移すにしても明日の昼だ。ふたりが戻ってくるまでは、ここでおとなしくしててもらう」

（明日の昼……）

それまでにはマクシミリアンが異変に気がついて捜し出してくれるかもしれない。

でも場所もわからないのにどうやって？　ロッセリーニのことがあるから、マクシミリアンは絶対に警察の協力は仰《あお》がないだろうし。

答えの出ない自問自答を繰《く》り返していたら、顎《あご》に黒部の手がかかり、くいっと持ち上げられる。

「ちくしょう……やっぱかわいいな」

妙にギラギラと血走った目つきで見つめられて、背筋にぞっと悪寒《おかん》が走った。

「な……に？」

誰《だれ》かにこんな、ねっとりと絡《から》みつくような視線を向けられるのは生まれて初めてだった。なんだろう。背中がぞくぞくと寒くなるような、この嫌《いや》な感覚は。

「ここんとこずっと朝から晩までおまえのことを見てたからかな。だんだん変な気分になってきちまってさ」

——変な気分？

眉《まゆ》をひそめていると、黒部が顔を近づけてきて、煙草《たばこ》の臭《にお》いが混じった生あたたかい息が唇《くちびる》にかかった。

「ロリっぽい顔に手錠《てじょう》ってのがまたエロくてそそるよな……」

厚めの唇が間近に迫《せま》ったその段になってようやく、鈍《にぶ》いぼくは気がついた。

男が自分にキスしようとしていることに！

「や、やめっ……」

懸命《けんめい》に顔を背《そむ》け、なんとか黒部のニコチン臭《くさ》い唇から逃《のが》れようと身を捩《よじ》る。ちっと苛立《いらだ》った舌打ちが落ちた直後、黒部がぼくを手荒《てあら》く押し倒《たお》した。

「痛っ」

バランスを崩《くず》した体がカーペットに横倒《よこだお》しになるやいなや、男が伸《の》しかかってくる。

「何すっ……放せ！」

殴《なぐ》られたり、縛《しば》られたりする可能性はある程度予想がついても、こんなふうに同性である男に『襲《おそ》われる』というのはぼくの想像を超《こ》えていた。まったく予想外の展開にパニックに陥《おちい》り、自由の利《き》く脚《あし》を思いっきりばたつかせて暴れる。

「退《ど》いてよ！　馬鹿ーっ！」

「うるせえ、おとなしくしろっ！」

仰向《あおむ》けに押さえつけようとする黒部に抵抗《ていこう》していると、ドアがガチャッと開き、物音を聞きつけたらしいスキンヘッドが隙間《すきま》からぬっと顔を覗《のぞ》かせた。ぼくに馬乗りになっている相方を見て、ほとんど毛のない眉を吊り上げる。

「なぁに男のガキ相手にサカッてんだ」

「男だって、そんじょそこらの女よりずっとイケるぜ。肌《はだ》なんかつるつるで赤ん坊《ぼう》みてぇだしな。俺、男を知らないバージンをむりやり犯《や》るってのが一番の燃えシチュなんだよ」

悪びれもせず、にやにや笑いで恐《おそ》ろしい台詞《せりふ》を吐《は》く黒部に、スキンヘッドは顔をしかめた。

「おい、やめろよ。やばいって」

この際、絶体絶命のピンチから救ってくれるなら相手は選んでいられない。スキンヘッドに向かって「助けて」と懇願《こんがん》しかけた時だった。

「ちょっとくらいかわいがるくらいバレやしねえ。孕《はら》む心配もねぇし。手間かけさせられた分、こっちもちっとはおいしい思いしねぇとな」

「ったく、しょーがねぇな、ケダモノが。ほどほどにしておけよ」

苦笑《にがわら》いを浮《う》かべ、猪首《いくび》をすくめたスキンヘッドが顔を引っ込める。

バタン！

ドアが閉まるその無情な音に、ぼくは全身の血の気が引くのを感じた。ケダモノ黒部と密室に取り残され、灼《や》けつくみたいな焦燥《しょうそう》がひりひりと背中を這《は》い上がる。

「う……そ」

恐怖《きょうふ》に引きつるぼくの顔を、今にも舌舐《したな》めずりしそうな飢《う》えた動物っぽい表情で見下ろし、黒部が非情な言葉を落とした。

「んじゃ、始めるか」

何を始めるというのか。訊《き》くのも恐ろしかった。男である自分を「かわいがる」というのが具体的にどんなことなのかはわからなかったけれど、あろうことか黒部が自分をセックスの対象として見ているのはうっすらわかって……。

「い……嫌だっ！　いや――っ」

声を限りに叫《さけ》び、狂《くる》ったように暴れた。がしかし、両手を拘束《こうそく》されていると想像以上に力が出ない。抵抗も虚《むな》しくベルトを外され、ボトムを脚から引き抜《ぬ》かれてしまう。

下着まで脱《ぬ》がされて、身につけているものはシャツ一枚という心許《こころもと》ない格好《かっこう》で体をひっくり返された。頭を後ろから押さえつけられ、むりやり動物の服従のようなポーズを取らされる。

「預かりもんに傷をつけるのはマズイからな。おまえも気持ちよくなれるようにちゃんとしてやるから安心しな」

荒《あら》い息に紛《まぎ》れて黒部が背後で囁《ささや》いた。

「や、だ。やめてっ……お願っ」

首を左右に振《ふ》って懇願する。

剝《む》き出しの脚の間を男の手でまさぐられる感触《かんしょく》に、身の毛がよだった。

屈辱《くつじょく》と羞恥《しゅうち》、さらに恐怖と嫌悪《けんお》がごちゃまぜになり、涙がどっと込み上げてくる。こんな男のために泣いてはロッセリーニの『名誉《オノーレ》』を貶《おとし》めてしまうと思い、今まで必死に堪えていたけれど、さすがに限界だった。喉《のど》が震《ふる》えて嗚咽《おえつ》が漏《も》れる。

「う……うっ……くっ」

やがて黒部が、ぼくの体内に異物を押し込もうとする気配を感じて、全身がすくみ上がった。

「ひっ……」

何か固いものが体の中に入ってきた異物感に悲鳴が飛び出る。反射的に押し出そうとするのを許さず、指で奥までぐぐっと押し込まれた。

「な……に？　何を入れたの⁉」

本能的な恐怖で、半狂乱《はんきょうらん》になって叫ぶ。

「気持ちよくなるクスリだ。こうやって直腸から吸収するのが一番早く効くからな」

（――気持ちよくなるクスリって何？）

わからない。わからないけど……漠然《ばくぜん》と怖《こわ》い。

この先、自分はどうなってしまうのか。何をされてしまうのか。

未知の恐怖に怯《おび》え、涙《なみだ》を頬《ほお》に伝わらせながら小刻みに体を震わせていると、黒部が指を引き抜く。

「待ってろ。もうすぐ溶《と》けて効いてくる。そうしたら存分にかわいがってやるからな」

その不気味な予言どおり、ついさっきまでは確かにあった異物感が徐々《じょじょ》に薄《うす》れていくのを感じた。体内でクスリが溶けていくのに従い、心臓がドクドクと激しく鼓動《こどう》を刻み始める。

全身がじっとり汗ばみ、引き潮みたいに喉がカラカラに渇《かわ》いてくる。手足がジンジンと痺《しび》れ、指先が熱を孕《はら》んで思うように動かない。

「どうだ？」

背中に声が落ちると同時に、黒部の舌が首筋をねろっと舐《な》めた。刹那《せつな》、今まで身に覚えのないような、不可思議な電流が背筋をピリッと貫《つらぬ》き、ぼくはぴくんっと背中を震わせた。

「効いてきたな」

くくっと下卑《げび》た笑い。

（効いてきた？）

これはクスリのせい？　全身がめちゃくちゃ熱くて、まるで体の奥に溶鉱炉《ようこうろ》があって、そこから発熱しているみたいなのは。

どうしよう。このままおかしくなっちゃったらどうしよう。

自分の体が自分でコントロールできないことへの恐怖と絶望がひたひたと込み上げてきて、ぼくは奥歯をぎゅっときつく嚙《か》み締《し》めた。

嫌だ。

このままこの男にいいようにされるのは嫌だ。こんなケダモノの欲望《よくぼう》の捌《は》け口にされるなんて嫌だ。そんなの絶対に嫌だ！

（誰か――お願い、誰か!!）

真っ暗な絶望の淵《ふち》に立たされたぼくは、気がつくと叫んでいた。

「助け……て……っ」

呼んだからといって、『彼』が現れるわけじゃないことはわかっている。そんな都合のいい夢みたいなことがあると信じているほど子供じゃない。それでも、叫ばずにはいられなかったのだ。

どんな時もぼくを護《まも》ってくれるはずの男の名を——。

「助けて、マクシミリアンッ!」

ドンドンドンッ!

まるでぼくの叫びと呼応するみたいに、大きな音が聞こえてきた。背中に密着していた黒部がびくっと身じろぐのがわかって、ぼくも涙で濡《ぬ》れた顔を上げる。

「な……に?」

ドンドンドンッ!

玄関《げんかん》の扉《とびら》を誰《だれ》かが叩《たた》いている?

「うるせえ!」

スキンヘッドのドスの利いた怒声《どせい》。

「誰だよ? 近所迷惑《きんじょめいわく》考えろ……った……く…………うわぁっ」

　耳をそばだてていたぼくは、ほどなく届いた──部屋のドアが震動《しんどう》で揺《ゆ》れるほどのバンッという激しい物音に肩《かた》を震わせた。続いて荒々《あらあら》しい足音が聞こえてくる。

「て、てめえ、何者だっ」

(誰か……入って来た！)

「土足で入ってくるんじゃねえ‼」

　人と人が揉《も》み合うような気配が、じりじりとこちらに向かって近づいてくる。

「待て！　コラァ‼」

　ついに部屋の前で発せられたスキンヘッドの大声に、それまではぼくと一緒《いっしょ》に固まっていた黒部が立ち上がった。ドアを開けるなり相棒を怒鳴《どな》りつける。

「なんでドア開けやがったんだ、この馬鹿《ばか》っ」

「開けてねえ！　こいつがいきなり銃《じゅう》ぶっ放して鍵壊《かぎこわ》しやがったんだよ！」

　スキンヘッドが指さしている先を視線で追い──サイレンサー付きの銃を片手に構えて立つ長身の侵入《しんにゅう》者の姿を捉《とら》えたぼくは、大きく両目を見開く。

　マクシミリアン⁉

「う……嘘《うそ》」

(夢じゃない？　本物？)

　来てくれた！　助けに来てくれたんだ！

込み上げる歓喜《かんき》のままに、ぼくは、ぼくの『守護者』の名前を大声で呼んだ。

「マクシミリアン！」

するとマクシミリアンがちらっとこちらへ目線を寄越《よこ》す。だが一瞥で視線を戻《もど》し、男ふたりを銃で牽制《けんせい》しつつぼくに言った。

「お怪我《けが》はありませんか？」

変なクスリは入れられてしまったけれど、怪我はなかったので「ない」と答える。不思議なもので、マクシミリアンの顔を見て、その落ち着いた低音を耳にしたとたんに、さっきまでの異常な胸の動悸《どうき》と指の痺れが治まってきた。

拳銃《けんじゅう》を構えるマクシミリアンを見るのは初めてで、それはちょっと怖かったけれど。

(でももう、大丈夫《だいじょうぶ》だ)

全身の力が抜けるような安堵《あんど》を覚える。

「こいつ……ガキの迎《むか》えに来てた外国人じゃねぇか。ガキを取り返しにひとりで乗り込んで来やがったのか」

黒部がやや呆然《ぼうぜん》とした声音でつぶやいた。

「インテリ面《づら》していきなりチャカぶっ放すなんて、イカレてやがるぜ」

やくざのお株《かぶ》を奪《うば》われたスキンヘッドも苦々しく吐《は》き捨てる。

そのふたりを怜悧《れいり》な眼差《まなざ》しで見据《みす》え、銃口《じゅうこう》を黒部の心臓にぴたりと定めたマクシミリアンが、左手でジャキッとスライドを引いた。

「逆らわずに素直《すなお》にルカ様を引き渡《わた》せば命までは奪いません」

淡々《たんたん》とした口調がかえって本気を思わせる——静かだが威圧《いあつ》的な低音で告げると、黒部が気色ばんで肩を怒《いか》らせる。

「なんだと、この野郎《やろう》っ」

いきり立つ相方を、スキンヘッドが肘《ひじ》でこづいた。

「おい、よせ。逆らわねぇほうがいい。あの銃が見えねぇのか」

「どーせハッタリに決まってる」

「馬鹿。こいつの目を見ろ。人を殺《や》ることなんざなんとも思ってねぇ目だ。……こいつは訓練積んだプロだ。下手に逆らったらふたりとも殺られる」

「訓練積んだ……プロ？」

訝《いぶか》しげな顔つきの黒部がマクシミリアンをまじまじと見る。しばらく無言で青灰色の双眸《そうぼう》を見つめたのちに、その瞳《ひとみ》の奥に何か恐《おそ》ろしいものでも見つけたかのように、こくっと喉《のど》を鳴らした。無意識らしき所作で一歩後ずさる。

「賢明《けんめい》な判断です。私もできることなら無益な血は流したくない」

にこりともせずにふたりをねぎらってから、マクシミリアンが冷ややかに命じた。

「壁《かべ》に向かって両手をつきなさい」

命令どおりに廊下《ろうか》の壁に手をついたスキンヘッドの太い首を、マクシミリアンが手刀で叩く。と、巨体《きょたい》がへなへなと頽《くずお》れた。声もなく失神してしまった相棒に、黒部がぎょっと目を剝《む》く。

「な、何しやがった⁉」

「心配しなくとも命は取らないと言ったでしょう。ただし、これからする質問に正直に答えないと痛い目に遭《あ》ってもらうことになります」

無表情で威嚇《いかく》したマクシミリアンが、銃口を黒部のこめかみに押しつけた。

「言いなさい。誰に頼《たの》まれてルカ様を攫《さら》ったのですか」

「誰って……」

ぐりっとサイレンサー付きの銃口で抉《えぐ》られて、黒部の顔が苦痛に歪《ゆが》む。

「痛《いて》え！　わ、わかった！　言う、言うよ！」

「誰です」

「うちのオヤジが音和会《おとわかい》から頼まれたって話だ。それ以上のことは俺も知らねえ」

「……音和会」

レンズの奥の切れ長の双眸をじわりと細めたマクシミリアンが、さらに質問を重ねる。

「ルカ様のことをどうやって知ったのです？」

「上の指示で、うちの下っ端《ぱ》がこいつのジジイの家を張っていた。とにかく訪ねてくる人間をかたっぱしから写真に撮《と》って報告しろって話だったらしい」

「それはいつ頃《ごろ》の話ですか」

「一年は経《た》ってねぇな。たしか去年の六月くらいからだったと思う。通いの使用人以外はほとんど客の出入りもなかったんだが、今年に入って四月の頭からこいつが屋敷《やしき》の周りをうろちょろし始めて……写真を上層部に上げたら素性《すじょう》を探《さぐ》れって命令が来たんだ。そこからは俺とバトンタッチした。ジジイの屋敷で網《あみ》を張ってたらこいつがまた現れたんで、あとをつけて大学とマンションを突《つ》きとめた」

「杉崎の家を――なるほど。そのルートからですか」

合点《がてん》がいったような、けれど険しい表情で、マクシミリアンがわずかにうなずいた。

「そしたら今度は身柄《みがら》を拘束《こうそく》しろって命令が来たんで、ここにヤサ構えてチャンスを窺《うかが》ってた」

「カフェの客を装って近づき、隙《すき》あらば拉致《らち》しようと狙《ねら》っていたのですね」

「ほんとに、それ以上のことは知らねぇんだ。信じてくれ」

「信じますよ」

端整《たんせい》な唇《くちびる》を横に引き、ゆっくりと銃口を離《はな》したマクシミリアンが、もう片方の手でほっとした表情の黒部の首筋をビシッと叩いた。

うっと低く呻《うめ》いた黒部が、がくっと首を前に倒《たお》し、そのままずるずると崩《くず》れ落ちる。壁に寄りかかるようにして沈《しず》み込んだ男の意識の有無を確認してから、マクシミリアンは拳銃をジャケットの内側に仕舞《しま》い込んだ。

次に体の向きを変え、部屋のドアをくぐり、ぼくに向かってまっすぐ近づいてくる。カーペットの床《ゆか》にへたり込んでいたぼくの手前で足を止め、膝《ひざ》をついた。ぼくの顔を覗《のぞ》き込み、視線を合わせるようにして問いかけてくる。

「大丈夫ですか？」

「……うん」

自分がシャツ一枚のほぼ半裸《はんら》で、ものすごく恥《は》ずかしい状態であることはわかっていたけれど、両手を拘束されているせいでどうすることもできなかった。

ぼくの格好《かっこう》と手錠《てじょう》を見て、痛ましげに眉《まゆ》をひそめたマクシミリアンが、黙《だま》って上着を脱《ぬ》ぎ、肩《かた》に掛《か》けてくれる。上半身をすっぽり包み込んでもまだ余裕《よゆう》のあるジャケットの前を、ぼくはあわてて掻《か》き合わせた。

「ちょっと待っていてください」

そう言い置いたマクシミリアンが、部屋を出て行ったかと思うと、昏倒《こんとう》している黒部に大股《おおまた》で近寄り、その体を探り始める。やがてシャツの胸のポケットから何かを掴《つか》み出し、ふたたびぼくのところへ戻ってきた。

「――手を出してください」

おずおずと差し出した両手を掴み、黒部のポケットから取ってきた鍵《かぎ》で手錠を外してくれる。

輪っかが取れ、しばらくぶりに自由になった手首を、ぼくはおそるおそる回してみた。皮膚《ひふ》の表面が擦《こす》れて赤くなってはいるけれど、特に問題はなさそうだ。

そうこうしているうちにも、マクシミリアンが部屋の隅《すみ》に放《ほう》り投げられていたボトムを拾い上げて持ってきてくれる。ぼくが下着とボトムを身につけている間、部屋の外に出ていたマクシミリアンは、次に戻ってきた時にはぼくのバッグとジャケットと靴《くつ》を手にしていた。他《ほか》の部屋から探し出してきてくれたらしい。マクシミリアンの上着を脱いで本人に返し、自分のジャケットを羽織って靴を履《は》き、バッグを肩にかけた。

「立てそうですか?」

身支度《みじたく》ができたのを見計らったようにそう尋《たず》ねられ、立ち上がろうと試みる。けれど足許《あしもと》がふらついて、へたっと尻餅《しりもち》をついてしまった。もう大丈夫かと思っていたけど、やっぱりまだクスリが効いているみたいだ。

「無理はなさらないでください」

言うなり膝をついたマクシミリアンが、ぼくをふわりと抱《だ》き上げる。

「あっ」

びっくりして身じろぎしたら、ぎゅっときつく抱き締《し》められた。

「動かないで。……おとなしく私に掴まっていてください」

どこか懇願《こんがん》にも似た囁《ささや》き。

たぶんいつものぼくだったら「子供扱《あつか》いするな」と反発するところだろうけれど、もう意地を張る気力は残っていなかった。

言われたとおり素直《すなお》に首に腕《うで》を回す。

力強い腕に抱かれ、ゆったりと心地《ここち》よい揺《ゆ》れに身を任せながら、いつかの夜、部屋まで運んでくれたのは、やっぱりマクシミリアンだったんだとぼんやり思った。

首筋から香《かお》るコロンがあの時と同じ……。

ほっとしたせいだろうか。それとも密着したマクシミリアンの体が熱いからなのか、なんだかだんだんと頭がぼーっとしてきて……。

廊下を歩き出して間もなくだった。うっすら霞《かすみ》のかかった視界の片隅《かたすみ》で『何か』が動いた。

(……え?)

ゆらりと立ち上がった男が、キラリと光る『何か』を両手で握《にぎ》り締め、こっちへ突進《とっしん》してくる。

黒部の血走った目と目が合った瞬間《しゅんかん》、ぼくは叫《さけ》んでいた。

「マクシミリアンッ!」

悲鳴と同時にどんっと衝撃《しょうげき》を感じて、息が止まる。

ドクンッと大きく心臓が跳《は》ねた。

——さ、刺《さ》された⁉

無意識のうちにぎゅっと抱きつき、震《ふる》える手でジャケットの布地を引っ張る。

「マク……だいじょ……ぶ？」

「大丈夫《だいじょうぶ》です」

すぐに声が返ってきたので、止めていた息をほーっと吐《は》き出した。

黒部のナイフを寸前で躱《かわ》したらしいマクシミリアンが、ぼくを廊下《ろうか》の隅に下ろして身を翻《ひるがえ》す。

背後のぼくの盾になるようにして黒部と向き合った。

「この男がルカ様の服を脱がせたのですか」

後ろ向きのままで問われ、「う、うん」とうなずく。

「そうですか。――では手加減は無用ですね」

聞いているこちらがひやっとするほど冷たい声音《こわね》。

「ぶっ殺してやる！　ちくしょうっ！」

ふたたび突進してきた黒部のひと突きをわずかな動きで避《よ》けたマクシミリアンが、男の手首を摑み、ナイフを叩《たた》き落とす。そうしてそのまま腕をぐいっと捻《ねじ》り上げた。

「い、ててっ」

絶叫《ぜっきょう》をあげ、顔を激しく歪める黒部の鳩尾《みぞおち》に、固めた拳《こぶし》を叩き込む。

「うげっ」

前屈《まえかが》みになった男のシャツの襟首《えりくび》の部分を摑んでポジションを固定すると、さらに二度、三度と左の拳を打ち込んだ。

「っう、あぅっ……ッ」

倒れることを許されない黒部の口から、泡《あわ》混じりの血が滴《したた》るのを見たぼくは、マクシミリアンの背中にしがみついた。

「もうやめて！」

こんなに殺気立ったマクシミリアン、初めて見る。

いつだって、どんな時だって冷静沈着《ちんちゃく》なはずなのに。

「これ以上殴《なぐ》ったら死んじゃうよ！」

ようやくマクシミリアンが右手を離し、支えを失った黒部がどぅっと前のめりに倒れ込んだ。

今度こそ完全に意識を失ったのか、ぴくりとも動かない。

ぐったりと伏《ふ》した黒部の両腕《りょううで》を背中に回し、マクシミリアンが手錠をかけた。さっきまでぼくに嵌《は》められていた手錠だ。男を後ろ手に拘束してからぼくを振《ふ》り返り、「驚《おどろ》かせてしまってすみませんでした」と謝る。その顔はもういつものクールな彼だ。

「でももう、今度こそ大丈夫です」

そう言って安心させるみたいに微笑《ほほえ》んだマクシミリアンが、ぼくに向かって腕を伸《の》ばしてきた。

第六章

お姫《ひめ》様抱きされた状態で、ビルの前に停《と》めてあった車の助手席まで運ばれた。マクシミリアンが運転席に乗り込んできて、ぼくと自分のシートベルトを締めるやいなや、マセラティを発進させる。

「東堂さんから連絡《れんらく》をもらってすぐにこちらへ駆《か》けつけたのですが、部屋を特定するのに手間取り、遅《おそ》くなってしまいました。申し訳ありません」

ステアリングを握りながら、マクシミリアンが神妙《しんみょう》な声音で謝ってきた。

「……東堂が？」

シートにぐったりともたれかかっていたぼくは、気怠《けだる》く問い返す。

「もらったメールに返信したところルカ様からレスポンスがなかった。いつもすぐに返信してくるのに、そんなに具合が悪いのかと心配して、私に連絡をくださったのです」

「マクシミリアンに……連絡？　どうやって……」

「もしルカ様になんらかのトラブルがあった場合には、ただちにご連絡いただけるように、携《けい》帯《たい》電話の番号をお渡《わた》ししてありましたから」

「携帯の……番号？」

そんなものいつ渡していたっけ？

頭がぼーっとしているせいか、どうしても思い出せない。

するとマクシミリアンが、前方を見据《みす》えたまま話し始めた。

「先日――【café Branche】の裏口で東堂さんにお会いした翌日に、私が大学まで伺って時間を作っていただきました。その際にロッセリーニ家の事情をお話しして、アルバイト先でルカ様をそれとなく見守ってくださるようにお願いしました。……お仕事を辞《や》めていただくのは難しい。かといって私がカフェに顔を出せば、ルカ様がご不快であろうと思いましたので、事情をお話ししてでも、東堂さんにフォローしていただくほかはないと判断したのです」

思いがけない告白にゆるゆると瞠目《どうもく》する。

東堂にロッセリーニ家の事情を話した？

「う、そ……東堂はそんなこと何も」

「この件については、ルカ様には内緒《ないしょ》にしておいて欲しいとお願いしてありましたから」

東堂とマクシミリアンの間でそんなやりとりがあったなんて、全然知らなかった。

――お好きになさい。

あの夜から、マクシミリアンがぼくに干渉《かんしょう》してこなくなったから、てっきりもう見限られてしまったのだとばかり……。

でも、そうじゃなかったのか。マクシミリアンはあのあともちゃんとぼくのことを考えて、水面下で動いてくれていたんだ。

「そのこともあって、今日もすぐに連絡をくださったのです。連絡をいただいたあと、携帯のGPS機能を使ってルカ様の現在位置を絞《しぼ》り込みました」

マクシミリアンに渡された携帯に、そんな機能がついていたことも初めて知った。あの夜、突然《とつぜん》アルバイト先のカフェに現れたのもその機能を使ったのかもしれないと、いまさらながらに思い当たる。

「さほど時間を要さずに建物は絞り込めたのですが、部屋までは特定できなかったので、一軒《いっけん》一軒確認《いっけんかくにん》して回らなければならず……あの部屋に辿《たど》り着くのが遅くなってしまいました。そのためにルカ様にはお辛《つら》い思いをさせてしまいました」

発見当時、手錠《てじょう》をかけられて半裸《はんら》だったぼくの姿を思い浮《う》かべでもしたのか、彫像《ちょうぞう》のような横顔が苦渋《くじゅう》に歪《ゆが》む。

「申し訳ございません」

自らを責めるマクシミリアンに、胸がつきっと痛んだ。

マクシミリアンは悪くない。ぼくが油断したのが悪いんだ。

それに、ちゃんと助けに来てくれたじゃない。

そう言いたいのに、なぜか声が出なかった。

いつの間にか、ひりひりと痛いくらいに喉《のど》が渇《かわ》いている。息も熱くてなんだか胸が苦しい。

（……熱い）

全身が熱を孕《はら》んで、重く、だるかった。さっき黒部に変なクスリを入れられた時の体の火照《ほて》りが、またぶり返してきた感じ。

とりわけ下腹部のあたりが、何かが中でどろどろと膿《う》んでいるみたいに熱っぽくて、そこから、かつて覚えのないような激しい疼《うず》きが突《つ》き上げてくる。さっきより発作《ほっさ》がひどい。

眉根《まゆね》をきつく寄せて断続的な発作に耐《た》えているうちに、下腹部の自分の欲望《よくぼう》が変化し始めたのを感じ、ぼくはいよいよ顔がカーッと熱くなった。

なんで？　なんでこんなところで⁉

よりによって、マクシミリアンが横にいる時に！

焦《あせ》ってなんとか拡散させようとしても、意志とは裏腹にどんどんそこに熱が集中していってしまう。しまいにはわずかに下着が濡《ぬ》れる感覚を覚え、泣きそうになった。

どうしよう。

熱くヒートした脳裏《のうり》に黒部の台詞《せりふ》が蘇《よみがえ》る。

――気持ちよくなるクスリだ。こうやって直腸から吸収するのが一番早く効くからな。

クスリの……せい？　クスリに蝕《むしば》まれているから、だからこんなに体が熱いの？

（どうしよう。どうしたら……）

自分の中から生まれてくる『制御《せいぎょ》不能の熱』に、漠然とした不安が込み上げる。ぼくは熱を孕んだ体を自分でぎゅっと抱《だ》き締《し》めた。

「ルカ様？」

マクシミリアンがちらっとこちらを見る。

「どうかなさいましたか？」

「………」

こんな恥《は》ずかしい状態を説明できるはずがない。というか、マクシミリアンにだけは死んでも知られたくない。

身動きもできず、黙《だま》って唇《くちびる》を噛《か》み締めるぼくを横目で確認したマクシミリアンの表情が、不意に険しく引き締まった。

「あと少しで戻《もど》れますから、もう少しだけ我慢《がまん》してください」

硬《かた》い声音《こわね》で言うなり、アクセルを踏《ふ》み込む。

加速した車の震動《しんどう》に煽《あお》られてか、余計に状態が悪化していく気がした。全身の毛穴から汗《あせ》がじわじわと染《し》み出てきて、震《ふる》えが止まらない。

痛いほど奥歯を食い締め、断続的に襲《おそ》ってくる劣情《れつじょう》のうねりをどうにかやり過ごしていると、ようやくマンションが見えてきた。地下へのスロープを下り、一番奥の駐車《ちゅうしゃ》スペースに車を滑《すべ》り込ませたマクシミリアンが、エンジンを切ってシートベルトを外す。

「ルカ様？　大丈夫《だいじょうぶ》ですか？」

俯《うつむ》くぼくの顔を覗《のぞ》き込んで、心配そうに尋《たず》ねてきた。

「…………」

「ルカ様？」

マクシミリアンが腕《うで》に触《ふ》れてくる。それだけの刺激《しげき》でびくっと全身が跳《は》ねた。どくんっと下半身が痛いくらいに疼《うず》く。

（あ……っ）

さっきから断続的に襲ってきていた発作だけど、今度のが一番大きい。いまだ女性とつき合った経験がなく、セックスどころか大人のキスすらも未経験なぼくは、こんな状態になったのは生まれて初めてで……自分の体なのにどうすればいいかわからなかった。

苦しい。――苦しい。

瞳《ひとみ》がじわっと濡れて、意識が朦朧《もうろう》としてくる。

もう限界……どうにかなっちゃう。

（誰《だれ》か、助けて）

限界まで追い詰《つ》められたぼくは、覚えずマクシミリアンの腕を掴《つか》む。

「どうしよう……熱いっ」

苦しさのあまりに一番知られたくなかった相手に縋《すが》ってしまう。

「熱い？　熱があるのですか？」

マクシミリアンが額に手を伸《の》ばしてきた。ひんやり冷たい手のひらの感触《かんしょく》に、熱を出した子供の頃《ころ》を思い出して、涙《なみだ》がぶわっと両目から溢《あふ》れそうになる。

「わか……ない。なんか……入れられて……たぶ……ん……そのせ……い」

嗚咽《おえつ》を堪《こら》え、回らない呂律《ろれつ》で、譫言《うわごと》みたいにつぶやいた。

「入れられた？」

「し、……下から……クスリ……気持ちよ……なるクスリ……て……」

くっとマクシミリアンが眉間《みけん》に筋を刻む。

「苦しい……マクシミリアン」

打ち明けてしまったら、もう一秒も我慢できなくなった。抑制《よくせい》のタガが外れ、堰《せき》を切ったように目の前の男に涙目で訴《うった》える。

「助けて……もう、ダメ……っ」

「部屋まで歩けませんか？」

「む、り」

ふるっと首を左右に振《ふ》った。だって立ち上がれない。

ぼくが苦しむ様子を険しい表情で見つめていたマクシミリアンが、おもむろに助手席のシートを後ろに倒《たお》した。

「マクシミリアン？」

仰向《あおむ》きになったぼくに、体を返したマクシミリアンが覆《おお》い被《かぶ》さってくる。

「少しだけ我慢してください」

何かを決意したかのような沈痛《ちんつう》な面持《おもも》ちでそう囁《ささや》いたかと思うと、ぼくのベルトに手をかけて外した。ファスナーを下げてボトムの前をくつろがせ、そうして下着ごとボトムを膝《ひざ》のあたりまで落とす。

（――え？）

とっさには何がどうなったのかわからなかった。頭を持ち上げて剝《む》き出しの下半身を見下ろした段でやっと、自分のあられもない状態に気がつき、カーッと羞恥《しゅうち》の炎に包まれる。

「やっ……」

すでにエレクトしかけていた欲望の印をマクシミリアンに見られるのが恥ずかしくて、ぼくは懸命《けんめい》に身を捩《よじ》った。けれどシートベルトに邪魔《じゃま》をされて、完全には体を裏返すことができない。

「嫌《いや》っ……嫌だ！」

ぼくが恥辱《ちじょく》に灼《や》かれている間も、マクシミリアンは何も言わなかった。ただ黙って浅ましい状態の下腹部に視線を注いでくる。

「い、や……」

死ぬほど恥ずかしくて嫌なのに、マクシミリアンの視線に炙《あぶ》られた欲望は、いっそう嬉《うれ》しげにふるふると揺《ゆ》れながら勃《た》ち上がってしまう。その先端《せんたん》が濡れて光っているのを見て、目の前が真っ暗になった。

もう死んでしまいたい——。

「見、……見ないでっ」

逃《に》げることもできずに両手で顔を覆ったら、その手を掴まれて静かに外された。ぎゅっと瞑《つむ》った眦《まなじり》に盛り上がった涙の粒《つぶ》を、形のいい指先でそっと拭《ぬぐ》われる。

「ルカ様のせいではありません」

慰《なぐさ》めるような声音で耳許《みみもと》に囁かれた。

「こうなっているのはクスリのせいです」

「クスリの……せい？」

ぼくはおずおずと両目を開く。マクシミリアンの切れ長の双眸《そうぼう》がじっとこちらを見つめていた。

「ですから恥ずかしがる必要はありません。生理現象です」

レンズの奥のふたつの目を見つめていると、徐々《じょじょ》に気持ちが落ち着いてくる。青灰色の瞳には、侮蔑《ぶべつ》も嘲笑《ちょうしょう》の色も浮《う》かんでいなかったからだ。

ぼくの視線を受けとめたマクシミリアンが、切なげに両目を細めた。

「苦しいですよね。今、楽にしてさしあげますから」

添《そ》い寝《ね》をするようにぼくの傍《かたわ》らに身を横たえたマクシミリアンの長い指が、ぼくのペニスに絡《から》みつく。他人の手でそんなところを触《さわ》られるのは生まれて初めての体験で、思わずぴくっと身を縮めたけれど、やがて始まった愛撫《あいぶ》は思いのほかにソフトタッチでやさしかった。

「……んっ」

手のひらに包み込まれたままゆっくりと上下に扱《しご》かれ、鼻から吐息《といき》が漏《も》れる。強《こわ》ばっていた全身から力が抜《ぬ》けていく。

(気持ち……いい)

自分以外の誰かの手で施《ほどこ》される愛撫がこんなに気持ちいいものだなんて、知らなかった。地下とはいえ、いつ誰が来てもおかしくないこんな場所で、『恥《は》ずかしいこと』をされていると思っただけで、どうしようもなく昂ってしまう。

自分の感じている表情を余すところなくマクシミリアンに晒《さら》しているのだと思ったら、なおのことたまらない羞恥《しゅうち》が込み上げ、瞳がじわりと濡《ぬ》れた。

恥ずかしいと思えば思うほどに欲望《よくぼう》は反り返り、先端から透明《とうめい》な蜜《みつ》が溢れ、それがとろとろと軸《じく》を伝って彼の手をしとどに濡らす。くちゅっ、ぬちゅっという湿《しめ》った粘着《ねんちゃく》音が車内に響《ひび》き、その淫猥《いんわい》な音にも煽られて、腰《こし》の奥のほうがじんじんと疼《うず》く。

「……っ……」

唇《くちびる》を嚙《か》み締《し》め、今にも喉《のど》から漏れてしまいそうな声を必死に堪えていると、掠れた低音を耳殻に吹《ふ》き込まれた。

「我慢しないでください」

そう囁くマクシミリアンの手の動きは、まるでぼくの気持ちのいいところを知り尽《つ》くしてでもいるかのように残酷《ざんこく》なほどに的確で、敏感《びんかん》な裏の筋を指の腹で擦《こす》り上げられた瞬間《しゅんかん》、堪えていた声がついには零《こぼ》れてしまった。

「あっ、……ん」

自分でも耳を塞《ふさ》ぎたくなるような、甘ったるい声。一度出したら止まらなくなった。

「んっ、ん、ふっ……あ、ん」

こんな女の子みたいな声を出している自分がすごく恥ずかしいんだけど、羞恥を上回る快感には抗《あらが》えない。

(あ……)

もう、先のほうまで来ちゃってる。

「で、出ちゃうっ」

切迫《せっぱく》した焦燥感《しょうそうかん》に駆《か》られて訴えたら、マクシミリアンが体をいったん起こしてから、ぼくの股間《こかん》に顔を埋《うず》めた。

「私が口で受けとめますから」

言うなり熱く濡れた口腔《こうこう》内に含《ふく》まれて、「ひっ」と悲鳴が漏れる。

う、そ……。マクシミリアンがぼくのものを⁉

「や……そんなの、ダメっ」

両手を突《つ》っぱねて必死にマクシミリアンの頭を押し退《の》けようとしたけれど、頑強《がんきょう》な肉体はびくともしなかった。そうこうしている間にも、ざらついた舌がペニスに絡みつく。

「は……うっ」

さっきの手の愛撫も気持ちよかったけれど、こっちはもっとすごかった。舌で舐《な》められ、唇で吸われ、歯で甘嚙《あまが》みされて——体の中心の熱の塊《かたまり》が蕩《とろ》け始める。初めて知った未知の官能に目の前が白く霞《かす》み、無意識に腰が淫《みだ》らに揺れてしまう。

「う、く、んっ」

快感の波にあっさりと攫《さら》われてしまいそうな自分を、ただひとつの寄る辺のように、マクシミリアンの髪《かみ》を摑《つか》んで耐《た》える。するとマクシミリアンがぼくから口を離《はな》してぴしりと言った。

「我慢《がまん》しないで出してください」

「無理、できな……っ」

そんなことできない。マクシミリアンの口の中に出すなんて！

涙《なみだ》がじわっと溢《あふ》れ、半泣きでかぶりを振った直後、再度ぼくを含んだマクシミリアンが放埒《ほうらつ》を促《うなが》すように追い上げてきた。じゅぶじゅぶと音を立てて唇で扱かれる。その激しい追い上げと刺激《しげき》的なビジュアルの相乗効果で、頭の中が真っ白にスパークした。

大きく背中を反《そ》らせたぼくは、マクシミリアンの口の中で弾ける。

「あ、あっ、ああ――ッ」

絶頂の余韻《よいん》にびくびくと全身をおののかせながら、ぐったりとシートにもたれる。肩《かた》で息を整えていると、マクシミリアンが股間から顔を上げた。その喉がゆっくりと上下に動く。

「ん、っふ……っ」

(あ……今、ぼくのを飲んだ?)

びっくりして目を瞠《みは》るぼくを昏《くら》い眼差《まなざ》しで縫《ぬ》い止めたまま、長い指が、端整《たんせい》な唇の端《はし》から零《こぼ》れた白濁《はくだく》の一筋を拭った。指先の体液を、ひどくエロティックな舌遣《づか》いでぺろりと舐め取る。常日頃《つねひごろ》のストイックな仮面を脱《ぬ》ぎ捨てたかのような、その野性的で淫靡《いんび》な仕草に、どくんっと鼓動《こどう》が跳《は》ねた。

ぼくが知らなかったマクシミリアンの別の顔。

見てはいけないものを見てしまった気がして……仄暗《ほのぐら》い興奮に鼓動がどんどん速くなっていく。

「…………」

どうしても目を逸《そ》らすことができずに、魅入《みい》られたみたいにマクシミリアンの顔を見つめていると、過ぎ去ったはずの劣情《れつじょう》のうねりがふたたび鎌首《かまくび》をもたげ始める。

(……また?)

体の奥で情欲《じょうよく》の熾火《おきび》が点《とも》るのを感じたぼくは、ぞくっと背中を震《ふる》わせた。

車の中で一回達したあと、どうやって上の部屋まで行ったのかははっきりと覚えていない。いまだ抜けないクスリの余波に、マクシミリアンの口の中に出してしまったショックも重なって、半ば朦朧《もうろう》と意識を飛ばしていたぼくは、気がついた時には一糸まとわぬ姿でシャワーブースに立っていたのだ。

自分はシャツ一枚になり、両方の袖《そで》を肘《ひじ》まで捲《まく》り上げたマクシミリアンが、ソープを泡立《あわだ》てたスポンジでぼくを洗ってくれる。こんなふうに誰《だれ》かに体を洗ってもらうなんて、子供の頃《ころ》以来だ。

さっきもっと恥ずかしい姿を見られてしまっているせいか、それともやっぱりまだクスリが残っているのか、全裸《ぜんら》であることに不思議と抵抗《ていこう》はなかった。頭にうっすら靄《もや》がかかっていて、まるで酔《よ》っぱらってでもいるみたいに現実感が乏《とぼ》しい。

「……くすぐったい」

まさに子供のようにされるがまま、諾々《だくだく》とマクシミリアンに身を任せていたぼくは、敏感な脇《わき》の下をスポンジで擦られるこそばゆさに首を縮めた。

「後ろ向きに壁《かべ》に手をついてください」

背中を洗うのかと思って、素直《すなお》に身を返す。すると後ろに立ったマクシミリアンが、ぼくのお尻《しり》をするっと手のひらで撫《な》でた。ひくんっと背中をおののかせた瞬間、今度はふたつの丸みの狭間《はざま》に指をかけられ、ぐいっと割り開かれる。

「な、……何⁉」

普段《ふだん》は空気に触《ふ》れることも滅多《めった》にない場所をいきなりあらわにされたことに、さすがにびっくりして、一瞬《いっしゅん》頭の靄が晴れた。

「そ、そんなところまで……」

洗わなくてもいいからと言いかけた時、指の先で窄《すぼ》まりをつつかれる。

「あっ」

ぴくっと震えた耳許《みみもと》に低音が落ちた。

「ここを……あの男に弄《いじ》られましたか？」

なんだか声が怖《こわ》い。感情を抑《おさ》えつけているみたいに抑揚《よくよう》がないのがかえって怖い感じ。

（マクシミリアン、怒《おこ》ってる？）

「言ってください。正直に。本当のことを」

なんでマクシミリアンが怒っているのかはわからなかったけれど、その低音の迫力《はくりょく》に圧《お》されて、ぼくはのろのろと口を開いた。

「ゆ、指……」

「指？　指を入れられたんですか？」

「……うん」

しばらく沈黙《ちんもく》が横たわったのちに、さっきよりさらに低い声が囁《ささや》く。

「こんなふうに？」

窄まりにぐぐっと圧力がかかって、ぼくは息を呑《の》んだ。

（マクシミリアンの指が！）

入ってきた指を反射的に押し出そうと抗ったが果たせず、ソープの滑《ぬめ》りを借りてつるっと奥まで入ってきてしまう。

「いやっ、嫌《いや》だ……」

なんでこんなことをされるのかわからなかった。マクシミリアンが何を考えているのか理解できない。

「やめて。マクシミリアン……汚《きたな》いよ……そんなっ」

惑乱《わくらん》して逃《に》げようとするぼくの二の腕《うで》を、マクシミリアンが摑んだ。上半身をぐいっとタイルに押しつけられる。すぐに背後からマクシミリアンが覆《おお》い被《かぶ》さってきて、耳殻《じかく》に「あなたのここは汚くありませんよ」と吹《ふ》き込んだ。

「しかし……あの男の指で汚《けが》されてしまったのなら、奥まで洗わなくてはいけませんね」

言いがかりとしか思えない台詞《せりふ》のあとで、指を出し入れし始める。抽挿《ちゅうそう》のたびに奥でぐぷっとソープが泡立つのがわかった。

「や……っ」

「痛いですか？」

痛くはないけれど、体内で蠢《うごめ》く異物が気持ち悪くて眉《まゆ》をひそめる。そして何よりも、マクシミリアンがなぜこんなことをするのかがわからなくて頭が混乱した。

「体の力を抜《ぬ》いて」

「できな……」

「大丈夫《だいじょうぶ》です。クスリが残っていないかを確かめて、中を洗うだけですから」

宥《なだ》めるように言い含められ、やっと彼の行動の意図がわかったぼくは、強《こわ》ばった筋肉を意識的に緩《ゆる》めた。

やがて二の腕から離した手を、マクシミリアンがぼくの体の前に回してきた。大きな手のひらが先程《さきほど》一度爆《は》ぜた欲望《よくぼう》をやさしく包み込む。後ろの異物感から気を逸らす目的なのか、ゆるりと裏の筋を撫で上げてきた。

「あっ、ん」

二、三度扱《しご》かれただけで、ぼくのそれはあっけなく反応してしまう。すでにマクシミリアンが与《あた》えてくれる快感を覚えてしまっている体が、期待に小さく身震《みぶる》いした。

「硬《かた》くなってきましたね」

耳殻を嬲《なぶ》る、艶《つや》めいた低音の囁き。背中が触れている肉体の硬さや、その重みにも感じて、どんどん欲望が硬度《こうど》を増していく。

「ん、んん……」

「もう、溢れさせている」

「あ……っ」

その恥《は》ずかしいぬめりをぼくに知らしめるみたいに、マクシミリアンの親指が先端《せんたん》でゆるく円を描《えが》いた。

「ほら、こんなにぬるぬるになっていますよ」

はしたなさを揶揄《やゆ》されたとたん、またペニスの先端からつぷっと透明《とうめい》な蜜《みつ》が溢れる。

こんな言い方をされて濡《ぬ》れちゃうなんて……どうかしてる。意地悪なはずのマクシミリアンの声を甘く感じてしまうなんて。

「はっ、あっ、あっ、ん」

ゆるゆると出し入れしていたマクシミリアンの指が、ある場所に触れた瞬間《しゅんかん》だった。びりっとただならぬ電流が走って、腰《こし》がゆらめく。

「やっ、そこっ」

「ここが、感じるのですか？」

ここ——というくだりで、くいっとその場所を押され、びくんっと背中が震えた。

「ここなんですね？」

「わ、わかんな……」

自分の体に何が起こったのかが理解できずに、ふるふると首を左右に振《ふ》る。けれどもう一度そこをくっと押された刹那《せつな》、覚えず高い声が飛び出した。

「ああっ」

指の腹でグリグリと擦《こす》られた部分から甘い刺激《しげき》が生まれ、全身に伝わっていく。太股《ふともも》の内側がひくひくと揺《ゆ》れて、脚《あし》がかくかくと震えた。何かに摑《つか》まっていないと立っていられない。

いい……。そこ……気持ち……いい。

粘膜《ねんまく》がとろとろと蕩《とろ》けていくのがわかる。さらなる快感を貪欲《どんよく》に求めて、内襞《うちひだ》が浅ましく異物に絡《から》みつく。無意識にもぼくは、体内のマクシミリアンの指をきゅうっと締《し》めつけてしまっていた。

——気持ち……いい。

「う……ん、はぅんっ」

「はしたないですよ」

タイルの壁にしがみつき、官能に浮《う》かされたように腰を揺らしていたぼくは、その低い声ではっと我に返った。

「後ろを弄られて、そんなふうに腰を振って悦《よろこ》んで」

ひどい言葉で詰《なじ》られて、カッと顔が熱くなる。

「だ、だって」

そうさせているのはマクシミリアンなのに。

むっと眉根《まゆね》を寄せていたら、突然窄《とつぜんすぼ》まりから指をするっと抜かれた。突然《とつぜん》の喪失感《そうしつかん》に「あっ」と声が漏《も》れる。名残惜《なごりお》しげにヒクヒクと蠢く、淫《みだ》らな蠢動《しゅんどう》に気づかれてしまったらしい。耳許《みみもと》でふっと笑われた。

「もうそんなに欲しがるなんて、あなたは顔に似合わず淫乱《いんらん》だ」

「――――っ」

ショックで言葉を失う。

「ひどい……」

なんで、そんなひどいことを言うの？

「ひどいよ。マクシミリアンの意地悪っ」

あんまりな物言いに涙《なみだ》がじわりと盛り上がる。するとマクシミリアンの手がぼくの顎《あご》を摑んで、後ろに捻《ねじ》った。形のいい唇《くちびる》が近づいてきて、そっと眦《まなじり》の涙の粒《つぶ》を吸われる。

肌《はだ》に触《ふ》れる――一瞬《いっしゅん》の熱。

「あ……」

唇を離《はな》したマクシミリアンと、息が触れ合うほど間近で目と目が合った。濡れた髪《かみ》が幾筋《いくすじ》か額に落ちていて、そのせいかいつもより艶《なま》めかしく見える。激しい感情を心の奥底へむりやり押し隠《かく》しているかのような、どこか苦しげな白皙《はくせき》。

青灰色の瞳《ひとみ》には、今まで見たことがないような昏《くら》い情念の炎《ほのお》が揺らめいている。

レンズ越《ご》しに狂《くる》おしくも熱を帯びた眼差《まなざ》しで射《い》すくめられ、こくっと喉《のど》が鳴った。視線を絡め合いながら、なんだか急に口寂《くちさび》しい気分になって、ぼくは無意識にも唇を舌先で舐《な》める。

さっき眦に触れたマクシミリアンの唇。……すごく熱かった。

もう一度、触れて欲しい。

今度は唇に、その熱を与えて欲しい。

（キス……して欲しい）

自分でもどうしてなのかはわからないけど、今とても、マクシミリアンとキスがしたかった。

本当はちゃんと抱《だ》き合って唇を重ね合いたい。できれば恋人《こいびと》同士みたいに。

（キス……して）

口にする勇気はなくて——目で訴《うった》えてみたけれど。

ぼくの懇願《こんがん》の眼差しにマクシミリアンがつと眉をひそめた。ふいっと顔を背《そむ》けてしまい、顎を摑んでいた手も離れる。希望が叶《かな》わなかったことにがっかりしていると、マクシミリアンの手がふたたびぼくのペニスを握《にぎ》って動かし始めた。空いているほうの手は乳首《ちくび》に触れてくる。

「あ、ん、っ」

触《さわ》られる前からすでに勃《た》ち上がっていた胸の尖《とが》りをクニクニと弄られ、甘い電流が走った。同時に欲望も扱かれて、二ヶ所からの強烈《きょうれつ》な刺激に、ぼくは上半身を大きくのけ反らせる。

「……んっ、く、ん、あっっっつん」

腰をくねらせ、しどけなく開いた唇から濡れた喘《あえ》ぎを立て続けに零《こぼ》した。胸を離れたマクシミリアンの手が、今度は腫《は》れた袋《ふくろ》を握り込む。中の双球《そうきゅう》を揉《も》み込むように擦り合わされて、びくびくと太股の内側が痙攣《けいれん》した。

「達《い》ってください——達って」

激しく追い立てるようなマクシミリアンの手の動きに、頭の中が真っ白に塗《ぬ》りつぶされて、射精感が高まっていく。ぎゅっと閉じた眼裏《まなうら》に白い閃光《せんこう》が走った。

「あ、やぁ……も……い、く、……イクっ」

高い声を放った直後、びゅるっと勢いよく体液が飛んだ。腰を前後に揺らしながら、とぷっ、とぷっと欲望の証《あかし》を吐《は》き出す。

ようやくすべてを出し切ったぼくは、ぐったりと虚脱《きょだつ》して、後ろのマクシミリアンにしなだれかかった。

「はぁ……はぁ……」

だけど、そうして解放感に浸《ひた》れたのも束《つか》の間だった。熱くて硬い肉体に寄りかかっているうちに、またしても下半身がじわじわと熱を持ち始めて――。

（嘘《うそ》……また？）

下腹部がずくりと疼《うず》く感覚に驚《おどろ》き、ゆるゆると目を見開いた。だって今全部出したばっかりなのに。

一体いつになったらこの状態が治まるのか。いつになったらクスリの効果が切れるんだろう。散らしても散らしても際限のない劣情《れつじょう》が怖《こわ》くなったぼくは、くるりと体を返した。マクシミリアンと向き合い、涙目で訴える。

「マクシミリアン……どうしよう」

「ルカ様？」

「ぼく、変だ……また……おかしくなっちゃうかも……っ」

レンズの奥の双眸《そうぼう》が切なげに細まり、大きな手がぼくの頬《ほお》に触れた。涙で汚《よご》れた頬を慈《いつく》しむみたいにやさしくさする。

「何回おかしくなっても大丈夫《だいじょうぶ》です」

真剣《しんけん》な表情で告げた彼の手が、頰からゆっくりと下に滑《すべ》り落ち、腰に触れたと思った瞬間、ぐいっと引き寄せられた。たくましい両腕《りょううで》でぎゅっと抱き締められて背中がしなる。

「……っ」

濡れるのも厭《いと》わないマクシミリアンの、厚みのある胸の中に抱きすくめられ、心臓がドクンと跳《は》ねた。
「何度でもおかしくなってください。私がすべて受けとめますから」
真摯《しんし》な掠れ声が届いた刹那、胸が締めつけられたみたいにきゅんっと苦しくなる。
その甘い痛みが全身へ広がるのに、ほんの数秒もかからなかった。
（……息が……苦しい）
胸が、熱くて、苦しい。
何か縋《すが》るものが欲しくて、そろそろと腕《うで》を上げてマクシミリアンの背中に回す。
筋肉に覆われた広い背中をそっと抱《だ》き返したその時。
ぼくは、胸を圧迫《あっぱく》している甘い痛みの正体をやっと自覚したのだ。
（……マクシミリアン）
好きだ。
ぼくは、マクシミリアンが好きなんだ。
黒部に触られた時は鳥肌《とりはだ》が立つくらいに嫌《いや》だった。ひたすら嫌悪《けんお》感《かん》しかなかった。
なのにマクシミリアンにはどんなに意地悪をされても、何をされても嫌じゃないのは。
それどころか、キスをされたい、抱き締められたいと思ったのは。
マクシミリアンを好きだから。
好きだったんだ。

いつからなのかももう記憶《きおく》にないくらいずっと前から――ぼくは。
マクシミリアンが好きなんだ。

第七章

自分のベッドで、カーテンの隙間《すきま》から差し込む陽光に射られて目が覚める。

いつもと変わらない朝。

ごろんと横向きになってから、腕の力でのろのろと上体を起こしたぼくは、ベッドに片肘《かたひじ》をついたままふるふるっと頭を左右に振《ふ》る。

「頭が……重い」

体もだるい。特に下半身。なんだか顔も腫《は》れぼったい気がする。

なんでだろうとぼんやり考えて、まもなく昨日いっぱい泣いたせいだと気がついた。

昨日――。

やくざの手下ふたり組に拉致《らち》され、ビルの部屋に監禁《かんきん》されて、お尻《しり》から変なクスリを挿入《そうにゅう》されてしまった。ふたり組のうちのひとり――黒部に襲《おそ》われかけていたところを、危機《きき》一髪《いっぱつ》マクシミリアンが助け出してくれた。そして、クスリの余波で苦しむぼくを手や口で……。

――私が口で受けとめますから。

――我慢《がまん》しないで出してください。

――何回おかしくなっても大丈夫です。

――何度でもおかしくなってください。私がすべて受けとめますから。

「う……」

マクシミリアンに触られて甘ったるい声を出して喘《あえ》いだり、女の子みたいに胸を弄《いじ》られて感じてしまったり、あまつさえ、あ、あんなところに指を入れられて乱れて……。

数々の痴態《ちたい》が蘇《よみがえ》ってくるにつれて、じわじわと顔が赤らむ。

クスリのせいとはいえ、マクシミリアンの前であんな恥《は》ずかしい姿を――。思い出すだけで、顔から火を噴《ふ》きそうだ。

昨日は結局、バスルームで二回達したあとにこのベッドでも一回……。

意識があったのはそこまでで、その後のことはもう記憶にない。体の中のものを完全に出し切ったあと、マクシミリアンの腕の中で気を失うように眠《ねむ》ってしまった……らしい。

今こうしてちゃんとパジャマを着込んでいるところを見ると、マクシミリアンが意識のないぼくの体をきれいにして、着替《きが》えさせてくれたんだろう。

本当に何から何まで、彼には迷惑《めいわく》ばかりかけている。

「……はぁー」

重苦しいため息が零《こぼ》れた。支えていた腕を折って、ぱふっと枕《まくら》に沈《しず》み込む。

「なんか……いろいろありすぎて気持ちが追いつかないよ」

まさに怒濤《どとう》の展開。

あれもこれも、すべてがショッキングだったけど、何よりぼくにとって一番の衝撃《しょうげき》は、長年心の奥底に秘《ひ》めていた自分の恋心《こいごころ》に気がついたことだった。

ずっとずっと、自分でも無意識のうちに、同性であるマクシミリアンに片思いをしていたこと。いつの日からか彼を恋愛《れんあい》の対象として見ていたことに……気がついた。

いつから好きだったのかなんて自分でもわからない。

たぶん、恋《こい》がどんなものかも知らなかった、子供の頃《ころ》から。

いつ、どんな時も、マクシミリアンだけはぼくを見捨てずに護《まも》ってくれる——そう無邪気《むじゃき》に信じていたあの頃から。

今思えば、だからこそ十年前に父様と一緒《いっしょ》にマクシミリアンがローマへ行ってしまった時、あんなにも衝撃を受けたのだ。自分より父様を選んだことがショックで……。

おそらくあの時、ショックのあまりにぼくは、彼への想《おも》いを封《ふう》じ込めてしまった。同性をそういった意味で好きになるのはおかしいのだという思い込みもあったかもしれない。

だけど、自分でも意識していないような心の底ではいつも彼のことが気になっていた。

遠く離《はな》れていても、どうしても彼を忘れることができなかった。

日本に来てから、子供扱《あつか》いされることに腹を立てて、ことあるごとに反発したのも、マクシミリアンに一人前と認めて欲しかったから。

彼と対等になりたかった。できれば肩《かた》を並べたかった。

そのためにも一日も早くロッセリーニ家のミソッカスを卒業して、自立したかったのだ。そうでないと、今のままでは一生まともに相手にしてもらえない。彼の中で父様を追い越《こ》してプライオリティの一番になることはできないと思ったから。

本当はマクシミリアンの手を煩《わずら》わせず、できれば誰《だれ》の手も借りずに、ひとりで日本でがんばりたかった。そうして見違《みちが》えるように成長した姿でマクシミリアンに会いに行きたかった。

（……なんて、今となっては夢のまた夢だけど）

改めて意識の下に封印《ふういん》していた本当の自分の気持ちと向き合ったぼくは、切ない吐息《といき》を零した。枕をぎゅっと抱《だ》き締《し》めてぽつりとつぶやく。

「……マクシミリアンは、ぼくのことをどう思っているんだろう」

弟？

主君の息子《むすこ》？

保護の対象？

いずれにしても、恋愛対象でないことだけはたしかだ……。

辿《たど》り着いた結論にずんっと気持ちが沈む。朝からどっぷりブルーになっていると、コンコンコンとノックが鳴った。

「おはようございます」

ドア越《ご》しに低音美声が届き、ドキッと心臓が高鳴る。マクシミリアンだ。

「お、おはよう」

裏返った声で挨拶《あいさつ》を返す。枕を抱きかかえた体勢でベッドの上に正坐《せいざ》していたら、ドアがガチャッと開いた。とっさにばっと目を逸《そ》らす。

うわ……まともに顔が見られない。

あんな恥ずかしい姿を晒《さら》してしまった今、どんな表情《かお》をすればいいのかわからない。

心臓をバクバク高鳴らせ、ぼくは横目でちらっとドアのほうを窺《うかが》った。

見ているこっちの気が引き締まるほどに、ぴしっと伸《の》びた背筋。今日も白いシャツにベストという定番のアイテムを一分の隙《すき》もなく着こなし、ネクタイをきっちりと締め上げている。

撫《な》でつけられたアッシュブラウンの髪《かみ》。秀《ひい》でた額と理知的な眉《まゆ》。鋭利《えいり》で高い鼻梁《びりょう》。シルバーフレームの眼鏡《めがね》の奥の青灰色の瞳《ひとみ》。端整《たんせい》な唇《くちびる》。——怜悧《れいり》に整ったシャープな貌《かお》をこっそり覗《のぞ》き見ているうちに、きゅんっと胸が締めつけられるみたいに苦しくなってくる。

(やっぱり好き)

一度自覚してしまったら、もう気持ちが止まらない。抑《おさ》えられない。

だけど、顔を見ただけで熱が出てしまいそうなぼくとは対照的に、マクシミリアンは至って平静だった。普段《ふだん》とまったく変わらない表情と声で、いつもの台詞《せりふ》を告げる。

「朝食の用意が調《ととの》いましたが、いかがなさいますか？」

「あ……う、ん」

ぼくはマクシミリアンのほうへおずおずと顔を向けた。目が合っても平然としている。何事もなかったようなクールな佇《たたず》まいを見て、頭から冷水をかぶったみたいな気分になった。

全然、普通《ふつう》なんだ……。

こっちは今にも心臓が口から飛び出そうなくらいドキドキしているのに。

——何度でもおかしくなってください。私がすべて受けとめますから。

そう言って、背中がしなるほど力強く抱き締めてくれたのに。

自分にとっては天変地異に匹敵《ひってき》する大事件だった昨日のあれも……マクシミリアンにとってはあっさり流せてしまえる程度の出来事で、単なる仕事の一環《いっかん》でしかなかったんだろうか。

想い人の真情が摑《つか》みきれなくて、たちまち不安になる。縋《すが》るような眼差《まなざ》しを向けていたら、マクシミリアンが部屋に入ってきた。まっすぐベッドに近づいてきて枕元《まくらもと》に立ち、ぼくの顔を覗き込んでくる。

「お体の具合はいかがですか？」

「……体？」

訝《いぶか》しげに訊き返した直後、例のクスリの後遺症《こういしょう》について尋ねられているのだと気がついた。

多少頭が重くてだるいけれど、昨日みたいに体の中から発熱するような症状《しょうじょう》はない。

「もう大丈夫《だいじょうぶ》……だと思う」

「そうですか。よかったです。おそらく何日も後遺症が残《のこ》るようなものではないと思いますが」

ぼくの返答にマクシミリアンが安堵《あんど》の表情を浮《う》かべる——その顔を見たら、また胸がざわざわとざわめいて苦しくなった。

「心配させてごめん」

謝罪の言葉を告げたあとで、思い切って小声でつけ加える。

「あの……昨日はありがとう」

するとレンズの奥の切れ長の双眸《そうぼう》がわずかに見開かれた。不意を衝《つ》かれたとでもいうような、驚《おどろ》きの表情を捉《とら》えることができたのは、けれどほんの一瞬《いっしゅん》で、すぐにいつもどおりの冷徹《れいてつ》な仮面に覆《おお》い隠《かく》されてしまう。

「私こそ出過ぎた真似《まね》をいたしました」

硬い声で謝辞を紡いだマクシミリアンが、これ以上の会話を拒《こば》むように話題を変える。

「着替えてダイニングにいらしてください。卵はいつものようにスクランブルでよろしいですね」

「……あ、うん」

「畏《かしこ》まりました」

身を返して部屋から出ていく頑《かたく》なな背中を、ぼくは黙《だま》って見送るしかなかった。

「昨日のルカ様の拉致《らち》には、瑛様が関係しているのです」

朝食を終えたあと、マクシミリアンが昨日の拉致監禁《かんきん》事件の裏事情を話してくれた。

ダイニングテーブルでマクシミリアンと向かい合ったぼくは、彼の口から出た異父兄《いふけい》の名前に瞠目《どうもく》する。

「瑛さんが？」

マクシミリアンによると、昨日の事件は、そもそも瑛さんが日本からシチリアへ移住したことに端を発しているらしい。

約一年前、瑛さんはあるやくざ組織から執拗《しつよう》な嫌《いや》がらせにあい、会社を辞《や》めざるを得ないところまで追い詰《つ》められた。そのやくざ組織——【音和会】の芝田《しばた》という組長は、かつて瑛さんのお父さんの【早瀬組】に在籍《ざいせき》していたことがあり、十数年前から瑛さんに歪《ゆが》んだ欲望《よくぼう》を抱《いだ》いていたようだ。

芝田の狙《ねら》いは、養子縁組《えんぐ》みの名目のもとに瑛さんを自分のものにすること。

その養子縁組みの披露《ひろう》会の日、芝田の屋敷《やしき》から監禁《かんきん》されていた瑛さんを救い出し、シチリアに連れ去ったのが、長兄《ちょうけい》のレオナルドだった。

レオナルドは以前から、ぼくの母が日本に残してきた息子に関心を持っていて、数年前からはそれと知られないように瑛さんの動向を見守っていた。今回も彼がトラブルに巻き込まれたことを察知して、自ら日本へ赴《おもむ》き、まさにギリギリのタイミングで救い出したようだ。

日本では裏社会でそれなりの影響力《えいきょう》を持つ芝田も、さすがにシチリアまでは手が及《およ》ばない。

【パラッツォ・ロッセリーニ】で暮らすことによって、瑛さんの安全は確保できた。

しかし、手が及ばないからといって、芝田が瑛さんを諦《あきら》めたという単純な話にはならない。

十数年間も虎視眈々《こしたんたん》と狙っていたというからには、そう簡単に執着《しゅうちゃく》心はなくならないと考えるほうが自然だ。瑛さんを奪われた件でプライドを踏《ふ》みにじられた芝田が、ロッセリーニ家に遺恨《いこん》を抱くであろうことも想像に難《かた》くない。

そんな事情の下でぼくの留学話が持ち上がったのだから、今にして思えば最悪のタイミングだった。今こうして話を聞けば父と兄たちの懸念《けねん》ももっともで、あれだけ心配されたのも無理からぬことだと思う。

かといって安全のために複数のボディガードをつければ、日本ではかえって目立ってしまうリスクがあり、それは彼らの望むところではなかった。

せっかく日本に留学するのに、イタリアでの生活となんら変わらなくなってしまうのでは意味がない。また、芝田の件を話して、ぼくを必要以上に萎縮させるのも避けたかった。

できることならば普通の学生と同じように、自由にのびのびと留学生活を送らせたい。

その想《おも》いから、父の片腕《かたうで》であるマクシミリアンを交え、父と兄たちで幾度《いくど》となく膝《ひざ》を突《つ》き合わせて話し合った結果、日本でのぼくの生活のサポート役をマクシミリアンに一任することに決まったらしい。マクシミリアンならば、ぼくのことを子供の頃《ころ》からよく知っているし、お互《たが》いに気心も知れている。ボディガードとしての訓練も積んでいるので、お目付役としてこれ以上の適任はいない。

現実問題として、芝田がぼくの日本行きを嗅《か》ぎつける可能性は低いと思われたが、念には念を入れるに越《こ》したことはないというのが、父や兄たちの共通見解だった。

斯くして日本におけるマクシミリアンの重要な仕事のひとつが、ぼくと親交のある人間のバックボーンを調べることとなった。東堂を筆頭に、かかわりのできた人物の素性《すじょう》は漏《も》れなく確かめてきたが、さすがにアルバイト先を訪《おとず》れる客のひとりひとりまでは調べきれない。

「だからカフェのバイトを辞めろと言ったの？」

ぼくの質問にマクシミリアンが苦しい胸のうちを明かした。

「できれば、不特定多数の人間が出入りする職場は避《さ》けていただきたかったのですが……ただ、ルカ様があのカフェでとても楽しく働いていらっしゃることもわかっておりましたので」

「……そうだったのか」

詳《つまび》らかになった事実にため息が漏れる。

そんな裏事情があったなんて、全然知らなかった。

マクシミリアンはぼくを護《まも》るために、なるべく普通の生活が送れるように、ちゃんと考えてくれていたのだ。ぼくを『できるだけ自由に生活させること』と『保護』という、相反するふたつのミッションを両立させるために、陰《かげ》ながら骨を折ってくれていた。

なのにぼくはそんなこととはつゆ知らず、小言が煩《うるさ》いとか過干渉《かかんしょう》だとか、煙《けむ》たがってばかりいた。

(子供扱《あつか》いされて当然だ)

自分の無知さ加減、思慮《しりょ》のなさに打ちひしがれ、唇《くちびる》を嚙《か》み締《し》めていると、正面のマクシミリアンが厳しい表情で切り出す。

「それにしても、芝田が配下の者に一年近く前から杉崎の屋敷を見張らせていたというのは計算外でした。瑛様が日本に戻《もど》られた際に、お祖父《じい》様のおうちへ立ち寄るわずかな可能性に賭《か》けてのことでしょうが……正直なところ、あの男がそこまで周到《しゅうとう》な罠《わな》を巡《めぐ》らせるとは思っておりませんでした。私の認識《にんしき》不足です。申し訳ございません」

悔恨《かいこん》の滲《にじ》む声で告げ、マクシミリアンがこうべを垂れた。

たしかに、いつ日本に戻るかもわからない人間に対して、すごい執念《しゅうねん》だ。

見たこともない、その芝田という男に不気味さを覚える。

それだけ瑛さんに執着しているということ?

「そうとは知らずに、ぼくがお祖父様に会いに行ってしまったわけか」

「盗《ぬす》み撮《ど》りした写真から、あなたがロッセリーニ家の三男であることを突きとめた芝田は、手の者にあなたの拉致を命じた。おそらくはルカ様の身柄《みがら》を確保し、ロッセリーニ家に瑛様との交換《こうかん》を要求するつもりだったのでしょう」

「よかった。瑛さんに危害が及ばなくて」

一歩間違《まちが》えばそうなっていたかもしれない最悪の事態を想像して、ぶるっと震《ふる》える。

「ぼくのせいで、もし瑛さんがその男に捕《と》らわれてしまったら、今度こそ取り返しのつかないことになっていた気がする」

「もちろん瑛様の安全は確保しなければなりませんが、同時にルカ様の安全も大切です」

きっぱりと言い切ったマクシミリアンが、何かを思案する顔つきで低くつぶやいた。

「昨日の一件で思惑《おもわく》が外れた芝田が、この先どう打って出てくるか。――敵が動き出す前に先手を打たねばなりません」

「食後のお茶を淹《い》れますね」

話が一区切りついたのを見計らい、マクシミリアンが立ち上がった。キッチンに向かって歩き出す彼の後ろ姿に、ぼくは「あっ」と声をあげる。

ベストの左の脇《わき》のあたりに赤い染《し》みができていたからだ。

「それ、血？」

ぼくの指摘《してき》にマクシミリアンが左腕《ひだりうで》を上げ、脇の下を覗《のぞ》き込む。

「ああ……滲んでしまっていますね。応急処置が甘かったらしい」

「ひょっとして……昨日……の？」

最後に意識を取り戻した黒部が突進《とっしん》してきた——あの時だ。寸前で躱《かわ》したと思っていたけれど、ぼくを抱《だ》きかかえていたから、避けきれなかったのかもしれない。

「ナイフを避けた時に少し刃《は》に触《ふ》れてしまったようです。でもかすり傷ですから」

なんでもないことのように、マクシミリアンはさらっと受け流したけれど。

（ぼくのせいだ）

青ざめたぼくは、椅子《いす》から立ち上がるなり、頭を下げた。ただ言葉で謝るだけじゃ足りない気がして、自然と日本式の謝罪になる。

「ごめん……ぼくのせいで怪我《けが》を……」

「いけません。お顔を上げてください」

めずらしくあわてたような声が遮《さえぎ》り、大きな手がぼくの両肩《りょうかた》を摑《つか》んだ。

「ルカ様のせいではありません。私の油断が招いたことですから」

顔を上げると、マクシミリアンが神妙《しんみょう》な面持《おもも》ちで首を左右に振《ふ》っていた。

「それに、ルカ様が経験なさったお辛《つら》い思いに比べれば、こんな傷などなんでもありません」

真摯《しんし》な声からも、その言葉が偽《いつわ》りのない、心からの本心だとわかった。

でも、やっぱりこのままじゃ気持ちが収まらない。

「じゃあせめて傷の処置をやり直させて。その位置だと自分で手当てしづらいでしょう」

ぼくの申し出に、一瞬《いっしゅん》の逡巡《しゅんじゅん》を見せたマクシミリアンが、だがやがて小さく微笑《ほほえ》んだ。

「ありがとうございます。助かります」

ソファへ移動したぼくは、塗《ぬ》り薬や消毒スプレーが収納されている救急箱をローテーブルの上に置いた。ぼくに背中を向けたマクシミリアンが、ネクタイを解《ほど》き、ベストを脱《ぬ》ぐ。最後にシャツをばさっと脱ぎ去った。目の前に現れた広くてしなやかな背中にドキッとする。くっきりと陰影《いんえい》を刻む肩胛骨《けんこうこつ》や、まっすぐな背骨をエロティックに感じてしまうなんて……相当に重症《じゅうしょう》だ。

頭をふるっと振り、やるべき使命を思い出す。傷の手当てだ。

引き締まった広い背中の横に、四角いガーゼが貼《は》ってある。血の滲んだガーゼを剝《は》がすと、左の脇の下に幅《はば》五センチほどの切り傷が見えた。

かすり傷だなんて言っていたけれど、けっこう深い。本当のことを言うと血は苦手なので、ぱっくりと開いた傷口を見た瞬間《しゅんかん》、ちょっとくらっときた。

だけど、ここで怯《ひる》んではいられない。

ぼくのために……ぼくを護るためにマクシミリアンは怪我をしたのだ。

「たぶんもう消毒してあるだろうけど、もう一度しておくね？」

「お願いします」

苦手意識を抑《おさ》え込み、慣れない手つきで傷口の消毒をし直した。アルコールのスプレーを噴《ふ》きつけ、コットンで血を拭《ふ》き取る。

「しみる？」

「いいえ、大丈夫《だいじょうぶ》です」

新しいガーゼを傷口に当てて、テープで固定した。腕《うで》を動かすとテープがずれてしまいそうな場所だったので、念のために包帯を巻く。時間はかかったけれど、なんとか無事に処置は完《かん》了《りょう》した。

ほっと額の汗を拭《ぬぐ》い、マクシミリアンに尋《たず》ねる。

「病院に行かなくて平気？」

「鋭利《えいり》なナイフで切った傷口は治りが早いですから」

そう言ってぼくを振り返り、「ありがとうございました」と律儀《りちぎ》に一礼した。

ばっとシャツを羽織り、ボタンを留め始める。おそらくはまだかなり痛みがあるだろうに、そのことをこちらに覚《さと》らせない。てきぱきと機敏《きびん》な動きにぼーっと見惚《みと》れているうちに、ほどなく胸の奥から熱い衝動《しょうどう》がふつふつと込み上げてきた。

（どうして？）

どうしてこんな怪我をしてまで、ぼくを護ってくれるの？

仕事だから？　任務だから？

それとも——ぼくが父様の息子《むすこ》だから？

ねぇ……ぼくのこと、どう思っているの？

訊《き》きたい。知りたい。マクシミリアンの本当の気持ちが知りたい。

胸いっぱいに膨《ふく》らんだ欲求《よっきゅう》を持て余していると、マクシミリアンの身支度《みじたく》が終わった。救急箱を持ってソファから立ち上がり、その場を立ち去ろうとする背中を思わず呼び止める。

「マクシミリアン！」

振り向《む》いたマクシミリアンと視線がばっちりかち合い、うっと怯《ひる》んだ。

「なんでしょうか」

「…………」

「ルカ様？」

促《うなが》すように名前を呼ばれ、きゅっと奥歯を噛《か》み締《し》めた。息をひとつ大きく吸い込んでから、勇気を振り絞《しぼ》ってその問いを口にする。

「な……なんでそこまでしてぼくを護《まも》ってくれるの？」

出だしでつっかえ、そこからは勢いが失速するのが怖《こわ》くて息継《いきつ》ぎせずに一気に言った。

「…………」

切れ長の双眸《そうぼう》がじわりと細まる。わずかに目を細めたまま、質問の意味を推《お》し量るように、ぼくをじっと見下ろしてくる。

真意を探《さぐ》るような青灰色の瞳《ひとみ》を、両目にぐっと力を入れてぼくは見つめ返した。

息苦しい沈黙《ちんもく》のあとで、マクシミリアンがおもむろに口を開く。

「私には家族がおりませんので、僭越《せんえつ》ながらルカ様のことを弟のように思って参りました」

「……おとう、と」

「身よりのない私を引き取って育ててくださったロッセリーニ家には多大なご恩があります。そのご恩に報《むく》いるためにも、今後も私の力の及《およ》ぶ限り、ドン・カルロをはじめとして、レオナルド様、エドゥアール様、そしてルカ様に誠心誠意お仕えする所存です」

静かにそう告げてもう一度一礼する。

リビングから立ち去った彼が、内扉《うちとびら》の向こうに消えるのとほぼ同時に、ぼくは足許《あしもと》のラグにへなへなと座り込んだ。しばらく言葉もなく放心する。

（……弟、か）

ある程度予想していた返答ではあった。

同じ男で、しかも十五歳も年下のぼくなんかが、恋愛《れんあい》対象になるわけがない。

そんなのわかりきっていたことなのに、覚悟《かくご》していたはずなのに、マクシミリアンの口からはっきりと現実を突《つ》きつけられると、やっぱり泣きそうなくらいに辛かった。ショックで体が冷たくなって、ほどなく鼻の奥につーんと痛みが走り抜《ぬ》ける。

気がつかなければよかった。

天を仰《あお》いで涙《なみだ》を堪《こら》え、口腔《こうこう》内の苦い思いを噛み締める。

こんな気持ちになんか……気がつかなきゃよかった。

自覚してからたったの一日で失恋《しつれん》なんて早すぎる。

しかも、これから先もずっと報われることのない恋心《こいごころ》を抱《かか》えて、マクシミリアンと一緒《いっしょ》に暮らしていかなければならないのだ。

第八章

朝食のあと、土曜日で大学が休校だったのをいいことに、ぼくは部屋に籠《こ》もってひたすら失恋の痛手に浸《ひた》った。

お昼も食べず（あとで見たら、部屋の外にマクシミリアンお手製のランチボックスが置かれていた）、ベッドの上でぼーっと膝《ひざ》を抱えて過ごす。子供の頃《ころ》の【パラッツォ・ロッセリーニ】での生活とか、東京に来てからのいろいろな事件とか、マクシミリアンとの思い出を脳内再生して、台詞《せりふ》や表情を何度もリプレイしていたら、数時間が経《た》つのはあっと言う間だった。

もしかしたら何か感じるものがあったのか、マクシミリアンも敢《あ》えて様子を見にくることはなかった。

散々落ち込むだけ落ち込んで、静かに涙を流して、泣き疲《つか》れていつしか眠《ねむ》って、夕方に起きた時には少しだけ頭と心がすっきりしていた。

結局——何をどうしたって自分が彼を好きな気持ちは変わらない。報われないとわかったからといって、そんなに急に吹《ふ》っ切れるものでも、諦《あきら》められるものでもない。

ものごころついてから、自分でもそうとは知らずに十数年あたためてきた想《おも》いなのだ。そう簡単に消えるはずもなかった。

だとしたら、今はこの気持ちを無理に否定しようとはせず、抱えていこう。

いつか自然と吹っ切れる――その時まで。

自分の気持ちに応《こた》えてくれない想い人と、四六時中顔を突き合わせて暮らしていくのは辛《つら》いけれど……。

気持ちにケリがつく日までは、できるだけ普通《ふつう》に接するようにがんばる。

どうにか自分なりの考えをまとめ、この先の指針を固めてから自室を出た。いつまでも部屋に籠もっていたらマクシミリアンが心配する。

顔を洗ってしゃっきりしようとパウダールームへ向かったぼくは、当のマクシミリアンと玄《げん》関《かん》前の廊下で鉢合《はちあ》わせした。

「あ……」

ドキッと心臓が跳《は》ね、とっさに小さく声を出してしまってから、マクシミリアンがスーツの上着を着ていることに気がつく。ひょっとして出かけようとしている？

「出かけるの？」

尋ねると、まずいところを見つかってしまったというふうに、形のいい眉《まゆ》をわずかにひそめた。おそらくつき合いの浅い人間ならば気がつかないであろう、そのかすかな表情の揺《ゆ》らぎにぴんとくる。

「どこへ行くの？」

「…………」

「どこへ出かけるの？」

マクシミリアンはしばらく難しい顔で押し黙っていたが、繰《く》り返しの追及《ついきゅう》に躱《かわ》せないと観念したのか、渋々《しぶしぶ》と白状する。

「今後のこともありますから、二度とあなたに危害が及ばないように、音和会の芝田と話をつけてきます」

（やっぱり！）

そうだったと思った時には声が出ていた。

「ぼくも行く！」

「いけません」

寸分の迷いもなく、即《そく》、怖い顔で却下《きゃっか》される。

「なんで？」

「危険すぎます」

「危険なのはマクシミリアンも同じじゃない」

「私はこういった交渉事《こうしょうごと》に慣れています」

「でも、交渉するのはぼくのことでしょ。だったら当事者のぼくも一緒に行くのが筋だよ」

「筋でもなんでも駄目《だめ》なものは駄目です。はっきりと申し上げて、ルカ様が一緒では足手纏《あしでまと》いですから」

冷ややかな声音《こわね》で断じられてカチンとくる。

そりゃそうだろうけど、そうまではっきり断言することないじゃないか。

それに、自分ひとりが安全な蚊帳《かや》の中にいるようでは、今までと何も変わらない。

いつもと同じように、マクシミリアンに護《まも》ってもらうばかりじゃ進歩がない。

昨日の今日で怖くないと言えば嘘《うそ》になるし、たしかに一緒に行ったからといって、何ができるわけでもないけれど……。

それでも、万が一その身に何かあったらどうしようとか、ハラハラドキドキ気を揉《も》みながら、マクシミリアンの帰宅をちんまり家で待っているのは――。

(嫌《いや》だ)

胸中でつぶやいたぼくは、意識的に顎《あご》を反らし、挑戦《ちょうせん》的な眼差《まなざ》しでシルバーフレームの眼鏡《めがね》を睨《にら》んだ。

「じゃあいいよ。音和会を捜《さが》して別ルートで芝田に会いに行くから」

挑発《ちょうはつ》するぼくをはるか上から威圧《いあつ》的に睥睨《へいげい》して、マクシミリアンが憤《いきどお》りを押し殺したような低音を落とす。

「そんなことをしたらまたやつらに捕《つか》まります」

「だったら一緒に行って護って。――ね？」

一転、ここぞとばかりににっこり笑いかけたら、マクシミリアンが眉をぴくっと動かした。

「……それは脅迫《きょうはく》ですか？」

眉間《みけん》にくっきり筋を刻み、険しい表情で確かめてくる。

「まさか。脅《おど》してなんかいないよ。頼《たの》んでいるだけ」

威圧感《いあっかん》に負けじと、笑顔《えがお》をキープして言い返した。どんなにプレッシャーをかけられても、ここで引くわけにはいかない。自分ひとりだけ安全な場所で留守番なんて嫌だ。

(どんな時でも一緒にいたいんだ)

声には出さずに視線で「お願い」と懇願《こんがん》するぼくを、マクシミリアンは三十秒ほど睨《ね》めつけていたが、やがて剣呑《けんのん》なオーラを纏《まと》ったまま、「そんな駆《か》け引きをどこで覚えてきたのですか」とつぶやく。

「勝手になさいと一蹴《いっしゅう》できればいいのですが、残念ながらあなたならやりかねない。おとなしそうに見えて案外無鉄砲《むてっぽう》なところがありますから」

忌々《いまいま》しげな声を発し、眼鏡のブリッジを中指でくいっと押し上げた。

「……仕方がありませんね」

(やった！)

心の中でガッツポーズを作るぼくに、マクシミリアンがすかさず「ただし」と釘《くぎ》を刺《さ》してくる。

「交渉はすべて私が行いますから、余計な口出しは無用です。話し合いの間は私の後ろで黙って控《ひか》えていること。終始一貫《しゅうしいっかん》ギャラリーのポジションを貫《つらぬ》く。それが約束できますか？」

ぼくはこくっとうなずいた。

「約束する」

「もしあなたの身に何かあったら、芝田はもちろんのこと、私もシチリアの本家のみなさんに殺されます」

「そんなの大げさだよ」

笑おうとしたら「大げさではありません」とぴしりとたしなめられる。

「もっとも、その前に自ら死してお詫《わ》びをする覚悟《かくご》ではおりますが」

マクシミリアンがそんな時代錯誤《さくご》な台詞を真顔で言い切った。

……これが、冗談《じょうだん》じゃないから困るのだ。


「杉崎」

マクシミリアンと一緒にマンションから外へ出たところで声をかけられる。

振《ふ》り向《む》いた路肩《ろかた》に２５０ccのオートバイが停《と》まっていて、細身の男が跨《またが》っていた。とっさにマクシミリアンがぼくを庇《かば》うように一歩前へ出る。すると男がヘルメットを外し、明るい色の髪《かみ》をふるっと左右に振った。

「東堂！」

呼びかけに応えるように片手を挙げた東堂が、黒いバイクから跨《また》ぎ下りた。ヘルメットを脇《わき》に抱《かか》え、こっちに向かってくる。

「ちょうどよかった。今、おまえの部屋に行くとこだったんだ」

ぼくたちのすぐ手前で足を止めた東堂が、マクシミリアンに「どうも」と軽く頭を下げた。対するマクシミリアンは、十五も年下の東堂に深々と一礼する。

「昨日はありがとうございました。おかげさまで事なきを得ることができました」

「そんなふうにされたらかえって恐縮《きょうしゅく》しちゃいますよ。顔、上げてください」

困惑《こんわく》した口調で東堂に促され、マクシミリアンが上体をもとに戻した。

「杉崎は友達なんだから当然ですって」

「そう言っていただけると助かります」

目と目を合わせての、穏《おだ》やかなやりとりが続く。

過去二度、マクシミリアンと東堂の対面は一触即発《いっしょくそくはつ》っていう感じでピリピリしていたから、なごやかな空気がなんだかちょっと不思議な気がしたけれど、ぼくにとって大切なふたりがうち解け合ってくれたのはやっぱり嬉《うれ》しかった。

「どうやら大丈夫《だいじょうぶ》そうだな」

ぼくを頭のてっぺんから足元まで眺め下ろした東堂が、ほっとしたような口調で言った。

「あれからマクシミリアンさんから無事に保護したって連絡《れんらく》もらったけど、やっぱ心配でさ。一応顔見に来た」

「ごめん……心配かけて。わざわざ来てくれてありがとう」

「おまえ、携帯《けいたい》も繋《つな》がらないしさー」

「え？　ほんと？」

どうやら携帯が電池切れになったらしい。取り戻《もど》した荷物の中に携帯も入っていたはずだけど、いろいろあってそれどころではなかったので、今の今まで気がつかなかった。

「例の、あのヤバそうな客の仕業《しわざ》だったんだってな」

「あ……うん」

「あいつ、チンピラだったんだろ？　やっぱな。見るからに胡散臭《うさんくさ》そうだったもんな」

東堂にどこまで話してあるのかわからないので相槌《あいづち》に困り、ちらっと傍《かたわ》らのマクシミリアンを見る。その視線に気がついたのか否か、東堂が尋《たず》ねてきた。

「そういや、これからふたりでどっか行くの？」

「う、うん」

返答に窮《きゅう》したぼくに、マクシミリアンが助け船を出してくれる。

「ちょうど外出するところでした。せっかく来ていただいたのにタイミングが悪くて申し訳ありません」

「ふたりで出かけるんだ？　ふぅん……」

さらさらの髪を片手で搔《か》き上げた東堂が、うろんな眼差しでぼくとマクシミリアンを順繰《じゅんぐ》りに見た直後、出し抜《ぬ》けに斬り込んできた。

「例のやくざのところへ話をつけに行くとか？」

「え？　なんで知っ……」

とっさに反応してしまってから、しまった！　と思ったけどもう遅《おそ》い。マクシミリアンの冷たい一瞥《いちべつ》にひやっと首を縮める。

「当たり？」

にっと笑った東堂が、目を輝《かがや》かせて身を乗り出してきた。

「俺も一緒《いっしょ》に行ってもいい？」

「遊びに行くのではありません」

マクシミリアンが険しい表情で首を横に振る。

「それにしちゃーそのメンツは心許《こころもと》ないいんじゃないの？　やくざの事務所に殴《なぐ》り込みをかけるにしちゃあさ」

「殴り込みをかけるわけでもありません。交渉《こうしょう》に向かうだけです」

「それだって交渉決裂《けつれつ》ってこともあるじゃん。荒《あら》っぽい展開になった時、マクシミリアンさんが敵とタイマン張っている間、俺がいたら杉崎をガードできるよ？」

畳《たた》みかけるような東堂の説得に、マクシミリアンが両目を細める。

（どうするの？）

マクシミリアンを見上げて、ぼくは目で問いかけた。

ぼくとしては、たしかにふたりよりは三人のほうが心強いけれど、だからといって関係のない東堂を厄介事《やっかいごと》に巻き込むのは気が引ける。もしぼくのせいで東堂が怪我《けが》でもしたら、それこそ【café Branche】のオーナーに合わせる顔がない。

おそらくはマクシミリアンも同じ気持ちなんだろう。無表情の仮面の下で迷っているのがわかる。

ぼくらふたりの逡巡《しゅんじゅん》を見透《みす》かしたように、東堂が肩《かた》をすくめた。

「俺としては乗りかかった船だし、最後まで見届けたいっつーか」

「…………」

「多勢に無勢とも言うしさ。やっぱひとりよりふたりのほうが、杉崎を護《まも》れる確率は上がるんじゃない？」

目の前のマクシミリアンをまっすぐ見つめて挑《いど》むように言う。その挑戦《ちょうせん》的な視線を真っ向から受けとめていたマクシミリアンが、長考のあとでおもむろに口を開いた。

「──決して無理はしないと誓《ちか》ってくださるなら」

事実上の了承《りょうしょう》に東堂が「おっし」と右手の拳《こぶし》を握《にぎ》る。唇《くちびる》の片端《かたはし》を不敵に持ち上げて言った。

「俺、やくざの事務所って一度行ってみたかったんだよね」


マクシミリアンの説明によれば、【音和会】は組長の芝田が十年前に立ち上げた新興の暴力団。関東一の広域暴力団【劉生会《りゅうせいかい》】の三次団体であり、その威光《いこう》もあって、新宿界隈《かいわい》をホームグラウンドとするやくざ組織の中では今もっとも勢いがあるとされている──らしい。

その【音和会】の事務所は、新宿の歌舞《かぶ》伎町《きちょう》にあった。

初めて足を踏《ふ》み入れた日本最大の繁華《はんか》街《がい》は、想像していた以上に猥雑《わいざつ》で騒々《そうぞう》しかった。同じように人が大勢いる街でも、渋谷とはまったく雰囲気《ふんいき》が違《ちが》う。

絶え間ない人の波と車の流れ。まるで悪趣味《あくしゅみ》を競《きそ》ってでもいるような極彩色《ごくさいしき》のネオン。店先から流れ出る大音量の音楽。まだ七時を回ったばかりだというのに、すでに歩道には酔客《すいきゃく》が溢《あふ》れ、ゲームセンターの前には高校生くらいの男女がたむろしている。

「なんか……すごい」

街に渦巻《うずま》く異様なパワーに圧倒《あっとう》され、きょろきょろと周囲を見回していたら、右側に立つマクシミリアンから低い声でたしなめられた。

「よそ見をしていてはぐれないように気をつけてください。私から決して離《はな》れないように」

こっちは左側に立つ東堂にも怒《おこ》られる。

「ビギナー丸出しできょろきょろすんな。ただでさえ、おまえひとり場違《ばちが》いで浮《う》きまくってるんだからさ」

「わ、わかった」

うなずいたものの、どうしても視線があちこちにいってしまう。目につくもの、耳から入ってくるもの、すべてが刺激《しげき》的でものめずらしくて――。

「ね。あの……『おしゃぶりハウス』ってなんの店？」

けばけばしい看板の中でもひときわ目を引くピンクのネオンサインを見つめ、何げなく問いかけたとたん、東堂とマクシミリアンが同時にむせた。

「食べ物屋さん？」

重ねて問いかけたぼくの頭を東堂が摑《つか》み、ぐりっと力ずくで前を向かせる。

「……前向いてろ」

「なんで見ちゃいけないの？」

「子供は知らなくていいんだよ」

「子供って、東堂だって同じ年じゃない」

むっとむくれたぼくに、マクシミリアンが険しい顔つきで言った。

「年齢《ねんれい》の問題ではありません。ルカ様にはまだ早すぎます」

「そうそう。お子様には目の毒。あと二年経《た》ったら、大学の卒業祝いに歌舞伎町ツアーに連れてきてやるからさ」

東堂の台詞《せりふ》にすかさずマクシミリアンが物言いをつける。

「その際は私も同行いたしますので、必ず事前に許可を申請《しんせい》してください」

「あー、はいはい、わかりました」

煩《うるさ》そうに片方の眉《まゆ》を持ち上げた東堂が、ちらっと横目でマクシミリアンを見やった。

「……にしてもマクシミリアンさんは、案外しっくりここに溶《と》け込んでるよね」

言われてみれば、猥雑でどこか危険な匂《にお》いのする夜の歌舞伎町にあっても、マクシミリアンの存在はさほど違和感《いわかん》がないように思えた。もちろん、その長身と体軀《たいく》で充分《じゅうぶん》に目立っていたし、行き交《か》う人たちから微妙《びみょう》に避《さ》けられてはいたけれど。

十中八九、エリートビジネスマンと思われるに違いない外見を裏切って、今日のマクシミリアンからは、日頃《ひごろ》は周到《しゅうとう》に隠《かく》している獰猛《どうもう》な『気』が立ち上っているせいだろう。

「歌舞伎町には以前日本を訪《おとず》れた際にも何度か足を運びましたから。——ああ、ここです」

やがてマクシミリアンが足を止めたのは、大きな通りから一本裏道に入った路地に建つ、黒い石造りのビルの前だった。まだ充分に新しそうな六階建ての建物で、見た目からはまったくやくざの本拠地《ほんきよち》であるようには見えない。

（ここが？）

ステンレスの案内板に刻まれた社名を東堂が読み上げる。

「なんかちゃんとした堅気《かたぎ》の会社みたいじゃん。やくざの事務所って言うから、もっとそれっぽい門構えなのかと思った。提灯《ちょうちん》下がってたりとかさ」

「【音和興業株式会社】だってさ」

「暴力団対策法施行《しこう》以降は暴力団も企業《きぎょう》化・アンダーグラウンド化が進み、昨今では、一見して普通《ふつう》の会社と区別がつかない組織が増えているようです。覇権《はけん》争いの抗争《こうそう》が頻繁《ひんぱん》だった頃《ころ》と違って、派手な殴り込みや襲撃《しゅうげき》もないようですし、大仰《おおぎょう》なバリケードは必要ないのでしょう」

冷静な声で淀《よど》みなく告げたマクシミリアンが、腕時計《うでどけい》に視線を落とした。

「そろそろ芝田も九州から戻《もど》っているはずです」

芝田という名を聞き、街灯の明かりに反射して黒光りするビルを見上げているうちに、だんだん緊張《きんちょう》が高まってきた。

ついにこれから、瑛さんを執念《しゅうねん》深くつけ狙《ねら》う『やくざの組長』と対面するのだ。

「どうやって中に入るの？」

一階エントランスのガラスの自動ドアはオートロックで、ビルの中から解除されなければ開かないシステムになっている。東堂が前に立ってみたがやはり反応しなかった。

「正攻法《せいこうほう》でいきましょう。アポイントを取ります」

スーツの上着から携帯《けいたい》を取り出したマクシミリアンが、画面を操作して耳に当てる。しばらくして繋《つな》がったらしい。流暢《りゅうちょう》な日本語で話し始めた。

「御社《おんしゃ》の代表のミスター芝田をお願いします。こちらはロッセリーニ家の代理人と言ってもらえればわかるはずです。直接会って話がしたい、今、事務所の下にいると伝えてください」

保留になっている間に東堂がつぶやく。

「芝田のやつ、会うかな？」

「昨日の件で芝田はせっかくの獲物《えもの》をみすみす取り逃《に》がしたと地団駄《じだんだ》を踏んでいるはずです。ふたたび降って湧《わ》いたチャンスを逃《のが》すことはしないでしょう」

その推測どおり、ほどなくしてガラス越しに、正面のエレベーターが開くのが見えた。中から黒服の男が数人どやどやと降りてくる。ガラスの自動ドアが全開するのとほぼ同時に、ぼくたちは屈強《くっきょう》な男たちに取り囲まれた。

男たちに前後左右を囲まれたまま、エレベーターで四階まで上がる。パーティションで仕切られたオフィスを横目に、一番奥まで連れて行かれた。

先頭の男が突《つ》き当たりのドアを開き、ぼくたち三人を部屋の中へ押し入れる。

ガランと広い部屋だった。どうやら応接室らしく、中央にソファセットが置かれている。巨《きょ》大《だい》な大理石のテーブルを囲む白い革張《かわば》りのソファと椅子《いす》。向かって正面の壁《かべ》の一番目立つ場所には神仏を祀《まつ》っていると思《おぼ》しき棚《たな》があり、左側にはゲストを威嚇《いかく》するように角を広げたバッファローの頭の剝製《はくせい》が飾《かざ》られていた。ローテーブルの下にはラグの代わりに虎《とら》の毛皮の敷物《しきもの》が敷《し》かれている。

たった今横切ってきたオフィスとはまるで異なる独特なインテリアに、東堂がひゅーっと口笛を吹《ふ》き、「やっぱこれでなくっちゃ」と小声でつぶやいた。

芝田と思われる男は、神棚《かみだな》の下の革張りの椅子に大きく足を開いて座っていた。がっしりと大柄《おおがら》な体軀を、銀鼠《ぎんねず》色のダブルのスーツに包んでいる。ネクタイは黄色地に紫《むらさき》のペイズリー柄《がら》。お世辞にも趣味《しゅみ》がいいとは言えない。

年齢は三十代後半から四十くらいだろうか。なめし革のような浅黒い肌《はだ》と四角い顎《あご》がまず目を引いた。いかつくて大きな顔に不釣《つ》り合いなほど細い目。鼻は鷲《わし》のように尖《とが》っていて、唇《くちびる》はどす黒くて分厚い。

「あんたがロッセリーニ家の代理人とやらか？」

その厚めの唇を開いて、芝田がしゃがれた声を発した。芝田の背後には体格のいい男がふたり立っており、ぼくらの後ろにも出口を塞《ふさ》ぐように五人の男たちがずらりと並ぶ。

音和会の組員にぐるりと取り囲まれたシチュエーションで、マクシミリアンはゆっくりとうなずいた。

「ロッセリーニ家の代理人で、ルカ様の後見人でもあります。あなたがミスター芝田ですか？」

敵のボスを眼光鋭《するど》く見下ろしながら問い返す。

「ああ、そうだ」

マクシミリアンの流暢な日本語にもさほど驚《おどろ》かずに芝田が認めた。ひょっとしたら、レオナルドとのやりとりで免疫《めんえき》ができていて、ロッセリーニ家の人間はみんな日本語が話せると思っているのかもしれない。実際のところ、その認識《にんしき》は正しいのだが。

「話は聞いたぜ。昨日はうちの下のもんが世話になったそうだな」

「なるべく傷つけないようにと配慮《はいりょ》はしたつもりですが」

「チッ……ヘマしやがって」

忌々《いまいま》しげに舌を鳴らした芝田が、一転、作ったような空々しい笑《え》みを浮かべる。

「あの馬鹿《ばか》どもはこっちで充分にお灸《きゅう》を据《す》えておいたから、無礼は勘弁《かんべん》してやってくれ。──ところでレオナルドは元気か？」

「ご健勝でいらっしゃいます」

「ってことは瑛も元気ってことか」

「そのように伺《うかが》っております」

マクシミリアンの淡々《たんたん》とした返答に、芝田はふんと鼻を鳴らした。

「レオナルドの野郎《やろう》には一年前、ずいぶんと痛い目に遭《あ》った。俺もかなりの数の殴《なぐ》り込みは経験してきたが、あれほど虚仮《こけ》にされた記憶《きおく》はねえ。あいつは瑛を奪《うば》うだけじゃ飽《あ》きたらず、俺の顔に泥《どろ》を塗《ぬ》りやがった」

兄にしてやられた一年前を思い出してでもいるのか、暗い憎悪《ぞうお》の眼差《まなざ》しで宙を睨《にら》みつけていた芝田が、不意に首を捻《ひね》り、ぼくと東堂に視線を向けてきた。

「真ん中の坊《ぼう》やが瑛の弟か。……なるほど、あいつほどの色気はねぇが面影《おもかげ》はあるな」

分厚い唇の端《はし》をにっと持ち上げた芝田に、粘《ねば》っこい目つきで全身を舐《な》めるように見られて、首の後ろがぞくっとする。反射的に後ずさってマクシミリアンの陰《かげ》に隠れると、芝田がいよいよにやつきを深めた。

「そんなに怯《おび》えなくても取って食いやしねぇよ。——で？　話ってのはなんだ」

ぼくを庇《かば》うように一歩前へ出たマクシミリアンを見上げ、芝田が四角い顎をしゃくる。

「今後一切《いっさい》、ルカ様に手出しをするのをやめていただきたい」

マクシミリアンの低音に、スーツの肩《かた》を揺《ゆ》すった。

「ことによっちゃその申し出を呑《の》んでもいいぜ。ただしタダってわけにはいかない。こっちにも条件がある」

「条件とは？」

そうくることはあらかじめ織り込み済みとでもいうように顔色ひとつ変えず、落ち着いた声音《こわね》でマクシミリアンが促す。

「瑛の身柄《みがら》をこっちに渡《わた》せば、今後、そこの坊やには手を出さない」

そこの坊やのくだりで、芝田がぼくを顎で指した。

「そうでなけりゃ約束はできねぇな。言っておくが、うちの組には早瀬組と違《ちが》って『仁義』だの『筋』だの眠てぇことほざく兵隊はひとりもいないぜ。ま、昨日のあれは前座の余興――デモンストレーションってやつだ。本隊が本気出したらガキのひとり拐《かどわ》かしてシャブ漬《づ》けにするなんざわけない」

不気味な脅《おど》し文句を口にしてから、どっかりと背もたれにもたれ、肘掛《ひじか》けに載《の》せていた両手を持ち上げて左右に開く。

「よーく考えるんだな。あんたらにしてみたら瑛は他人だ。ロッセリーニ家の代理人のあんたにとって、大事なのはその坊やだろう。違うか？」

芝田のしたり顔に、マクシミリアンがつと眉根《まゆね》をひそめた。

「どのみち警察にゃ駆《か》け込めないはずだ。叩《たた》けば埃《ほこり》が出るのはそっちも同じだろうからな。言ってみりゃあ俺たちゃ同じ穴の貉《むじな》ってわけさ」

得意げに言って、芝田がにやにやと笑う。

「どうする？　瑛か、坊やか。さぁ、どっちを取るよ？」

究極の選択《せんたく》を迫《せま》られ、焦燥《しょうそう》に駆られたぼくは、マクシミリアンの彫像《ちょうぞう》めいた横顔を見上げた。

そんなの、どっちかなんて選べるわけがない。

　でも、自分の身の安全を確保するために瑛さんの身柄をこいつに引き渡すのは嫌《いや》だ。

　それだけは絶対に嫌だ！

　強くそう思った次の瞬間《しゅんかん》には、ぼくはマクシミリアンの腕《うで》を掴《つか》んでいた。

「マクシミリアン、ぼく……イタリアへ帰るよ」

「杉崎！」

　東堂の咎《とが》めるような声は敢《あ》えて無視して、ぐいぐいと腕を引っ張る。

「そうすればこんな脅しに屈《くっ》する必要もないし、マクシミリアンにだって面倒《めんどう》をかけなくて済む。ぼくのために怪我《けが》をしたりすることもない。ね、そうしよう。そうし……」

「ルカ様」

　懸命《けんめい》の訴《うった》えを低い声で遮《さえぎ》られて、びくっと肩が震《ふる》えた。ぼくを厳しい眼差しでまっすぐに見下ろしたマクシミリアンが静かに語りかけてくる。

「男子たるもの一度こうと心に決めたことは、最後までやり遂《と》げるべきです。たとえどんな卑《ひ》劣《れつ》な妨害《ぼうがい》があろうと、予期せぬ挫折《ざせつ》があろうとも、屈してはいけません。天国の母上も、ルカ様がご自分の意志を貫《つらぬ》き、ご自分のなさりたいように生きることを望んでおられるはずです。私もミカ様と同じ気持ちです」

「……マクシ……」

「ここは私にお任せください。いいですね」

　ぼくに言い聞かせたマクシミリアンが芝田に視線を転じる。よく通る声で揺るぎなく宣言した。

「ルカ様も瑛様も、どちらもあなたに渡すつもりはありません」

　芝田が細い目をいよいよ細め、不機嫌《ふきげん》そうに鼻を蠢《うごめ》かす。

「そうかい。なら交渉《こうしょう》は決裂《けつれつ》だな」

　吐《は》き捨てるように言い放ったかと思うと、「おい！」と大声を出した。

「こいつらをまとめてふん縛《じば》れ！」

　組長の号令に組員たちがざっと動く。背後に並んでいた五人の男たちに距離《きょり》を詰《つ》められ、ぐるっと包囲された。

「………っ」

「杉崎。俺の傍《そば》にいろ」

　東堂が囁《ささや》いて、緊張《きんちょう》に強《こわ》ばったぼくの手首をぎゅっと握《にぎ》る。

「……にしてもわざわざ自ら敵陣《てきじん》へ乗り込んでくるとはな。レオナルドもそうだったがシチリアン・マフィアってのは度胸がいいのか、ただ単に無謀《むぼう》なのか。だがまぁこっちから出向く手間が省けて助かったぜ」

　せせら笑う芝田を鋭い眼差しで射貫き、マクシミリアンがことここに至ってもなお丁寧《ていねい》な物言いで告げた。

「私たちに指一本でも触《ふ》れたら、一生後悔《こうかい》することになりますよ」

「後悔だぁ？」

「音和会は大きな後ろ盾《だて》をなくすことになります」

芝田が太い眉《まゆ》を訝《いぶか》しげに跳《は》ね上げる。

「どういう意味だ」

「ご自分で確かめてみたらどうですか？」

言うなりマクシミリアンがすっと上着の内側に右手を差し入れると、その動きに呼応するみたいに男たちも一斉《いっせい》に銃《じゅう》を構えた。

「――――ッ!!」

殺気立った男たちに銃口《じゅうこう》を向けられて、心臓がドクンッと跳ねる。体が小刻みに震え出しかけるのを、奥歯を噛《か》み締《し》めて必死に堪《こら》えた。

怖《こわ》かったけれど、とにかくマクシミリアンを信じるしかない。

「ちょっとでも妙《みょう》な真似《まね》しやがったら坊やの頭に穴が開くぞ」

芝田のダミ声に、マクシミリアンがわかっているというふうにうなずき、懐《ふところ》からゆっくりと手を引き抜《ぬ》く。その手に握られていたのは拳銃《けんじゅう》ではなく携帯《けいたい》だった。ピンと張り詰め、緊迫《きんぱく》していた空気が、若干緩《じゃっかんゆる》むのを感じる。

銃口を向けられた状態で携帯を操作したマクシミリアンが、やがて話し始めた。

「ロッセリーニ家の代理人です。例の件で今、音和会の事務所にいます。ミスター芝田と替《か》わりますから、直接話していただけますか」

携帯を耳から離《はな》し、芝田に向かって差し出す。

「先方があなたと話がしたいと言っています」

顔をしかめて携帯を睨《にら》みつけていた芝田が、顎《あご》をしゃくった。

「持ってこい」

取り囲んでいた組員のひとりがマクシミリアンから携帯を受け取り、組長のもとへ運ぶ。芝田がグローブみたいな手で携帯を摑んだ。

「──もしもし？　ああ、芝田だ」

椅子《いす》にふんぞり返り、横柄《おうへい》な口調で電話に出た男の顔色が、さほど間を置かずにさっと青ざめる。

「……し、下村《しもむら》さんっ」

裏返ったしゃがれ声で叫《さけ》んだかと思うと、しゃきんと背筋を伸《の》ばした。ボスの突然《とつぜん》の豹変《ひょうへん》に部下たちがぎょっと目を剝《む》く。

「はっ……いいえ……そんなわけじゃな……いいえ、もちろんわかってます……そこは、ええ、ええ……はい……わかりました」

通話を終えた芝田が、苦虫《にがむし》を嚙みつぶしたような顔で携帯をローテーブルに投げ出した。背後に立っていたふたりのうちのひとりが身を屈《かが》め、おそるおそるといった様子で伺いを立てる。

「どなただったんですか？」

「【劉生会】の下村さんだ。……ロッセリーニの件からは手を引けと言われた」

「下村さんが⁉」

息を呑《の》む手下を押し退《の》けるようにして立ち上がった芝田が、大股《おおまた》でどすどすと詰め寄ってきた。鬼気迫《ききせま》る形相で「てめぇ！」とマクシミリアンを怒鳴《どな》りつけ、ジャケットの衿《えり》を片手でむんずと摑む。

「【劉生会】に何を言いやがった⁉」

歯を剝いてどやしつける——その巨漢《きょかん》の迫力《はくりょく》にも怯《ひる》まず、マクシミリアンは芝田の手を摑んでぐいっと引き離した。

「いっ……てぇっ」

手首を捻《ひね》られた芝田が大仰《おおぎょう》な悲鳴をあげる。

「組長っ」

組員たちが動き出す前に、マクシミリアンは芝田の手をぱっと放した。

「失礼。手が滑《すべ》りました」

慇懃《いんぎん》に謝り、ネクタイの曲がりを直してから、痛めた手首をさする芝田に怜悧《れいり》な視線を投げかける。

「欧州《おうしゅう》での基盤《きばん》が整った今、ロッセリーニ・グループが新規開拓《かいたく》市場として力を注いでいるのはアジア圏《けん》です。特に日本はキーステーションとして、この先重要な拠点《きょてん》となるのは間違《まちが》いない」

突然何を言い出すのかと訝しげな顔つきの芝田に、重ねて淡々《たんたん》と告げた。

「本格的な日本市場進出に際しては数年をかけて慎重《しんちょう》に準備してきましたが、今後はさらに、建設や土地の売買に絡《から》んで多くの利権が発生します。——【劉生会】のミスター下村は、経済やくざと言われるだけあって、ビジネスの話もわかる方でした」

鈍《にぶ》い表情をしていた芝田が、不意に目を光らせる。

「つまり……甘いエサをちらつかせて、【劉生会】に話をつけやがったのか」

「あなたが素直《すなお》にこちらの要求を呑むようならば、このカードは切らないつもりでしたが、こうなった以上は仕方がありません」

肯定《こうてい》するマクシミリアンにぼくは驚《おどろ》いた。

昨日の今日で、いつ【劉生会】とそんな取引を？

（もしかして、今日の午後ぼくが部屋に籠《こ》もっている間？）

「汚《きた》ねぇぞっ！　卑怯《ひきょう》な手使いやがって！」

「卑怯？」

嚙みつく芝田にマクシミリアンが片方の眉を吊《つ》り上げた。

「弱い者を暴力やクスリでねじ伏《ふ》せるのとどちらが卑怯です？」

「……何をっ」

「この場でどれだけ粋《いき》がったところで、所詮《しょせん》あなたは本流の枝葉である三次団体のヘッドでしかない。【劉生会】にしてみれば、いくらでもすげ替《か》えが利《き》く首のひとつでしかないということです」

「てめえ……よくも好き勝手にベラベラとっ」

芝田が憎悪《ぞうお》の籠もった眼差《まなざ》しでマクシミリアンを睨みつけ、ギリギリと歯嚙《はが》みをする。

「あなたも一家の長ならば、個人的な怨恨《えんこん》と組の将来を秤《はかり》に掛《か》けて、どちらが大切かをじっくりと考えてみることですね」

言い含《ふく》められるように諭《さと》されて、そのいかつい顔がみるみる赤黒く変わった。

「くそっ」

罵声《ばせい》を吐いてローテーブルの上の携帯を薙ぎ払う。それでもまだ腹の虫が治まらないのか、さらに灰皿やライターも床に落とした。続けて革張《かわば》りの椅子をガッと蹴《け》り倒す。

「畜生《ちくしょう》！　くそったれが!!」

組員たちは逆上して暴れる組長を遠巻きに眺《なが》めている。

「話は済みました。行きましょう」

荒《あ》れる芝田に冷ややかな一瞥《いちべつ》をくれたマクシミリアンが、床から携帯を拾い上げた。上着の内側に仕舞い、肩《かた》を翻《ひるがえ》して歩き出すと、彼らは黙《だま》って道を空ける。

「杉崎――行くぞ」

「う、うん」

東堂に促《うなが》され、ふたりのあとを追ったぼくは、ドアの前で足を止めた。少し迷ってからくるっと踵《きびす》を返す。

「杉崎⁉」

「ルカ様！」

マクシミリアンと東堂の呼びかけを背中に浴びながらも歩を進めて、芝田の前でぴたりと止まった。

「なんだ？　なんの用だ、ちび？　えっ⁉」

手負いの虎《とら》のようなやくざに凄《すご》まれ、思わず後ずさりしそうになるのを我慢《がまん》する。お腹《なか》にぐっと力を入れて、目の前の芝田をまっすぐ見据えた。強《こわ》ばった喉《のど》をがんばって開く。

「……瑛さんはぼくの兄です」

「あぁ？」

「彼に危害を加える人間はロッセリーニ一族の敵です。もしこれから先、あなたが瑛さんになんらかの危害を加えるようなら、ぼくが許しませんから。そのつもりでいてください」

きっぱり言い切ると、ぼくは鼻白んだ顔つきの芝田に背を向けた。

「やっぱマクシミリアンさん、すげーよ。本当に交渉《こうしょう》で片をつけちゃうんだもんな」

ビルの外に出るやいなや、東堂がしみじみとつぶやいた。

「うん。本当にすごいよね」

いまだ興奮冷《さ》めやらぬぼくに、東堂がにやっと笑う。

「杉崎だって最後のハッタリ、けっこうカッコよかったぜ。迫力あった」

「カッコよかった?」

生まれて初めてもらった誉《ほ》め言葉に面食《めんく》らって訊《き》き返すと、マクシミリアンが澄《す》まし顔で口を挟《はさ》んできた。

「当然です。ルカ様はロッセリーニ家の一員ですから」

ぼくはびっくりして傍《かたわ》らの長身を見上げる。

マクシミリアンが笑っている。その慈《いつく》しむみたいなやさしい笑顔《えがお》を眺めていたら、胸の奥からじわじわと歓喜《かんき》が込み上げてきた。

初めてロッセリーニ・ファミリーの正式な一員だと認めてもらえたような気がして……。

「やくざの上下関係は厳しいから、芝田も上部組織にゃ逆らえないだろうし、もう大丈夫《だいじょうぶ》だろうとは思うけどさ。この先まだ何かあるようなら俺が奥の手使うから」

何かを思い決めたかのような東堂の声に、ぼくは首を傾《かし》げた。

「奥の手？」

束の間逡巡を見せた東堂が、やがて開き直ったみたいに肩をすくめる。

「実はさ。ばらしちゃうと……俺の親父《おやじ》の仕事、警察関係なんだ」

「警察関係って」

「いわゆる警察官僚《かんりょう》ってやつ」

「嘘《うそ》っ」

「ほんとほんと。あんまり言っちゃいけないことになってるから、普段《ふだん》は公務員で済ましてるけど」

東堂の告白に心底驚くぼくとは対照的に、マクシミリアンはさっきから平然としている。

きっと、とうに知っていたのだろう。前に「父親、兄共にきちんとした仕事に就《つ》いております。素性《すじょう》は確かなようですね」と言ったのはそういう意味だったのか。

もしかしたら、だからこそマクシミリアンは東堂にロッセリーニ家の事情を打ち明けて、ぼくを託《たく》したのかもしれないと、いまさらながらに思い当たった。

「え……と、だ……大丈夫なの？　東堂、ぼくとつき合ってて」

胸に去来した不安を口にしたら「何が？」と問い返される。

「だって、うちはその……特殊《とくしゅ》な家で……」

「関係ねぇよ。実家がマフィアでもおまえはただの一般《いっぱん》人じゃん」

「それは……そうだけど」

「そんなわけでロッセリーニの裏稼業《かぎょう》のことがあるからあくまで奥の手だけどな。でも日本で違法行為《いほうこうい》はしてないし、今のところ国際指名手配されてるわけでもないし、そもそも杉崎自身は学生で一般人だから、いざって時はちゃんと警察の保護を受けられるはず」

そこで不意にマクシミリアンが足を止めた。東堂に向き直ったかと思うと、「東堂さん」と改まった声を出す。

「なんですか？」

「ルカ様のこと、今後ともどうかよろしくお願いいたします」

そう言ってこうべを垂れた。

「またー。だからやめてくださいって、俺みたいな若造に頭を下げたりすんの」

東堂が辟易《へきえき》した様子で抗議したが、マクシミリアンは頭を上げない。

「……マクシミリアン？」

上体を深く倒した彼の真剣《しんけん》な横顔を見つめているうちに、なぜだろう、胸がざわっと騒《さわ》いだ。

(何？　どうして？)

危機は去ったはずなのに、ドキドキが止まらない。

漠然《ばくぜん》とした胸騒《むなさわ》ぎを持て余したぼくは、まだ体を元に戻さないマクシミリアンを眺め、両手の拳《こぶし》をぎゅっと握《にぎ》り締《し》めた。

第九章

「すっかり遅《おそ》くなってしまいましたが、これから食事の支度《したく》をいたします」

東堂と別れ、マンションの部屋に入るなりマクシミリアンは上着を脱《ぬ》ぎ、一息も入れずにキッチンに立った。

「三十分ほどお時間をいただいてよろしいでしょうか?」

壁《かべ》の時計を見たら、九時半を過ぎている。

「それは平気だけど、でもこれから作るの大変じゃない?」

ぼく自身はまだ体が緊張《きんちょう》しているのか、食欲《しょくよく》がなかったけれど、夕食を抜かせばマクシミリアンが不機嫌になるのは目に見えていた。

「外食……はもうラストオーダーか。じゃあ何かデリバリーを取れば? ピザの宅配とか」

ぼくの提案に、マクシミリアンが憮然と首を横に振《ふ》る。

「あれはカロリーの塊《かたまり》です。栄養のバランスも悪い。少し待っていただければ私が作りますから」

「じゃあさ、ぼくも手伝う」

次なる申し出には戸《と》惑《まど》った表情を浮《う》かべた。

「ふたりで作ったほうが早いでしょ？」

「しかし……」

一緒《いっしょ》に暮らし始めてすぐの頃《ころ》、同じように「手伝おうか」と言ったら「お気持ちはありがたいですが」とやんわり断られたことを思い出し、さらにアピールしてみた。

「バイトで厨房《ちゅうぼう》にも入っているから、指示してもらえば簡単なことならできると思う」

あの時は、本当にお皿一枚洗ったことがなかったから、邪魔《じゃま》になるだけなんじゃないかと気《き》後《おく》れがして、それ以上は強く言えなかったけれど……。

しばらく黙《だま》ってぼくの顔を見下ろしていたマクシミリアンが、ふっと表情を和《やわ》らげる。

「わかりました。ではよろしくお願いします」

ぱぁっと顔が輝《かがや》いたのが自分でもわかった。

「うん！」

マクシミリアンがデニム地のエプロンを寝室《しんしつ》のクローゼットから持ってきてくれて、胸当ての輪っか部分をぼくの首にかけ、腰《こし》の後ろで紐《ひも》をきゅっと縛《しば》ってくれる。

同居を始めて数ヶ月になるけど、ふたりでキッチンに立つのは初めてだ。幸い、キッチンはゆったりとした造りだったので、ふたり一緒でもそう窮屈《きゅうくつ》じゃなかった。

「何を作るの？」

うきうきして尋《たず》ねると、マクシミリアンが冷蔵庫の中を覗《のぞ》き、少し思案したあとで言った。

「時間もないので簡単に、前菜は『アサリのトマト煮《に》』と『鶏《にわとり》とキノコのサラダ』、パスタは『アマトリチャーナ』にしましょう」

全然簡単じゃないんじゃ？……と思ったけれど、いつもに比べればということなのかもしれない。どんな時でも手を抜《ぬ》かないのがマクシミリアンらしいとも言える。

「わかった。じゃあ何から手伝えばいい？」

「まずはアサリを洗って、水を切っていただけますか？」

「普通《ふつう》に洗えばいいの？」

「すでに砂抜きしてありますので、殻《から》同士を擦《こす》りつけるみたいにして水で洗って、バスケットに上げておいてください」

ぼくが言われたとおりにアサリを洗っている間に、マクシミリアンが鶏肉《とりにく》とシメジ、シイタケをオリーブオイルとガーリックでソテーする。

さらにペティナイフでパンチェッタを小さく切り、タマネギをスライスした。

「鶏肉のあら熱が取れたら、皮を取って肉をほぐしてください」

「どれくらい細かくするの？」

「ルカ様の食べやすい大きさに」

これは少々難しかった。四苦八苦しながらもなんとか鶏肉を手でほぐして、ステンレスのボウルに入れる。

そこにマクシミリアンがソテーしたシメジとシイタケを加え、レモンの搾《しぼ》り汁とエクストラヴァージンオリーブオイルを適量振《ふ》りかけた。それをざっくりと和《あ》える。挽《ひ》いた岩塩とブラックペッパーで味を調《ととの》え、最後にイタリアンパセリを散らす。

「できました。食べるまで冷蔵庫の中で冷やしておいてくださいますか」

指示どおりにボウルにラップをかけて冷蔵庫にしまった。

「次は？」

「トマトを湯剝《ゆむ》きします」

「湯剝きって？」

ぼくの質問攻撃《こうげき》にもマクシミリアンは根気強く、丁寧《ていねい》に答えてくれる。

「へたを取ったトマトを丸ごと沸騰《ふっとう》したお湯の中に入れます。数秒したら取り出して、今度は氷水の中に入れます。水の中で皮を剝いてみてください」

「あ、本当だ！　つるんって簡単に剝ける」

おもしろい。ぼくは氷水の冷たさも忘れ、夢中になって皮を剝いた。

「上手に剝けましたね」

出来上がりを誉《ほ》められて嬉《うれ》しくなる。我ながら単純だと思うけど。

湯剝きした二個分のトマトを、マクシミリアンがペティナイフで角切りにする。

フライパンにオリーブオイルとガーリックとパセリの茎《くき》を入れて、香《かお》りが出るまで炒《いた》めた。

そこにアサリを投入して白ワインを振りかけ、蓋《ふた》をする。

「こうやってしばらく蒸《む》し煮にします」

漂《ただよ》ってきたおいしそうな匂《にお》いに食欲が刺激《しげき》されてきた。

「いい匂い……あ、殻が開いてきた！」

ガラスの蓋の中で、アサリが次々と口を開くのが見える。すべてのアサリが開くのを待って、マクシミリアンが蓋を取り、パセリの微塵《みじん》切りとトマトの角切りを加えた。ざっくりと全体を和える。トマトがあたたまったところで火を止めた。ガーリックとパセリの茎を取り除いて、白い皿に盛りつける。

「あたたかいうちに食べましょう。下準備は出来ているので、パスタはあとで作ることにします」

冷蔵庫から『鶏とキノコのサラダ』を取り出し、『アサリのトマト煮』と一緒にダイニングテーブルに並べた。マクシミリアンが取り皿にサラダを取り分けてくれる。

ふたりで食前のお祈《いの》りを捧《ささ》げてから、フォークを手に取った。

「いただきます」

キノコと鶏肉を一緒に口に入れる。

「あ……味がしみてておいしい」

「そうですか。よかった。アサリも食べてください」

『アサリのトマト煮』も本当においしくて、朝食以降、何も食べていなかったせいもあるかもしれないけれど、普段食が細いぼくにしては、かなり速いペースでお皿を空にしてしまった。

「よく食べましたね」

嬉しそうにマクシミリアンが目を細める。

「ではパスタを作りましょうか」

ふたりで立ち上がり、ふたたびキッチンに入った。

「パスタ鍋《なべ》に、水の分量の一パーセントの塩を入れたたっぷりのお湯を沸《わ》かします。パスタを二人分、計っていただけますか？」

乾麺《かんめん》のブカティーニをきっちり二人分計る。

「お湯が沸騰したら、ブカティーニを投入してください。茹《ゆ》で時間は十二分です。ここはルカ様にお任せしますから、よろしくお願いします」

「わかった」

緊張してこっくりとうなずいた。責任重大だ。お湯を沸かしている間に、マクシミリアンが微塵切りのガーリックと唐辛子《とうがらし》、パンチェッタ、タマネギをオリーブオイルで炒め始める。

「パンチェッタをカリカリになるまでよく炒めて、旨味《うまみ》を引き出すのがコツです。パスタはどうですか？」

「今、入れるところ」

沸騰した湯の中に乾麺をざっと投入する。タイマーをセットして準備OK。トングを片手にじっと鍋の前で待つ。マクシミリアンはフライパンに缶詰《かんづめ》のホールトマトを入れて、フォークで潰《つぶ》しながらソースを作った。

ピピピピピピッ。

飛び上がるようにして鍋の火を止める。トングで一本掬《すく》って齧《かじ》ってみた。

「どうですか？」

「うん、ちゃんとアルデンテになってる」

すかさずマクシミリアンがトングでパスタを掬い上げ、フライパンの中に移し入れた。ソースとパスタを手早く和えて火を止める。すり下ろしたペコリーノ・ロマーノチーズと、オリーブオイルを振《ふ》りかけて完成。

「できた！」

まだ湯気が立っている『アマトリチャーナ』をテーブルに運び、熱々のうちに食べ始める。

「おいしい！」

思わず歓声《かんせい》をあげてしまうほど、ふたりで作ったパスタはすごくおいしかった。あっと言う間に完食してしまう。

「これなら、【パラッツォ・ロッセリーニ】の料理長にも勝てるかも」

自画自賛に、正面の整った貌《かお》が小さく笑った。その笑顔《えがお》がいつになくやさしく見えて、胸がトクンと切なく高鳴る。

たとえ恋人《こいびと》同士になることが無理でも、こんなふうに和《なご》やかな空気の中で一緒《いっしょ》に料理をしたり、食後の団欒《だんらん》をしたりできるだけで、充分《じゅうぶん》に幸せだと思った。

自分は恵《めぐ》まれている。好きな人と一緒に暮らせるんだから。

好きな相手の顔をいつだって見ることができるんだから。

胸の中で自分に言い聞かせつつ、ぼくは椅子《いす》を引いて立ち上がった。

「片づけは、ぼくがやるよ」

また「滅相もない」と言われるかな、という予想は杞憂《きゆう》に終わった。

「では私はエスプレッソを淹《い》れます」

そう言ってマクシミリアンも立ち上がる。

重ねた食器をシンクに下げ、軽く水洗いをしてから食器洗浄《せんじょう》機をセットした。ぼくの後ろで、マクシミリアンはエスプレッソマシーンを使ってエスプレッソを淹れている。

（こういうのっていいな）

それぞれの役割分担《ぶんたん》が自然とできている感じ。どっちが上とか下とか関係なく、対等な関係のふたりが、ひとつの空間をシェアしてる気がして。

今までは一方的にぼくが面倒《めんどう》を見てもらうばっかりだったけれど、これからはできるだけ家事とかも分担していこう。

ぼくがきちんとやれることを示していけば、さっきみたいにマクシミリアンだって受け入れてくれるはず――。

「お砂糖はひとつでしたね」

「うん、ありがとう」

この先の展望をあれこれと思い描きながら、エスプレッソカップの中の琥珀色《こはくいろ》の液体をスプーンで掻《か》き混ぜていたら、「ルカ様」と名前を呼ばれた。

顔を上げた瞬間《しゅんかん》にマクシミリアンと目が合う。

「アルバイトに行かれるようになってから、変わられましたね」

「そう？」

「ええ。先程《さきほど》食器を洗っていた手つきが、危なげなく慣れていらっしゃって驚《おどろ》きました」

「自分でも皿洗いはけっこう慣れてきたかなぁって」

へへっと首を縮めると、マクシミリアンが双眸《そうぼう》を細めた。

「そうやってご自分の肉体を使って働いた経験は、のちのちルカ様がグループのトップに立たれた際にも、必ずや役に立つと思います」

その言葉に同感してうなずく。

「自分でもそう思う。働くようになって、仕事の厳しさ……お金を稼《かせ》ぐことの大変さとか、人間関係の難しさとか、身にしみてわかったことがたくさんあるから」

でも、自分がこんな体験ができるのも、マクシミリアンのおかげだ。トラブルに巻き込まれる危険性が高くなるのを承知の上で、父や兄たちには内緒《ないしょ》で、マクシミリアンが見守ってくれているから。

だからこそこんなに自由に、のびのびと暮らしていられるのだ。

それに関しては、本当に感謝しなくては。

心からそう思ったぼくが、感謝の言葉を告げるために口を開きかけた時だった。

「もう……私がいなくても大丈夫《だいじょうぶ》ですね」

ぽつりと落ちた低音に耳を疑う。

「――え?」

ゆるゆると両目を瞠《みは》るぼくの前で、マクシミリアンが言葉を継《つ》いだ。

「ご友人も出来、ご自分で積極的に働くことを覚え、勉学ともきちんと両立して、立派にひとり立ちなされた。本日、瑛さんの件で芝田と対峙《たいじ》したお姿はとてもご立派でした。護《まも》られるだけでなく、ご自分で大切な人を護ることもできるようになられた」

感慨《かんがい》深げな声を落としてから、ぼくをまっすぐ見つめて告げる。

「お約束どおりに、私はローマに帰ります」

「帰……る?」

意味がわからなかった。

帰るって何？

わからないままに頭が真っ白になって、背中がすーっと冷たくなる。

「や、約束って？……そんなの知らない」

混乱したぼくは、のろのろと首を左右に振った。

「はじめにお約束したでしょう。『ルカ様が本当にひとり立ちなさったと感じた時には、私はローマに戻ります』と」

こんな時でも冷静で揺《ゆ》るぎない双眸を見返しているうちに、心臓がドクドクと不規則な鼓動《こどう》を刻み始め、仄暗《ほのぐら》い不安がじわじわと押し寄せてくるのを感じる。

さっき——音和会からの帰り道で覚えた胸騒《むなさわ》ぎの正体。

嫌《いや》な予感の正体は……これだったのだ。

「ルカ様もひとり暮らしをする日を心待ちにしておられたはずです。そのためにアルバイトをしてお金を貯《た》めていたのではないですか？」

「そ、それは……そうだけど……」

バイトを始めた目的を言い当てられたことに狼狽《ろうばい》して、「でもっ」と反論する。

「本当の意味で自由になれるのです。もっと喜んでいただけるものと思っておりましたが」

「だって……そんな……急にそんなこと言われても……」

ぼくがさっきより激しく首を横に振ると、マクシミリアンがじわりと眉根《まゆね》を寄せた。

その苦しげな顔つきを見て、はっと気がつく。マクシミリアンが困っている。おそらく彼には、できるだけ早くローマに帰らなければならない事情があるのだ。

父様が必要としているとか、レオナルドが困っているとか、やっぱり日本にいると仕事に支障があるとか。

無理を押して今日までつき合ってくれていたのだから、そのことに感謝して別離《べつり》を受け入れなければいけない。

そう頭ではわかっても、感情がどうしても追いつかなかった。

「もう少し……もうちょっとだけ、一緒に暮らすのは駄目《だめ》なの？」

縋《すが》るような口調で尋《たず》ねると、目の前の秀麗《しゅうれい》な顔が歪《ゆが》んだ。

「私には……ルカ様のお傍《そば》にいる資格がありません」

「資格？」

「あなたを護ることを何より優先しなければならないのに……感情的になって冷静な判断力を欠いてしまいました」

「感情的？」

「私がカフェを訪ねていった夜を覚えていらっしゃいますか。あの夜、私は迎《むか》えにいったあなたを置いて帰ってきてしまった」

「あ……」

――お好きになさい。

冷たく突《つ》き放された、あの時だ。

「己《おのれ》の感情を優先させて任務を放棄《ほうき》した。東堂さんが送ってくださったからよかったものの、一歩間違《まちが》えば取り返しのつかない事態に陥《おちい》ってしまうところでした」

自責の念に苦しむ――マクシミリアンの苦しげな表情に言葉が出ない。

もしかして、あの夜からずっと自分を責めていたの？

「あなたを守護する立場に於いて、何よりも許されない罪を犯してしまった。後見人失格です」

「そ、そんなの、そんなに思い詰《つ》めるようなことじゃないよ！」

やっと声が出たぼくは、必死に言い募《つの》った。

「たった一度のことじゃないか。現にあの夜は大丈夫だったし、そのあとだってちゃんと黒部たちから助け出してくれたじゃない！　今日だって芝田に話をつけてくれて……っ」

「しかし、それですべてが帳消しになるわけではありません。たとえ一度でも、犯《おか》してしまった罪を自分が覚えている限りは……」

声を途切《とぎ》らせたマクシミリアンがこうべを低くたれる。

「私が不甲斐《ふがい》ないばかりに申し訳ございません」

「マクシミリアン！」

「もう決めたことですので」

顔を上げると同時に言い切られ、継ぐべき言葉を失う。

揺るぎない意志を秘《ひ》めた瞳《ひとみ》ときつく引き結ばれた口許《くちもと》。

マクシミリアンは、一度こうと決めたことは絶対に覆《くつがえ》さない。

十年前もそうだった。

どんなに「行かないで！」と泣いて縋っても、結局は父様とローマへ行ってしまった。

もう……何を言っても無駄《むだ》なんだ。

覚《さと》った刹那《せつな》、ぼくは体中の力が抜《ぬ》け落ちるのを感じた。

「明明後日《しあさって》？」

「はい。午後の便でローマに戻ります」

「そんなに早く……」

翌日にはもう、マクシミリアンの帰国の日程が決まってしまっていた。予想の上をいく展開の早さに呆然《ぼうぜん》とする。今回に限っては、彼の仕事の速さと手際《てぎわ》のよさが恨《うら》めしかった。

「今後のルカ様の身の回りのお世話についてですが、徐々《じょじょ》にご自分でなされるにしても、アルバイトや大学もありますので、しばらくはメイドを雇《やと》われるほうがいいでしょう。私が信頼《しんらい》のおける人間を手配いたしますので」

マクシミリアンが至って事務的に告げた。

昨夜めずらしく垣間見《かいまみ》せた感情の揺らぎは、今朝はもうすっかり無表情の仮面に覆い隠《かく》されてしまっている。付け入る隙《すき》もなくガードを固めた理知的な貌《かお》からは、心情の欠片《かけら》さえ窺《うかが》うことはできなかった。

「来年にはロッセリーニ・グループの東京ブランチが正式にオープンします。現在はその準備室が青山《あおやま》にございますので、そこのスタッフの連絡先《れんらく》をお伝えしておきます。緊急《きんきゅう》で何かお困りの際には、彼らに連絡を取ってください」

「……ん、わかった」

すでにもうぼくと距離《きょり》を置いたような淡々《たんたん》とした物言いに、内心でかなり気落ちしながらもうなずく。

「私も仕事で東京を訪《おとず》れる際にはここに立ち寄らせていただきますから」

もしかしたら落胆《らくたん》が顔に出ていたのかも知れない。宥《なだ》めるような口調でそう付け加えられた。

それっていつ？　どれくらいの頻度《ひんど》で東京に来るの？

問い質《ただ》したかったけれど、そんなふうにしつこく訊《き》いたら疎《うと》まれそうで怖《こわ》かった。喉許《のどもと》まで出かかっていた問いかけの声をぐっと押し戻す。

たとえ年に数回でも、彼と会えるかもしれない、その最後の希望まで断《た》ち切りたくなかった。

「とりあえず、私の部屋はこのままにしていきます。今後お部屋が手狭《てぜま》になるようでしたら、その際に処分いたしますので」

マクシミリアンの荷物を処分するなんてとんでもない。

「ひとり暮らしには充分《じゅうぶん》な広さだから大丈夫《だいじょうぶ》だよ」

敢《あ》えて明るい口調で請《う》け合ったけれど、マクシミリアンはうなずかなかった。

「もし少しでもお邪魔《じゃま》に感じられるようでしたら遠慮《えんりょ》なくおっしゃってください」

そう念を押すと、これで話はすべて終わったとばかりに、「では、私は荷造りがありますので」とリビングから立ち去る。自分の部屋に向かうマクシミリアンの背中に、ぼくはおずおずと声をかけた。

「あの……荷造りするなら、何か手伝おうか？」

「いいえ、けっこうです。身の回りのものだけですので、大した荷物ではありませんから」

断られたのをこれ幸いと、ぼくも自分の部屋に戻《もど》った。

マクシミリアンが旅立ちの準備をする姿を見ていたくなかったからだ。うっかり涙《なみだ》ぐんだりして、みっともない姿を晒《さら》したくなかった。

帰国が覆せないのならば、せめて後顧《こうこ》の憂《うれ》いなくローマへ戻って欲しい。自分がマクシミリアンにできる恩返しはそれくらいしかないから。

そのためにも、弱っている自分を彼に見せるわけにはいかない……。

「ふー……」

ひとりになったことで張り詰めていた気持ちが緩《ゆる》み、どっと疲《つか》れを覚える。ぼくはベッドにふらふらと近づき、力無く腰《こし》を下ろした。うなだれ加減に床《ゆか》を見つめる。

マクシミリアンが自分だけのものじゃないことはわかっている。

彼は本来は父のもの。そして今は長兄《ちょうけい》の片腕《かたうで》でもある。ぼくは一時、借りていただけ。

だからいずれ、いつかは父とレオナルドに返さなければならなかったのだ。

それが少しばかり早まっただけ。

(そうだ。それだけのこと)

報《むく》われる当てのない片思いの相手と一緒《いっしょ》に暮らすのは辛《つら》い。このまま一緒にいたら、おそらく日に日に辛くなっていくばかりだ。これ以上好きになる前に離《はな》れたほうがきっといい。

これでよかったんだ。

物理的な距離ができれば、諦《あきら》められるかもしれない。

未練がましい想《おも》いにも踏《ふ》ん切りがつく。

昨日から何度も何度も——そんなふうに繰《く》り返し自分に言い聞かせようとした。

だけどやっぱり心が痛い。苦しい。胸が潰《つぶ》れそうだ。

「……マクシミリアン」

ひりひりと痛む心臓のあたりを手で押さえたぼくは、呻《うめ》くみたいに想い人の名をつぶやいた。

時間が経《た》つのがこんなに早く感じられたことはなかった。

その日が永遠にこなければいいのに。そう――毎朝起きるたびに思う。

けれどぼくの願いも虚《むな》しく、無情にも時間は刻々と過ぎ去り、ついにマクシミリアンの帰国の日がやってきてしまった。

一睡《いっすい》もできないままにその日の朝を迎えたぼくは、ここ数日の睡眠《すいみん》不足が祟《たた》ってしゃっきりしない体を覚醒《かくせい》させるために、少し熱めのシャワーを浴びた。その後、いつものようにマクシミリアンが用意してくれた朝食をむりやり口の中に押し込む。食欲《しょくよく》はまったくなかったけれど、残したら心配されるだろうと思い、砂のように味気ないスクランブルエッグと黒オリーブのホカッチャをほとんど嚙まずに呑《の》み込んだ。

食器を片づけたあと、今朝はぼくがカプチーノを淹《い》れた。

「…………」

食卓《しょくたく》で向かい合い、これといった会話もなくカプチーノを飲み終わる。カップをソーサーに置き、中指で眼鏡《めがね》の位置を調整したマクシミリアンがぼくに尋《たず》ねてきた。

「本日は授業は何時からでしたか」

「二限からだから十時四十五分」

「そうですか」

また沈黙《ちんもく》。

春先のさわやかな気候とは裏腹な重苦しい空気を持て余していると、マクシミリアンがシャツの袖口《そでぐち》を少し引いて腕時計《うでどけい》の文字盤《ばん》を読む。その仕草にトクンッと鼓動《こどう》が跳《は》ねた。

ガタンと椅子《いす》を引いて立ち上がったマクシミリアンが静かに告げる。

「では、そろそろ参ります」

「も、もう？」

動揺《どうよう》しつつも、ぼくもガタガタと立ち上がる。

「空港まで一時間半かかりますから」

「十三時三十分の飛行機だっけ？」

「はい」

マクシミリアンが片手を上げ、ダークブラウンのスーツのジャケットに腕《うで》を通した。もう片方の腕も通してから、体にフィットさせるように肩《かた》を上下させる。この見慣れた光景も今日で最後かと思うと鼻の奥がツーンと痛くなって、あわててちょっと顔を背《そむ》けた。

（馬鹿《ばか》。泣いちゃ駄目《だめ》だって）

ぼくが涙を目の奥へ押し戻している間に、ジャケットの前ボタンを留めたマクシミリアンが、アタッシェケースを掴《つか》んだ。革張《かわば》りのそれを片手に提げ、玄関《げんかん》に向かって歩き出す。

「荷物はこれだけ？」

長身の広い背中を追いかけ、廊下《ろうか》を歩きながら訊いた。

「トランクはすでに空港に送ってありますので」

マクシミリアンが革靴《かわぐつ》を履《は》くのをそわそわと落ち着かない気分で見守っていたぼくは、紐《ひも》を結び終えた彼が顔を上げるのを待って口を開く。

「あ、あの……やっぱりぼく飛行場まで行……」

すべてを言い終わる前に立ち上がったマクシミリアンが首を横に振《ふ》った。

「いけません。これから大学の講義があるではありませんか」

「でも一日くらい休んだっ……」

「ルカ様」

みなまで言わせずにぼくの言葉を遮《さえぎ》り、厳しい表情で口を開く。

「いつ、どんな時にも」

「ロッセリーニ家の一員である誇《ほこ》りと威厳《いげん》を忘れずに――でしょう？」

マクシミリアンの言葉を引き取り、ぼくは小さく笑った。我ながらわざとらしくて、作り笑いとわかってしまうかなと思ったけど、今はこれで精一杯《せいいっぱい》だった。

「わかってる。さぼったりしないよ。……言ってみただけ」

「………」

青灰色の瞳《ひとみ》を見つめて頼《たの》み込むと、切れ長の双眸《そうぼう》がじわりと細まる。しばらくぼくの顔を黙《だま》って見下ろしていたが、ほどなくして何かを断ち切ったかのようにすっと視線を逸《そ》らした。

「では、下のロビーまで」

エレベーターの中はふたたび静寂《せいじゃく》に包まれた。並び立つマクシミリアンをちらっと横目で窺《うかが》う。取り付く島もない怜悧《れいり》な横顔に拒《こば》まれている気がして、会話のきっかけを掴めないまま一階に到着《とうちゃく》してしまった。先にケージを出たマクシミリアンが、扉《とびら》を押さえて「どうぞ」とぼくを促《うなが》す。

「……ありがとう」

結局、言えたのはそのひとことだけ。エントランスロビーも双方《そうほう》ともに無言で通過し、木製のスライドドアを抜《ぬ》けたところで、マクシミリアンが振り返った。

ぼくをまっすぐ見つめ、真剣《しんけん》な面持《おもも》ちで告げる。

「何かトラブルが起こった際には、まず東堂さんに相談してください。私のほうからも重々お願いしてありますので」

「わかった」

「私がいなくなっても、お食事はきちんと三度召《め》し上がってください。外食はなるべくなさらないよう。夜更《よふ》かしもほどほどに。アルバイトに打ち込みすぎて学業を疎《おろそ》かにされないようにしてください」

「……うん」

これが最後の教育的指導を耳に、その端整《たんせい》な貌《かお》を目に焼き付けようと瞬《まばた》きもせずに見つめていたら、マクシミリアンがつと眉根《まゆね》を寄せてつぶやく。

「もう行きます」

「………っ」

ぴくっと肩が揺《ゆ》れた。

「お元気で」

一揖《いちゆう》したマクシミリアンがあっさり身を返して階段を下りていく。背筋のピンと伸《の》びたクールな後ろ姿を、ぼくは言葉もなく見送った。最後に何か――今までありがとうとか、マクシミリアンも元気でとか、声をかけたかったけれど喉《のど》が強《こわ》ばって声が出ない。体も硬直《こうちょく》したみたいに動かなかった。

マクシミリアンは一度も振り返らず、大きなストライドで立ち去っていく。車の流れている大通りに出たところで片手を挙げ、ちょうど近づいてきたタクシーを止めた。

(行っちゃう)

マクシミリアンが後部座席に乗り込み、ドアが閉まる。バタン。乗車中のランプが点《つ》き、タクシーが走り出した。

誰《だれ》か止めて。マクシミリアンが行っちゃう!

心の中の叫《さけ》びは声にならない。代わりに爪《つめ》が食い込むほど、ぎゅっと両手を握《にぎ》り締《し》めた。

追っていきたいのに、足が動かない。ぶるぶる震《ふる》えるばかりで役に立たない。

(止めて。誰か……お願い……神様)

だけど神様はぼくのお願いを聞き入れてはくださらなかった。

マクシミリアンを乗せたタクシーが徐々《じょじょ》に遠ざかり、視界から完全に消え去った瞬間、ぼくは糸の切れた操《あやつ》り人形よろしく足許《あしもと》から頽《くずお》れた。

その場にうずくまり、顔を両手で覆《おお》って、指の隙間《すきま》から呻き声を落とす。

「本当に……行っちゃった……」

不思議と涙《なみだ》は出なかった。

ずっと泣いちゃいけないって、自分に言い聞かせていたからかもしれない。

でも涙が出ないから、余計に苦しい。まるで石か何かが喉に詰《つ》まっているみたいに息ができない。

苦しい。苦しい。苦しい。苦しい。

ぺたりと床《ゆか》にへたり込んだまま、浅い息を繰《く》り返し、どれくらいその場で放心していたんだろう。

「大丈夫《だいじょうぶ》ですか？」

スライドドアが開く音がして、後ろから声をかけられる。はっと我に返ったぼくが振り返ると、顔見知りの管理人さんが立っていた。

「もし具合が悪いようでしたら、ロビーのソファで休まれますか？」

よっぽどぼくの顔色が悪いらしく、心配そうな声を出される。

「いいえ、大丈夫です。……部屋に戻《もど》りますから」

彼の申し出を断ったぼくは、なんとか立ち上がり、ふらつく足取りでエレベーターホールへ向かった。ケージの壁《かべ》に寄りかかって十五階まで上がる。どうにか部屋まで辿《たど》り着き、リビングのソファにぐったりと横たわった。

もう駄目だ。ダメージが大きすぎて全然力が出ない。この数日間でなけなしのエネルギーを使い果たしてしまった。

マクシミリアンと約束したけど、大学なんて行けない。とても無理……。

「……マクシミリアン」

その名前をつぶやいただけで、目頭が熱くなってくる。最後まで振り返らなかった頑《かたく》なな背中が脳裏《のうり》に蘇《よみがえ》った刹那《せつな》、泣きそうになった。

「……行っちゃった……」

込み上げる涙を堪《こら》えようとして、ふと、もう我慢《がまん》しなくていいんだと気がつく。とたんに涙が溢《あふ》れて止まらなくなった。

「う……く、うぅっ……」

傷ついた動物が傷を癒《いや》すみたいにソファで丸くなる。次から次へといくらでも涙が溢れ出てきて、抱《だ》き込んだクッションにたちまち大きな染《し》みができた。

五分ほど誰に遠慮《えんりょ》することもなく思いっきり涙を流し、ようやく少し悲しみの発作《ほっさ》が治まった頃《ころ》、廊下の向こうでガタンッと物音がした。……なんだろう。頭の片隅《かたすみ》でぼんやり不審《ふしん》に思ったけれど、確かめにいく気力が湧《わ》かなかった。

泣き疲《つか》れて、ぼーっと熱っぽい体をソファに横たえていると、またしても玄関のほうから物音が届く。カチッという解錠音に、ぱちっと目を開いたぼくは、ガバッと起き上がった。

(マクシミリアン⁉)

ここのカードキーを持っているのは彼しかいない。マクシミリアンが戻ってきた?

戻ってきてくれた‼

そう思った次の瞬間には抱えていたクッションを放《ほう》り投げ、どこにそんな力が残っていたのかと自分でも驚《おどろ》くくらいの勢いでリビングから飛び出していた。ぼくが玄関《げんかん》前の廊下《ろうか》へまろび出た瞬間、ドアが開く。

逆光に浮《う》かび上がる長身のシルエットを見て、どっと歓喜《かんき》が込み上げる。

「マクシミ……ッ」

大好きな人の名前が、半ばで途切《とぎ》れた。

ヘルメットをふたつ、両脇《りょうわき》に抱《かか》えたスリムな八頭身。その人物のディテールがはっきりするにつれて歓喜が失速し、しゅーっと萎《しぼ》んでいく。

「東……堂……？」

ぼくは玄関に立つ友人の名を呆然《ぼうぜん》とつぶやいた。

「どうして……ここに？」

上擦《うわず》った声の問いかけに、東堂が後ろ手でドアを閉めながら説明を始める。

「昨日マクシミリアンさんがここのカードキーを渡《わた》してくれたんだ。緊急時《きんきゅう》のために預けますってさ。掌紋《しょうもん》を登録して、管理人にも俺の写真を渡してくれたって話で。まぁ、あの人のやることにミスはないだろうけど、一応ちゃんと入れるのかどうか試《ため》しておこうと思って」

「マクシミリアンが……？」

そうだったのか。でもよくよく考えてみたら、マクシミリアンが戻ってくるわけがない。何事にもそつのない彼が、忘れ物をするはずもなかった。いわんや、帰国を思い直すなんて絶対あり得ない。なのにひとりで舞《ま》い上がって。

(馬鹿《ばか》みたいだ)

失望のあまりにがっくりうなだれていたら、横合いから東堂に指摘される。

「杉崎、おまえ、ひでー顔だぞ」

「あ、うん……ここのところちょっと寝不足《ねぶそく》だったから」

「じゃなくて、泣いたのバレバレ」

あわてて涙のあとを袖口《そでぐち》で拭《ぬぐ》った。

うわ、どうしよう。二十歳《はたち》にもなって世話役との別離《べつり》にめそめそ泣いていたのを東堂に知られてしまった。恥《は》ずかしくて顔が上げられない。

「マクシミリアンさん、もう発《た》ったのか？」

「う、うん……さっき」

「いいのかよ？」

低い問いかけにのろのろと顔を上げると、東堂がいまだかつてないほど厳しい顔つきでぼくを見ていた。

「東堂？」

「このままでいいのかよ？」

険しい口調で繰り返され、困惑《こんわく》に眉《まゆ》をひそめる。

「このままでって？」

「好きなんだろ？　あの人――マクシミリアンさんのことが」

いきなり核心《かくしん》に斬り込まれて、どくんっと心臓が跳《は》ねた。

「な……っ」

「マクシミリアンさんのこと、恋愛《れんあい》感情で好きなんだろ？」

なおも東堂は追及《ついきゅう》の手を緩《ゆる》めない。狼狽《うろた》えたぼくは左右にかぶりを振《ふ》った。

「で、でも……っ」

「でも、なんだよ？」

「マクシミリアンは、お、男の人で……十五も年上で……」

「んなの見りゃわかるよ。タッパが百八十五超《こ》えてんのも、インテリ然とした外見を裏切ってその実武闘派《ぶとうは》なのも。――で？　だから？」

逃《に》げを許さないまっすぐな眼差《まなざ》しがぼくを追い詰めてくる。

「た、たしかにマクシミリアンは、ぼくの面倒《めんどう》を見て、体を張って護《まも》ってくれた。けど……でも、それは仕事だからでっ」

しどろもどろに言葉を紡《つむ》いでいるうちにだんだん感情が高ぶってきて、一度は涸《か》れたはずの涙が再度ぶわっと盛り上がってくる。

「マク……シミリアンは……っ」

一度堰《せき》を切ったら、また止まらなくなった。声が嗚咽《おえつ》に震《ふる》える。

「父様の……っ……ものなんだっ」

溢れ出る涙を両手で隠《かく》し、子供みたいにしゃくり上げて、ぼくは切なく訴《うった》えた。

そうだ。ぼくのものじゃない。

悲しすぎる事実に心がひしゃげそうになる。

昔から、ずっと、いつだってマクシミリアンの存在は近いようで遠かった。

一緒《いっしょ》に暮らし始めても、彼の心がここにないこと、彼がぼくに対して一線を引いているのを常に感じていた。

どんなに近くにいても、その魂《たましい》には触《ふ》れられない。

だってそれは、父様に捧《ささ》げられたものだから。彼の忠誠は父のものだから。

もはや友人の前で涙を堪える気概《きがい》もなく、頰《ほお》を流れるに任せているぼくを、東堂は怒《おこ》ったみたいな顔で睨《にら》んでいたが、嗚咽が少し治まってきたのを見計らうように言った。

「だったら奪《うば》い取ればいいだろ？」

低い声音《こわね》に、涙《なみだ》で濡《ぬ》れた目を瞬《またた》かせる。

「奪い……取る？」

「男だったら欲しいものは自分で奪い取れ。相手が父親だろうがなんだろうが遠慮してる場合かよ？」

父様から――奪い取る？

一族にとって絶対的な存在である父からマクシミリアンを奪い取るなんて、まるきり自分の中になかった発想にびっくりして瞠目《どうもく》する。

「そんなことできな……」

「じゃあおまえ、これで諦《あきら》めつくのか？」

間髪容《かんはつい》れずに詰《つ》め寄られて、ぐっと言葉に詰まった。

マクシミリアンを諦める？

いつかは諦めなくちゃいけない、とは思っていた。だけど本当に忘れられるのか。十数年抱えてきたこの気持ちを封印《ふういん》することができるのか？

改めて自分に問いかけて、大きく首を横に振る。

「諦められない」

自分でも驚くほどきっぱりとした声が出た。

「だったらちゃんとぶつかれ。言葉に出して、きちんと気持ちを伝えろ」

東堂にそう言われて気がついた。自分の気持ちを自覚してすぐに失恋《しつれん》してしまったから、機を逸《いっ》したまま、マクシミリアンに気持ちをちゃんと伝えていなかったことに。

たとえマクシミリアンのほうはぼくを弟としか思っていないとしても、自分は違《ちが》う。

親愛の情や憧《あこが》れ、肉親への情とも違う。父様に嫉妬《しっと》したり、自分だけのものにしたいと思ったり——自分でもコントロールできないような、きれいなだけじゃない、生々しくて狂《くる》おしい感情をマクシミリアンに対して抱《いだ》いているんだということを。

（まだ、言ってない）

「……言わなくちゃ」

ぽつっとつぶやく。東堂がうなずいた。

「そんで振られたら男らしくすっぱりと諦めろ。俺がやけ酒につき合ってやるから」

「ありがとう。東堂」

背中を押してくれた親友にお礼を言うと、にっと笑う。

「そうと決まったら急がねぇと。何時のフライトだ？」

「十三時三十分って言ってた。間に合うかな」

「バイクなら渋滞《じゅうたい》でもなんとかなる。タンデムだと首都高は走れないけどな」

ほら！ と東堂がふたつ抱えていたヘルメットの片方を放《ほう》り投げてきた。弧《こ》を描《えが》いたヘルメットをぱしっと両手でキャッチしてから気がつく。

「東堂……ひょっとしてはじめからそのつもりで？」

「端《はた》から見てておまえら焦《じ》れった過ぎ。おまえはお子様だし、あの人も使命感にがんじがらめだし」

やれやれというふうに肩《かた》をすくめた東堂が、ジャケットを取りに戻るぼくに後ろから釘《くぎ》を刺《さ》した。

「空港に入るんだから学生証忘れるなよ」

「第一？　第二？」

風に乗って流れてきた問いかけに、騒音《そうおん》に負けじと声を張り上げる。

「第一ターミナル！」

腰《こし》にしがみつくぼくの返答に東堂がうなずいた。東堂の黒いカワサキが空港へのスロープを下り始める。

第一ターミナルの前の駐車場《ちゅうしゃ》にバイクを停《と》め、ヘルメットを外す東堂の後ろで、ぼくもヘルメットを取ってふるっと頭を振った。こんなに長時間、タンデムしたのは初めてだ。

後部シートから跨《また》ぎ下りながら腕時計《うでどけい》を見る。

「十二時」

「一時間半前か。ギリギリだな。彼が出国ゲートをくぐっちまったらもう間に合わない」

「急ごう！」

一階のガラスのドアを抜《ぬ》けて到着《とうちゃく》ロビーに駆《か》け込んだぼくらは、目指す四階の国際線出発ロビーまでエレベーターで上がった。

チェックインカウンターがずらりと並ぶ広大なロビーは、これから出発する人、見送りの人、空港の職員、各航空会社のスタッフ、ツアーの添乗員《てんじょういん》などなど——老若男女《ろうにゃくなんにょ》、さまざまな国籍《こくせき》の人々でみっちりと埋《う》まっていた。

「この中から人間ひとりを捜《さが》し出すのは相当な手間だぜ？　外国人も多いし」

東堂の険しい声音を聞いて、ぼくはジャケットから携帯《けいたい》を取り出す。

「マクシミリアンの携帯にかけてみる」

だが、携帯を当てた耳には虚《むな》しいコール音が響《ひび》くだけ。しまいには留守番電話メッセージに切り替《か》わってしまう。

「……出ない。どうしよう。もうイミグレーション通っちゃったのかな」

「とにかく手分けして捜そう。俺は北ウィングを見るから、おまえは南ウィングをチェックしろ。見つけたら、それぞれの携帯に連絡《れんらく》」

「わかった」

ロビーのちょうど真ん中で東堂と別れたぼくは、エレベーターを使ってレストラン・ショッピングフロアに上がるやいなや、南ウィングの方角に向かって駆け出した。

ちょうどお昼時なのもあってレストランはどこも混《こ》んでいた。一軒一軒《いっけんいっけん》、店の中まで足を運び、いちいち客の顔を確認《かくにん》する。

書店やドラッグストア、スーベニアショップ、待合室やカード会社のラウンジも覗《のぞ》いたけれどマクシミリアンはいない。東堂からも見つかったという連絡はなかった。

そろそろ二十分が経《た》つ。出発まで一時間十分。ボーディングタイムまで四十分。もうとっくに出国手続きを済ませて、ファーストクラスのラウンジでくつろいでいるのかもしれない。もしそうなら、たとえアナウンスをかけても会うのは無理だ。

焦燥《しょうそう》のままに周囲を見回していて、ふと、柱のサインポストが目に入った。

どうやら五階にもレストランがあるようだ。

それを知った瞬間《しゅんかん》に走り出し、二段抜《ぬ》かしでエスカレーターを駆け上った。二十あまりのレストランやショップをもう一度駆け足で見て回る。最後にコンビニの店内まで覗いたけれど、マクシミリアンの姿は見つけられなかった。

「いない……」

コンビニを出たところでさすがにスタミナが切れ、壁《かべ》にもたれかかる。天を仰《あお》いで乱れた息を整えた。薄《うす》く開いた唇《くちびる》からふーっとため息が零《こぼ》れる。

せっかくここまで追って来たのに、このままもう会えないのだろうか。

マクシミリアンがローマに帰ってしまったら、次に会えるのは何ヶ月先かわからない。その間ずっとこのもやもやとした気持ちを抱《かか》えて過ごすのか……。

どんよりと湿《しめ》っぽい気分で宙を見つめていたぼくは、首をふるっと振《ふ》って膝《ひざ》にぐっと力を入れた。

（馬鹿《ばか》。諦めるな）

諦めないってさっき決めただろ？

本人に会って直接気持ちを告げて、はっきりと振られるまでは諦めない。

よしっと気合いを入れ直し、背筋を伸《の》ばした。前を見据《みす》えたぼくは、重たい足を引きずるようにして通路を歩き出す。ほどなく一面のガラスに突《つ》き当たった。

視界いっぱいのガラスの向こうに、色とりどりの機体が並んでいるのが見える。ぼくの視線の先を、いままさに、ゆるやかに機首を上げたジャンボジェット機が飛び立っていく。

「デッキ……」

ひとりごちた直後、ドアを擂《す》り抜けて屋外へと飛び出した。広大な滑走路《かっそうろ》全体が見渡《みわた》せる見学デッキには、見送りの人たちの姿がぽつぽつと見える。彼らはフェンスの前に立ったり、ベンチに座ったりして、飛行機の離着陸《りちゃくりく》を眺《なが》めていた。望遠鏡を覗いている子供もいる。

滑走路に沿った長いデッキを、見学客ひとりひとりを確認しながらぼくは歩き始めた。だんだんと気が急《せ》いてきて早足になる。端に向かって進むにつれて人の姿が少なくなっていき――ついに人気が途絶《とだ》えた。こっちにはいない。そう思って踵《きびす》を返しかけた時だった。視界の片隅《かたすみ》にひとつの人影《ひとかげ》を捉《とら》える。

フェンスの一番端。滑走路に向かって立つ長身の後ろ姿。

見慣れたシルエットにトクンッと心臓が高鳴った。

（マクシミリアン……いた‼）

兎《うさぎ》が跳《は》ねるみたいに駆け出す。パタパタと近づく足音に気がついたのか、ゆっくりとスーツの背中が振り返った。ぼくを認めた青灰色の瞳《ひとみ》が、みるみる見開かれる。

「ルカ……様？」

その唇がぼくの名前を紡ぐのとほぼ同時に、マクシミリアンに抱きついた。

「……っ」

完全に虚《きょ》を衝《つ》かれた様子でしばらく立ち尽くしていたマクシミリアンが、はっと我に返ったかのようにぼくの肩を摑《つか》み、ぐいっと引き離《はな》す。まだ信じられないといった、どこか現実感の乏《とぼ》しい表情でぼくの顔を数秒見つめ、唇を開いた。

「どうしてここに？」

「どうしても……伝えたいことがあって……追ってきた」

胸を喘《あえ》がせながら、途《と》切《ぎ》れ途切れに答える。

「伝えたいこと？」

マクシミリアンが訝《いぶか》しげにつぶやいた。困惑《こんわく》の眼差《まなざ》しを向けられて、肩が小さく震《ふる》える。いまさら怖《お》じ気づく自分を叱咤《しった》した。なんのために追ってきたんだ。気持ちを伝えるためだろ？

深く息を吸ったぼくは、目の前の顔をまっすぐ見つめて、『どうしても伝えたいこと』を告げた。

「ローマに……帰らないで欲しい」

声がみっともなく震えたけれど、がんばって続ける。

「父様じゃなくて、ぼくの傍《そば》にいて欲しい」

「……………」

マクシミリアンの驚愕《きょうがく》の表情が、やがて徐々《じょじょ》に苦悩《くのう》のそれに塗《ぬ》りつぶされていく。その辛《つら》そうな顔を見たら、ぎゅっと心臓を鷲《わし》づかみにされたみたいに胸が苦しくなって、気がつくと唇から堪《こら》えきれない感情が零れ落ちていた。

「好きなんだ……」

「ルカ様」

「おまえが……好き」

ぼくの告白に、マクシミリアンが眉間に筋を刻んだ。

好きだけじゃ伝わらない気がして、

「おまえを愛してる」と言い添える。

「いけません。身分が違《ちが》います。私は……」

「身分なんて関係ないよ！　男同士なのも関係ない！」

かぶりを振るマクシミリアンの腕《うで》に縋《すが》りつき、夢中で訴《うった》えた。

「おまえが好きなんだ。ぼくだけのものにしたい。父様になんか負けない。ぼくのほうが絶対好きだ。だってもうずっと……生まれた時からずっと好きなんだから！」

「いけ……ません」

喉《のど》の奥から絞《しぼ》り出すように、マクシミリアンがしゃがれ声で繰《く》り返す。平素のポーカーフェイスはもろくも崩《くず》れ、その顔は今まで見たことがないほどに青ざめ、強ばっていた。

もしかしたら――もちろんそんなことはあり得ないけれど――泣き出すのじゃないかと疑うくらいに。

自分の言葉がマクシミリアンを追い詰《つ》めている。苦しめている。そう思うと胸が痛む。それでもぼくはもう、迸《ほとばし》り出た激情を止めることができなかった。

「父様と直接話す。お願いして、おまえを譲《ゆず》ってもらう」

苦渋《くじゅう》に歪んだ面《おもて》を見つめて矢継《やつ》ぎ早に言い募《つの》る。

「おまえをもらい受ける分、大学を卒業したらロッセリーニ家のためにがんばって働く。全身全霊《ぜんれい》でグループのために尽くす」

「ルカさ……」

「おまえ以外は何も欲しがらない。おまえ以外何も要《い》らない。だから……っ」

「あなたは……どうしてっ」

怒《おこ》ったような声で一世一代の告白を遮《さえぎ》られ、不意に強い力で腕を摑まれた――と思った次の瞬間には、ぼくはマクシミリアンの腕の中にいた。たくましい腕できつく抱《だ》き締《し》められて体が弓なりにしなる。

広い胸の中で息を止めていたら、胸のポケットで携帯《けいたい》が鳴り始めた。

ピルルルルッ、ピルルルルッ。

きっと東堂からの連絡《れんらく》だ。出なくちゃ……。

熱くヒートした頭の片隅でそう思いながらも、ぼくは持ち上げた両手を携帯に伸ばすことはしなかった。マクシミリアンの背中にそろそろと回す。

「マクシミリアン……」

突き放されるのが怖《こわ》くてぎゅっとしがみついた。

「……ルカ様」

かすれた囁《ささや》きが耳許《みみもと》に落ちる。掻《か》き抱《いだ》くような抱擁《ほうよう》がさらに強くなった。

お願い。このままずっと離さないで……。

言葉もなく抱き合うぼくたちの背後を、真っ白な機体がゆっくりと横切っていった。

「…………っ」

第十章

東堂と空港で別れ、ローマ行きの便をキャンセルしたマクシミリアンとぼくは、タクシーで麻布の自宅へ戻《もど》った。

帰路のタクシーの中で、マクシミリアンは何かを考え込むように言葉が少なかった。心配になったぼくが横合いから顔を覗《のぞ》き込むと、小さく微笑《ほほえ》んでそっと手を握《にぎ》ってくれる。大きな手から伝わるぬくもりに、少し安心した。

車中では、自分の気持ちを伝えたという高揚感《こうようかん》と、これからどうなるのだろうという不安とが交互《こうご》に訪《おとず》れた。落ち着かない心持ちでタクシーに揺《ゆ》られること一時間半、ようやく麻布のマンションに到着《とうちゃく》する。

「ルカ様――こちらへいらしてください」

部屋に戻り、リビングに入るとすぐ、マクシミリアンに呼ばれた。傍まで歩み寄ると、今度は三人掛《が》けのソファを示して「座ってください」と促《うなが》される。言われたとおりにソファの右端《みぎはし》に座ったぼくの隣《となり》に、少し間隔《かんかく》を空けてマクシミリアンも腰《こし》を下ろした。

しばらく無言でぼくの顔を見つめていたマクシミリアンが、ややあって神妙《しんみょう》な面持《おもも》ちで切り出してくる。

「お話があります」

改まった物言いに鼓動《こどう》がトクッと一拍《いっぱく》打った。

話って……さっきのぼくの告白に対する返事？

もしそうならば、聞きたいけれど、聞きたくない。

相反する感情に胸の中が波立つ。

マクシミリアンが自分をどう思っているのか知りたい。でもそれと同じくらいに知るのは怖い。「残念ながらルカ様のお気持ちには応《こた》えられません」とはっきり口に出されるのが怖かった。

この期《ご》に及《およ》んでとことん意気地《いくじ》のない自分の不甲斐《ふがい》なさに奥歯を嚙《か》み締めていると、マクシミリアンの視線がふっと宙を彷徨《さまよ》う。何から話すべきかを迷うような素振《そぶ》りを見せたあと、もう一度ぼくに視線を戻した。心を決めた面持ちで、おもむろに語り始める。

「ご存じのとおりに、私には肉親と呼べる存在がおりません。母の顔も父の顔も知らずに施設《しせつ》で育ちましたが、十歳の時にドン・カルロが孤児《こじ》の私を引き取ってくださり、シチリアの【パラッツォ・ロッセリーニ】で暮らすことになりました」

マクシミリアンの生《お》い立ちについてはうっすら知っていたけれど、こんなふうに本人の口から聞くのは初めてだった。

「ドン・カルロは、レオナルド様とエドゥアール様の世話係として、私を引き取ってくださったようでした。おふたり共にお母上を早くに亡《な》くされていましたし、屋敷《やしき》の中にはおふたりの他《ほか》に子供がいなかった。ドン・カルロご自身も当時は仕事でヨーロッパを飛び回っていらっしゃいましたから、お子様に年の近い遊び相手が必要だとお考えになったのでしょう」

淡々《たんたん》と静かな声音の述懐《じゅっかい》に、ぼくは真剣《しんけん》に耳を傾《かたむ》ける。

「それから三年後、今度は美しい日本人女性がご兄弟の家庭教師としてロッセリーニ家に雇《やと》われることとなりました。ありがたいことに、ドン・カルロはご兄弟と一緒《いっしょ》に私が彼女に日本語を学ぶことをお許しくださいました」

マクシミリアンの他にも【パラッツォ・ロッセリーニ】で古くから働くスタッフの中には日本語を達者に操る者がいるが、母と会話がしたい一心で、競《きそ》うように日本語を勉強した成果だと聞いたことがある。

「美しく聡明《そうめい》な日本人女性――ミカ様はやがてドン・カルロと深く愛し合うようになり、【パラッツォ・ロッセリーニ】で式を挙げられました。――そして翌年」

言葉を切ったマクシミリアンがぼくを見つめ、まるで、それがとても大切なことのように、ゆっくりと紡《つむ》いだ。

「あなたが生まれた」

「…………」

自分に向けられた眼差《まなざ》しがすごくやさしくて、ドキッとする。

「今でも、初めてあなたを見た日のことを克明《こくめい》に覚えています」

マクシミリアンの双眸《そうぼう》が、過去を振《ふ》り返るように少し細まった。

「あの日――パレルモの産院からご帰宅なさったミカ様が、赤ちゃんを抱いて子供部屋にいらっしゃいました。レオナルド様とエドゥアール様は、『かわいい』、『ちっちゃい』と大喜びで、ご自分たちの新しい弟君を取り囲んでいらした。私はそのご様子を微笑ましく眺《なが》めていました。するとミカ様が後ろに控《ひか》えていた私に気がついて、『こっちへ来て赤ちゃんをご覧なさい』と呼んでくださったのです。『ルカ・エルネスト・ロッセリーニよ』と名前を教えていただいた私は、おずおずとあなたの顔を覗き込んだ。清潔な白い産着《うぶぎ》に包まれたあなたは、生まれたての子鹿《こじか》のような、つぶらな漆黒《しっこく》の瞳《ひとみ》をしていました。その艶《つや》やかな大きな目がじっと私を見つめてくる。ピンクの頬《ほお》があまりにやわらかそうで、思わず伸《の》ばした私の指を、あなたは小さな手でぎゅっと握った」

その時の感触《かんしょく》がまだ残ってでもいるかのように、マクシミリアンが膝《ひざ》の上の右手を持ち上げて、目の前に翳《かざ》す。自分の手のひらにじっと視線を注いで言葉を続けた。

「そうして私の指を握り締めたまま、きゃっきゃっと笑ったのです。『あら、ルカはマクシミリアンがお気に入りね』そう言ってミカ様が微笑んだ時、私は胸の奥がぎゅうっと締めつけられるような、それでいてじんわりと温《ぬく》もるような、不思議な感覚を味わいました。――それが、生まれて初めて人を『愛《いと》おしい』と思った瞬間《しゅんかん》でした」

「この赤子を大切にしたい。弟のように愛し、慈《いつく》しみたい。心からそう願いました。そうして願うのと同時に心に誓《ちか》ったのです。生ある限り、自分の命に代えても、この御方《おかた》を護《まも》り続けようと」

穏《おだ》やかな、凪《なぎ》の湖面のような青灰色の瞳がぼくを見つめる。

(やっぱり……『弟』なのか)

失望がじわりと胸に広がって、ぼくは唇《くちびる》をきゅっと噛み締めた。

「その日から、ルカ様の存在は私の心の支えであり続けました。どんなに辛《つら》いことがあっても、まだ幼いあなたの笑顔《えがお》を見ればすべてが忘れられた。まだ上手《うま》く回らない口で『マクチミリアン』と私を呼び、よちよち歩きであとをついてくるあなたが愛おしくてたまらなかった」

「…………」

なんだか、幼い頃《ころ》の自分に嫉妬《しっと》しそうだ。

「幼少の頃のあなたはとても引っ込み思案で、いつも私の上着の裾《すそ》を握り締めて脚《あし》の後ろに隠《かく》れていましたが、ミカ様がご病気に倒《たお》れられ、ついにお亡くなりになると、より一層私の傍《そば》から離《はな》れなくなりました。少しでも私の姿が見えないと半べそで屋敷中を捜《さが》し回るようになり、夜も私と一緒のベッドでなければ眠《ねむ》らなくなった。お寂《さび》しいお気持ちは痛いほどわかりましたし、慕《した》ってくださるお気持ちも嬉《うれ》しかった。その反面、懸念《けねん》も抱きました。ただでさえ、上の

「……マクシミリアン」

おふたりとは年が離れている上に、ドン・カルロもルカ様を目の中に入れても痛くないといったかわいがりようです。さらには、母を亡くして不憫《ふびん》だという思いもある。しかし、ロッセリーニ家の一員である以上、いずれ人並み以上の精神的な強さを求められるのは必定。またそうでなければ、グループのトップには立っていけません。――悩《なや》んだ末に、私はドン・カルロがローマのお屋敷に居を移すのに伴《ともな》い、【パラッツォ・ロッセリーニ】を出ることを決心しました。あなたが傷つくのはわかっていましたが、多少荒療治《あらりょうじ》でもこの段階で私から離れないと、いつまでも自立することができないと思ったのです」

「そう……だったのか」

改めて語られる真実に驚《おどろ》きの声が零《こぼ》れる。

十年前のあの別離《べつり》の裏で、マクシミリアンの中にそんな葛藤《かっとう》があったのか。

「ところが、いざ離れてみると、より打ちのめされたのは私のほうでした」

マクシミリアンが、どこか自嘲めいた声音を落とした。

「あなたという存在が傍にいない喪失感《そうしつかん》に日々悩まされ、たまにパーティで見かけるあなたの背が会うたびに伸び、顔立ちも大人びていくのを見て、その成長を嬉しく思う一方で胸が狂《くる》おしく騒《さわ》いだ。それでも……自分の本当の気持ちを覚《さと》るまでには時間がかかりました」

できれば認めたくなかったのかもしれません、と低くつぶやく。

「今ならばわかる。あの時はあなたのためだなどと理由をつけたが、本当は私は怖《こわ》かったのです。これ以上あなたの傍にいて、いつか自分を抑《おさ》えることができなくなる日が来るのが怖かった。だからあなたから逃《に》げた」

宙を見据《みす》えて紡がれる、思い詰《つ》めたような昏《くら》い低音に戸惑《とまど》い、ぼくは小さく名前を呼んだ。

「……マクシミリアン？」

だけど、マクシミリアンはぼくを見ない。一点を見据えたまま述懐を続ける。

「自分の気持ちを自覚してからの私は、それまで以上にあなたから距離《きょり》を置くようになりました。この五年間は、顔を合わせるような場になるべく出席しないようにして、仕事に打ち込むことで、なんとかあなたを忘れようとした」

びっくりした。パーティで見かけないのは、仕事が忙《いそが》しいのだと思っていたから。まさか故意に避《さ》けられていたなんて。

「そう遠くない将来、あなたにも生涯《しょうがい》の伴侶《はんりょ》となる女性が現れる——その日まで陰《かげ》ながら見守ることができればそれでいい——そう思っていました。なのに……」

穏やかだったマクシミリアンの瞳に、一転して青い炎《ほのお》が揺《ゆ》らめく。

「あなたが日本に留学するという話をドン・カルロに伺《うかが》った日から、私は平常心を失ってしまった。同じイタリア国内であれば、有事の際はすぐに駆《か》けつけられる。事実、この十年間は、常にその心構えでおりました。しかし日本となれば話は別です。遠い異国でひとりで暮らすというあなたが心配で、居ても立ってもいられなくなった私は、ついに日本への同行を願い出ました。瑛様と音和会との確執《かくしつ》の一件もあって、ルカ様おひとりでの留学を不安に思われていたドン・カルロも、『おまえが一緒ならば安心だ』と了承《りょうしょう》してくださったのです」

彼の同行は、父と兄たちの要請《ようせい》だと思い込んでいたけれど、そうじゃなかったのか。

次々と明らかになる事実に頭が追いつけず、混乱したぼくは小さくため息を吐《つ》いた。

「あなたが勉学に打ち込めるように環境《かんきょう》を整えることが、同行の目的でした」

「………」

「日本で暮らし始めてからのあなたは成長が著《いちじる》しかった。護衛付きの生活から解放されて、本来持っていた資質が開花したのかもしれません。ご友人ができ、職場の仲間ができて、日に日に輝《かがや》きを増していく。新しいことにチャレンジし、自信を得て、どんどん精神的に自立していく。——それを陰ながらサポートすることが後見人としての務めであるのに、あなたの自立を手放しで喜べない自分がいた」

俯《うつむ》いた額に、前髪《まえがみ》がはらりと一筋かかる。

「異国でのあなたとの生活は、私にこの上ない喜びと苦しみをもたらしました。十年ぶりに一緒に暮らして、今のあなたを知れば知るほど……自分でもコントロールできない独占欲《どくせんよく》に苦しめられるようになった。日を追って、私はだんだんと自分を見失っていきました」

「マクシミリアンが自分を見失うなんて」

そんなことあり得ないとぼくが否定しかけると、首を横に振った。

「あの日も……はじめはクスリで苦しむあなたを少しでも楽にしたい一心だった」

「あの日？」

（って、黒部に拉致《らち》された日のこと？）

「日本に来るまで、抑制心《よくせい》には自信があったのです。だからこそ同居にも踏《ふ》み切ったし、どんなシチュエーションにあろうとも、自分を律することができる自負があった。ところがあの日、一度あなたに触《ふ》れてしまったら……もう自分を抑えられなくなった。何より一番してはならないことだったのに……」

「でもあれはぼくを助けようと……」

「そうじゃない」

「マクシミリアン」

「そうじゃないのです。あの男にあなたを汚《けが》されたと知った瞬間に、私の中で何かが切れた。抑制の留め金が外れ、長く堰《せ》き止めていた激情が溢《あふ》れ出てしまったのです。あの時の私は、後見人としての使命感よりも、男としての欲望《よくぼう》が勝っていました」

マクシミリアンの端整《たんせい》な唇から発せられた、『男としての欲望』という生々しい言葉にドキッとする。

欲望って……じゃああの時、マクシミリアンがぼくを手で慰《なぐさ》めてくれたのは、仕事としての責任感だけじゃなかったということ？

「クスリで苦しんでいるあなたを……私は……」

白皙《はくせき》を悔恨《かいこん》に歪《ゆが》ませ、マクシミリアンが苦しい声を落とす。

「こんなにも自分という人間は脆弱《ぜいじゃく》だったのかと、己《おのれ》の弱さに打ちのめされる気分でした」

自分を責めるマクシミリアンを、困惑の眼差《まなざ》しで見つめながら、ぼくの脳裏にふっと閃くものがあった。

「ひょっとして、それで急にローマに帰ろうとしたの？」

問いかけにマクシミリアンがのろのろとうなずく。

「これ以上傍にいたら、いつかあなたをどうにかしてしまう。……それが怖かった」

耳を疑った。「怖い」なんて弱音を、完全無欠と謳《うた》われるマクシミリアンが口にしたことが信じられなかった。

その半面、そんな彼が愛《いと》おしくも感じられて。

ぼくより全然体も大きくて、強くて、十五歳も年上のマクシミリアンを、かわいいなんて思っちゃいけないのかもしれないけど。

（でも、かわいい）

胸がきゅんっと甘苦しく疼く。なんだかたまらない気持ちになったぼくは、悄然《しょうぜん》とうなだれるマクシミリアンの膝《ひざ》に手を伸《の》ばした。触れた刹那《せつな》、膝がぴくっと震《ふる》える。

ゆるゆると視線が上がり、澄《す》んだ青灰色の瞳《ひとみ》がレンズ越《ご》しにぼくを見た。

「マクシミリアン、訊《き》いてもいい？」

さっきまでは、はっきりと答えを聞くのが怖かった。でも怖いのはマクシミリアンも一緒《いっしょ》なんだと思ったら、少し勇気が湧《わ》いてくる。

「ぼくのこと、どう思ってる？」

なけなしの勇気を掻《か》き集めて想《おも》い人の真意を確かめた。

『弟』？　それとも……」

ぼくの目を黙って見つめていたマクシミリアンが、静かに口を開く。

「ルカ様は『弟』ではありません」

「じゃあ、何？」

「私の生涯の忠誠を捧《ささ》げた、ただひとりの心の主人《パドローネ》です」

「主人？」

「この地球上の誰《だれ》よりも、私の命よりも大切な御方《おかた》です。二十年前、あなたが私の指を握《にぎ》って笑いかけた、あの瞬間《しゅんかん》から」

真摯《しんし》な光を湛《たた》えた瞳と揺るぎない声音から、それがマクシミリアンの本心だとわかって、背筋に甘い戦慄《せんりつ》が走る。

じわじわと込み上げてくる歓喜《かんき》を噛み締め、ぼくは言った。

「マクシミリアンの一番大切な人は父様なんだとばかり思っていた」

「ドン・カルロは孤児《こじ》の私を引き取り、充分《じゅうぶん》な教育を受けさせてくださいました。あの御方がいなければ、今の私はおりません。心から感謝していますし、尊敬もしております。けれどそれはあなたへの想いとは違《ちが》います」

きっぱりとそう告げて、マクシミリアンの双眸《そうぼう》がふたたび悔恨を滲《にじ》ませる。

「一生涯《いっしょうがい》、この想いを口にするつもりはありませんでした。胸の奥深くに仕舞《しま》い込んで墓場まで持っていくつもりでした」

「マクシミリアン……」

おそらくは分別のある大人であるが故《ゆえ》に、そしてロッセリーニ家に恩義がある分、彼の苦悩《くのう》は深いのだ。それはぼくにもわかる。

「ドン・カルロからこれほどのご厚意《こうい》を頂戴《ちょうだい》しておきながら、彼の信頼《しんらい》を裏切るような、このような感情を抱《いだ》くべきではなかった。どんなに、飛び上がるほど嬉《うれ》しくとも、あなたの好意を受け入れるべきではないと頭ではわかっています。そもそも、あなたは保護者への情を恋愛感《れんあいかん》情だと誤解しているのかもしれず……」

「でも日本に来てくれたじゃない」

否定の言葉を封《ふう》じるみたいに囁《ささや》いて、冷たい頰《ほお》に手のひらで触れた。

「仕事が忙しいのに、無理を押して日本に一緒に来て、ぼくを護《まも》ってくれた。マクシミリアンがいてくれたから、ぼくはこの国でのびのびと自由にできたんだ。もしぼくが変わったのだとしたら、それはマクシミリアンのおかげだよ。――父様も……すぐには無理かもしれないけど、いつかきっとわかってくれる」

「……ルカ様」

「……好き」

マクシミリアンが息を呑《の》む。

「この気持ちは誤解なんかじゃない」

はっきりと言い切ると、マクシミリアンが小さく、呻《うめ》くように「……神よ」とつぶやき目を閉じる。眉間に深い皺を刻んで懊悩《おうのう》する彼に、ぼくはもう一度繰《く》り返した。

「好きだよ。……大好き」

頬を撫《な》でていたぼくの手に、大きな手が重なる。やさしく下に引かれ、手のひらに唇で触れられた。手を裏返し、次にぼくの指先にくちづけてから、マクシミリアンが両目を開く。

「私も……愛しています」

厳《おごそ》かな声でそう告げる彼の目は、何かとても大きなものを乗り越《こ》えたかのように澄み渡っていた。迷いのないその眼差しを受けとめながら、ぼくの胸はじわっと熱くなる。

「マクシミリアン」

「愛しています」

かすれた囁きがゆっくり近づいてきて――目を閉じたぼくの唇にそっと彼の唇が触れた。

マクシミリアンの唇がぼくの唇をやさしく覆《おお》って、ついばむように吸う。角度を変えてはまた唇を合わせることを繰り返していると、大きな手にすっぽりと後頭部を包まれ、さらにぐっと引き寄せられた。深まるキスに「んっ」と喘《あえ》いだ瞬間、マクシミリアンの舌先が唇の隙間《すきま》をつ……となぞってくる。

覚えずうっすら開いた唇の間に、濡《ぬ》れた舌がするっと入り込んできた。反射的に逃《に》げを打つぼくの舌を搦《から》め捕《と》る。

「んっ……ん、っ……っ」

絡《から》まり合う舌と舌に、唾液《だえき》がチュクチュクと音を立てた。

巧《たく》みな舌使いで歯列の後ろをなぞられたり、上顎《うわあご》をつつかれたりしているうちに、眦《まなじり》がじんじん熱くなってきて、体がぼーっと火照《ほて》ってくる。

(これが、大人のキスなんだ)

生まれて初めて知る大人のキスにうっとり酔《よ》いしれていると、ゆっくりと唇を離《はな》したマクシミリアンがぼくの目を覗《のぞ》き込んできた。熱っぽい視線を注ぎながら、吐息《といき》混じりに囁く。

「あなたをこの腕《うで》に抱く……こんな日が来るとは夢にも思わなかった」

その声が感極《きわ》まったように少し震えていて、ぼくの胸もそれに共鳴して震えた。

「夢では……ないんですね」

「……うん」

うなずいたら、ぎゅっと抱き締《だし》められる。ぼくもマクシミリアンの広い背中を抱き返した。

「──ルカ様」

お互《たが》いの体温と鼓動《こどう》を味わうみたいにしばらく抱き合ったあとで、不意に名前を呼ばれる。

「……な、に？」

半ば夢見ごこちで問い返すと、切羽詰《せっぱつ》まった声が躊躇《ためら》いがちに落ちてきた。

「寝室《しんしつ》に……移動してもよろしいですか？」

寝室──。

それが意味するところを考えて、体温が一気に上昇《じょうしょう》する。心臓が急激に早鐘を打ち始めたけれど、一刻も早くきちんと抱き合いたい気持ちはぼくも同じだった。

こくっとうなずいたとたんに体がふわりと浮《う》いて、あわててマクシミリアンの首にしがみつく。ぼくを軽々と抱き上げたまま、マクシミリアンが大きな歩幅《ほはば》でリビングを横切った。内《うち》扉《とびら》を抜《ぬ》け、廊下《ろうか》を一息に進むと、自分の寝室のドアを片手で開ける。

寝室に足を踏み入れたマクシミリアンは、まっすぐベッドへ歩み寄り、まるで生まれたての子犬でも取り扱《あつか》うような慎重《しんちょう》な手つきでぼくを横たえた。

（あ……）

ベッドカバーに背中が沈《しず》んだ瞬間、なじみ深い香りが鼻孔を擽《くすぐ》る。初めて横たわったマクシミリアンのベッドからは、彼のコロンがかすかに薫《かお》った。

そういえば、この部屋の中に入るのは初めてだ。書斎《しょさい》はちらっと覗いたことがあるけれど。一緒《いっしょ》に暮らして一ヶ月以上経《た》つのに、ぼくはマクシミリアンのことを何も知らなかったんだと改めて気がつく。でもそれはたぶん、マクシミリアンがぼくに対して一線を引いていたせいもあったと思う。

それが今、マクシミリアン自ら寝室に招き入れてくれた。遠かった距離《きょり》が一気に近づいた気がして……嬉しい。

ぼくが感慨《かんがい》に浸《ひた》っている間に、マクシミリアンはカーテンを閉め、ベッドサイドの間接照明を点《つ》けた。オレンジ色の薄明《うすあ》かりの中で、スーツの上着とベストを脱《ぬ》ぐ。脱いだ衣類を、几帳《きちょう》面《めん》な彼にしてはめずらしく床《ゆか》に落とした。

「マクシミリアン？」

身を返したマクシミリアンがベッドに乗り上げてきたかと思うと、今度は少し荒《あら》っぽく唇を塞《ふさ》がれる。

「ん……んっ」

体重をかけて自由を奪《うば》われ、口腔《こうこう》内を余すところなく隅々《すみずみ》まで貪《むさぼ》られる。長く抑《おさ》えていた激情を解き放つかのような、いつもはクールなマクシミリアンの情熱的なくちづけに頭がくらくらする。

名残惜《なごりお》しげに唇を離したマクシミリアンが、欲情《よくじょう》を湛えた熱っぽい瞳《ひとみ》で見つめてくる。その雄《おす》の色気が滴《したた》るような艶《つや》めいた美貌《びぼう》を見上げて、ぼくはたどたどしく訴《うった》えた。

「ど、どうしよう……心臓が」

「心臓がどうしました？」

「ドキドキして、破裂《はれつ》しそう」

「……私もです」

手を取られて硬《かた》く張り詰《つ》めた胸へと導かれた。シャツの上からでも、彼の少し速い心音が伝わってくる。

「マクシミリアンもドキドキしているの？」

恋愛経験値ゼロの自分だけじゃなく、大人のマクシミリアンまでが緊張《きんちょう》しているというのはなんだか不思議だった。

「今にも心臓が口から飛び出そうです」

畏怖《いふ》と熱情がせめぎ合う、少年のような表情で微笑《ほほえ》む。

今日一日だけで、マクシミリアンの新しい顔をたくさん見た気がする。

初めて見る表情の全部がすごく新鮮《しんせん》で、愛《いと》しい気持ちが一秒ごとに募《つの》ってくる。

切ないような、胸の奥が甘く痺《しび》れるような感覚に押され、ぼくは右手を持ち上げた。手のひらで、彼の彫《ほ》りの深い貌《かお》に触《ふ》れる。

「好き……大好き」

「……ルカ様」

彼に触れていた手を取られて指先にちゅっと口づけられる。続いて前髪《まえがみ》を掻《か》き上げられ、額に唇を押しつけられた。さらに目蓋《まぶた》、鼻先、頬《ほお》へと唇が移動する。最後に唇と唇を合わせながら、ぎゅっときつく抱き締められた。

熱くて大きな体にすっぽりと抱《だ》き込まれる。それだけで、全身がとろとろと蕩《とろ》け出してしまいそうに気持ちがよかった。

甘い陶酔《とうすい》に身を委《ゆだ》ねていると、力を緩《ゆる》めたマクシミリアンが上体を起こす。膝立《ひざだ》ちで自分のシャツのボタンを外し始めた。

シャツを脱ぎ去った上半身は、いつかの夜も見たとおりに雄々《おお》しく引き締まっている。なだらかに盛り上がった肩《かた》、美しく筋肉の張り詰めた胸と引き締まった腹筋。

自分とはまるで違《ちが》う、大人の男の肉体を目の当《ま》たりにして、ぼくは密かに息を呑んだ。前に一度だけ見たことがあったけれど、やっぱり近くで見ると迫力《はくりょく》が違う。

成熟した雄のフェロモンに圧倒《あっとう》され、目のやり場に困っていると、そのたくましい上半身が覆い被《かぶ》さってきた。長い腕が伸《の》びてきて、ぼくのジャケットを脱がす。次にシャツに手がかかった。ボタンをひとつずつ外される感触《かんしょく》がむず痒《がゆ》く、思わず目を瞑《つぶ》ってしまう。

ひんやりした空気が素肌《はだ》に触れ、シャツの前を全開にされたのを知った。薄《うす》っぺらくて貧弱な自分の裸《はだか》を見られるのが嫌《いや》で、はだけた前をかき合わせようとした手を摑《つか》まれる。

「大丈夫《だいじょうぶ》です。私しか見ていません」

だからそのマクシミリアンに見られるのが恥《は》ずかしいのだ。

首を横に振《ふ》ったら、マクシミリアンがやさしく言った。

「わかりました。では私が眼鏡《めがね》を外します。それならいいですか？」

「外したら見えない？」

「見えません」

そう請《う》け合われて、少しだけ体の力を抜き、薄目を開ける。約束どおりにマクシミリアンは眼鏡を外し、ナイトテーブルに置いた。

「これで――もう見えません」

間近で見る素顔《すがお》にドキッとする。

もともとすごく端整《たんせい》な顔立ちをしているけれど、眼鏡を取ると彫りの深さが余計に際《きわ》だって、なんだか知らない人みたいだ……。

レンズというフィルターがなくなった分、より視線をダイレクトに、熱く感じて、今一度ぎゅっと目を瞑った。そのあとはもう、されるがままにマクシミリアンのリードに身を委ねているうちに、気がつくと下着までのすべての衣類を取り除かれていた。

「寒くありませんか？」

問いかけにおそるおそる目蓋を上げる。上空からぼくを見下ろしている熱っぽい眼差《まなざ》しと目が合った。

一糸まとわぬ無防備な裸体《らたい》を、マクシミリアンの前に晒《さら》け出している。そう自覚した瞬間《しゅんかん》、カッと全身が熱くなった。

恋人《こいびと》を押し退《の》けて逃《に》げ出したい気持ちを、ぐっと堪《こら》える。大丈夫。はっきりとは見えていないはずだ。そう自分に言い聞かせる傍から、頭の片隅《かたすみ》をちらっと疑問が過《よ》ぎる。

「ね……本当に見えてない？」

「見えておりません」

生真面目《きまじめ》に答えたマクシミリアンが、ぼくのこれ以上の追及《ついきゅう》を封《ふう》じ込めるみたいに覆い被さってきた。熱い舌が、首筋、肩、鎖骨《さこつ》の順で這《は》う。なんか……くすぐったい。

「………っ」

胸の先に唇《くちびる》で触れられて変な声が出そうになり、必死に堪えていたら、「声を殺さないで」と囁《ささや》かれた。

「ちゃんと……聞かせてください」

（そんなこと言われても……恥ずかしいよ）

唇を噛んで我慢《がまん》していると、右の乳首《ちくび》をちゅくっと吸われ、もう片方は指で摘《つま》まれた。舌と指で執拗《しつよう》に弄《いじ》られ、乳首が少しずつ硬度《こうど》を増して勃《た》ち上がってくる。腫《は》れた先端《せんたん》に軽く歯を立てられた刹那《せつな》、腰《こし》がびくんと跳《は》ねた。

「あっ、ん」

ついに声が漏《も》れる。しかも、自分でもびっくりするほど甘ったるい声が。

「あ……ぁっ……あ」

いったん声が出ると、立て続けに零《こぼ》れてしまい、止まらなくなった。乳首を弄られて喘《あえ》ぐなんて女の子みたいで嫌だったけれど、感じてしまうのはどうしようもない。

「んっ……ん……ぁん」

やがて胸の痺れが伝播したみたいに下腹部が熱を持ち、じんじんと疼《うず》き始める。形を変え始めたペニスにマクシミリアンの手が絡《から》みつき、ゆっくり上下に動かした。胸と性器を同時に責められたぼくは、その強烈《きょうれつ》な刺激《しげき》に身を捩《よじ》る。

「そんな……だ……め……っ」

だけど、マクシミリアンは手を離《はな》してくれなかった。五本の指を駆使した残酷《ざんこく》なほど的確な愛撫《あいぶ》で、じっくりと追い上げてくる。

「……見ない、で」

乱れるぼくの姿を余すところなく捉《とら》えるような、熱っぽい視線にも煽《あお》られた。

ほどなくクチュクチュという淫靡《いんび》な水音が聞こえてくる。それが自分の漏らした体液でマクシミリアンの手が濡《ぬ》れる音だと知って、泣きそうになった。

「やっ」

恥ずかしくて気が狂《くる》いそうだった。この前の時は朦朧《もうろう》としていたけれど、今日はちゃんと意識があるし、クスリのせいという言い訳はきかない。なのにこんなにあっけなく昂《たかぶ》ってしまう自分の浅ましさが辛《つら》くて、瞳《ひとみ》がじわりと潤《うる》んだ。

「いや……いやっ」

惑乱《わくらん》するぼくの目許に、マクシミリアンが宥《なだ》めるみたいなくちづけを落とす。

「大丈夫です。恐《こわ》くありませんから……」

あやされながらも徐々《じょじょ》に愛撫を強くされて、腰が淫《みだ》らにうねった。

「だ……め……も、出ちゃう……出ちゃ……あぁっ——ッ」

身をのけ反らせ、マクシミリアンの手の中に白濁《はくだく》を放つ。

「は……ふ……ぁ」

びくびくと余韻《よいん》に震《ふる》える体を抱《だ》き締《し》められた。頭が白くなるほどの快感に放心していると、眦《まなじり》の涙《なみだ》を唇で吸われる。

「気持ちよかったですか？」

陶然《とうぜん》たる心持ちでうなずいたら、「よかったです」と嬉《うれ》しそうに微笑まれた。

その顔を見て胸がきゅんと切なくなる。

「……マクシミリアン、は？」

おずおずと問いかけてみたが、「私はルカ様のお声と表情だけで充分《じゅうぶん》です」とかわされてしまう。

だけど、自分ばかりが気持ちいいのは心苦しかった。それに、ただ一方的に慰《なぐさ》めてもらうだけじゃこの前と同じだ。

やっと気持ちが通じ合って、恋人として抱き合えるようになったのに。

恋人と繋《つな》がるという未知の行為《こうい》に畏《おそ》れがないといえば嘘《うそ》だし、本音を言えば身がすくむほど恐い。でも、ぼくもずっとマクシミリアンが欲しかったから。

覚悟《かくご》を決めたぼくは、上目遣《うわめづか》いに小さく囁いた。

「ちゃんと……最後までしたい」

「ルカ様」

ぼくのおねだりにマクシミリアンが複雑な表情を浮《う》かべる。

恋人が自分を欲しがってくれていることは、密着した下半身の昂りでわかっていた。彼もぼくを欲しいと思ってくれているのに、ひとつになれないなんて……そんなの嫌だ。

マクシミリアンと、ひとつになりたい。

切実な欲求《よっきゅう》が気後《きおく》れや羞恥心《しゅうちしん》を押しやり、ぼくはついにその台詞《せりふ》を口にした。

「お願い。手加減しないでちゃんと抱いて」

声と表情からぼくの本気を感じ取ったのか、マクシミリアンが真剣《しんけん》な面持ちで確かめてくる。

「本当にいいのですか?」

「うん」

「この先は……ルカ様が途中《とちゅう》で泣いても容赦《ようしゃ》してあげられないかもしれませんよ」

それでもこくんとうなずく。するとマクシミリアンは切なげに双眸《そうぼう》を細め、ぼくの額に軽く唇《ふ》で触れてから、「後ろを向いてください」と言った。

ベッドに四《よ》つん這《ば》いにさせられて、お尻《しり》を高く持ち上げられる。

「な、何っ」

怯《おび》えた声を出すと、背後のマクシミリアンから「少しだけ我慢してください」と声が届いた。

「いきなり繋がるのは無理です。準備をしなくては」

準備?

その単語に頭の中で首を傾《かし》げた時、お尻の割れ目をぐいっと押し開かれる。

「や、だっ……」

自分でも見たことのない恥ずかしい場所を指で押し広げられ、マクシミリアンに見られている。それだけでも充分に気が遠くなりそうなのに、追い打ちを掛《か》けるみたいにぬるっと濡れた感触《かんしょく》がそこに触れてきた。

ない悲鳴がひっと漏れる。

訝《いぶか》しげなつぶやきの一瞬《いっしゅん》後、その濡れた感触の正体に気がついたぼくの喉《のど》からは、声にならない悲鳴がひっと漏れる。

「う……そ」

あ、あんなところにマクシミリアンの舌が!?

「嫌《いや》だ……そんなのいやっ……汚《きた》な……っ」

半泣きで暴れたけれど、マクシミリアンの拘束《こうそく》はびくともしなかった。ぼくを背後からしっかりと押さえ込んだまま、硬《かた》く尖《とが》らせた舌がぐぐっと中に侵入《しんにゅう》してくる。

「ひっ……ぁ……やめっ……や、ぁ」

「お願いですから暴れないでください。専用のジェルもありませんし、こうやって濡らすしか方法がないのです」

そんなふうに懇願《こんがん》されたら抗《あらが》えなくなる。

ふたりが繋がるための準備……ならば耐《た》えるしかない。

何度も舌を出し入れされ、ぴちゃぴちゃと音を立てて奥まで濡らされる恥辱《ちじょく》に、ぼくは奥歯を噛《か》み締めて耐えた。しかし苦行はそれだけでは終わらず、今度は唾液《だえき》で温《ぬる》んだ窄《すぼ》まりに指をつぷっと突《つ》き入れられる。

「痛っ……」

衝撃《しょうげき》に身を縮こまらせるとすぐに指が引き抜《ぬ》かれた。

「まだ痛いですよね。——少し待っていてください」

そう言い置いて寝室《しんしつ》を出ていったマクシミリアンがふたたび戻《もど》ってきた時、その手にはボディローションのボトルが握《にぎ》られていた。

「これで少しは楽なはずです」

手のひらであたためた液体を尻の間にとろりと垂らされ、ローションを中に送り込むように指を出し入れされた。体内を掻《か》き回す固い異物に眉《まゆ》をひそめていると、やがて奥のほうでくちゅくちゅと濡れた音が聞こえ始める。

「んっ、んっ」

奥深くに潜《もぐ》り込んだマクシミリアンの長い指が、ある部分に当たった瞬間《しゅんかん》、びくっと腰《こし》が揺《ゆ》れ、甘い疼きが走った。この前も、ひどく感じてしまった場所をまた擦《こす》られて、強烈な刺激に高く掲《かか》げた腰をうねらせる。

「あ、あ……ん、あっ」

ここを指で弄られると、どうしても甘ったるい嬌声《きょうせい》が零れてしまう。

いつの間にかふたたび勃ち上がっていた欲望《よくぼう》の先端《せんたん》からも、透明《とうめい》な蜜《みつ》が滴《したた》り落ちてシーツを濡らしている。なんだか自分の体じゃないみたいに、どこもかしこもが熱くて——。

「ん、ん……ぁあっ」

「かなり中がやわらかくなってきました。いい子ですからもう少しがんばって」

甘い声であやされながら、長い指で根気強くほぐされる。前が痛いほどに張りつめて、後ろがとろとろに蕩《とろ》けても『準備』は終わらない。

「やっ……も、う……ほんと……だめッ」

限界を訴《うった》えるぼくの手を、マクシミリアンが摑《つか》んで後ろへ導いた。そっと握らされたたくましい屹立《きつりつ》にびくんっとおののく。

――熱い。

「これが、今からあなたの中に入ります」

覚悟を促《うなが》すように低い声がそう言って、灼熱《しやくねつ》の塊《かたまり》を押しつけてきた。

（……あ）

熱く猛《たけ》ったマクシミリアンの欲望が、後孔《こうこう》に当たっている。無意識にも、そこがひくひくと蠢《うごめ》いた。ぎゅっと奥歯を食いしめ、来《きた》るべき衝撃に備える。

「体の力を抜いて、息を吐《は》いてください」

そう言われていたのに、硬い先端がめり込んできた刹那《せつな》、体を割られるあまりの衝撃に息を呑《の》んでしまった。

「……っ」

どっと冷たい汗《あせ》が噴《ふ》き出したぼくのうなじに、マクシミリアンが唇《くちびる》を押しつける。

「絶対に痛くしませんから。私を信じて力を抜いてください。息を吐いて……そう、とても上手です」

耳許《みみもと》の声に励《はげ》まされつつ、少しずつ、熱くて大きなそれを呑み込んでいく。

「は……あ……あ……うっ」

「辛《つら》いですよね。どうしますか。やめますか？」

痛ましげな声で「今ならまだ引き返せます」と囁《ささや》かれ、首をぶんぶん左右に振《ふ》った。

嫌だ。そんなの。ここまできて途中でやめるなんて。

「が……んば……る」

「……わかりました」

マクシミリアンの手が前に伸《の》びてきて、ゆるりと性器を扱《しご》いた。

「あっ……ふ」

前で生まれた快感で気が紛《まぎ》れ、少し楽になる。がちがちに強《こわ》ばっていた体が緩《ゆる》んだせいか、それからは比較的《ひかくてき》スムーズにマクシミリアンを受け入れることができた。

「はぁ、はぁ」

なんとか長大な『熱』のすべてを受け入れ、胸を喘《あえ》がせる。部屋は暑くないのに、全身が汗だくになっていた。

マクシミリアンが背中で大きく息を吐くのを感じて、彼も苦しかったのだと知る。

「痛いところはありませんか？」

動物の交尾《こうび》みたいな体勢は恥《は》ずかしいし、繋がっている場所はひりひり熱いし、お腹《なか》の中はすごい圧迫感《あっぱくかん》だけれど、どこかが切れているとか傷ついているとか、そういった類《たぐい》の痛みはない。

「……大丈夫《だいじょうぶ》」

「よかった」

心からほっとしたような、恋人《こいびと》の声を聞いたら、なんだか泣きそうになった。

ここまでくるのにすごく時間がかかったけれど――それでもやっと。

（これで、ひとつになれた）

「……動きます」

ふたりの体温がひとつに溶《と》け合うのを待っていたかのように、マクシミリアンがズクリと動いた。

「あっ……ん」

体の中を熱くて硬いものが行き来する――初めての感覚に高い声が漏《も》れる。

内部を探《さぐ》るようなゆるやかな抽挿《ちゅうそう》がしばらく続いた。

寄せては返す波のように、じわじわと引き抜かれたかと思うと、じりじりと侵《おか》される。

まるで、その形としたたかな質量をぼくの体に覚えさせようとするかのような、慎重《しんちょう》な抜き差し。

ゆっくり、静かに快感が高まっていく。体の中がチョコレートみたいに蕩けていく。

「あなたの中に……私がいるのがわかりますか？」

マクシミリアンの唇がぼくの耳朶《じだ》を食《は》み、吐息《といき》のような低音が鼓膜《こまく》を震《ふる》わせた。

「ん……う、ん……大きぃ」

熱に浮《う》かされるみたいに言ったら、お腹の中の脈動が一層大きくなる。ただでさえぴっちりと剛直《ごうちょく》をはめ込まれていたそこをさらに押し広げられて、その甘苦しさにぼくは「あ、んっ」と喘いだ。

マクシミリアンの動きが激しくなった。出し入れするたび、ふたりが繋《つな》がっている場所からぐちゅっ、ぬちゅっと耳を塞《ふさ》ぎたくなるような音が聞こえてくる。

わざと立てているんじゃないかと疑いたくなる——その淫《みだ》らな音にも感じてしまって、瞳《ひとみ》がじわりと濡《ぬ》れる。

硬い切っ先で例の感じる場所を擦られると、ペニスの先端から透明な液がとぷっと溢《あふ》れた。

「ここを突くと気持ちいいですか？」

シーツに埋《うず》めた顔をこくこくと縦に振る。

いい。ものすごく……気持ちいい。

奥がうずうずと疼《うず》いて、ジンジン熱くて……おかしくなりそう。

「気持ち……いい……あ、うっ」

頭が白くなるような快感に恍惚《こうこつ》と揺さぶられていたら、不意に肩《かた》を摑まれ、ぐいっと引き起こされた。繋がったままマクシミリアンの膝《ひざ》の上に乗せられて、大きな体にすっぽりと包み込まれる。

「見えますか？」

「な、……何？」

突然《とつぜん》の展開に面食《めんく》らっていると、背後のマクシミリアンが重ねて尋《たず》ねてきた。

「私とあなたが繋がっているところが……見えますか？」

ひそめた低音で促され、おそるおそる下を見る。それを待っていたかのように、マクシミリアンがぼくの太股《ふともも》に手をかけて大きく割り開いた。

「………っ」

視線が捉《とら》えた結合部分に息を吞む。自分のあそこがいっぱいいっぱいに広がって、信じられないほど大きなものを銜《くわ》え込んでいた。マクシミリアンが腰を蠢かすと、ぼくの先走りで濡れた灼熱の楔《くさび》が、ぬちゅっ、にちゅっとすごい音を立てて出入りするのが見える。

「い、や……」

とっさに首を左右に振った。

こんなの嫌《いや》なのに、淫らな映像から目が離《はな》せない。恥ずかしい水音と刺激《しげき》的なビジュアルにてしまっていた。

煽《あお》られた体がどんどんと熱くなって、気がつくと体内のマクシミリアンをきゅうっと締《し》めつけ
「締めつけ過ぎですよ」

苦しそうな声でたしなめられ、カッと顔が火照《ほて》る。

「初めてなのに、そんなに美味《おい》しそうに食いしめてはいけません」

「だ、だって……」

「このまま私を離さないおつもりですか」

ゆるやかにぼくを穿《うが》ちながら、マクシミリアンが甘く昏《くら》い声で囁いた。

「ちがっ……」

意地悪な言葉にもなぜか感じてしまう。自分の中がより深い悦楽《えつらく》を求め、浅ましくうねっているのがわかる。ジンジンと疼くそこを、逞しい切っ先で擦《こす》って欲しい。もっと抽挿を強くして欲しくて、つい腰《こし》を擦りつけたら、ずんっと下から突《つ》き上げられた。

「あうっ」

「そんなはしたない真似《まね》をどこで覚えたのです?」

まるでお仕置きみたいに乳首《ちくび》をきゅっと摘《つま》まれる。ぷっくりと膨《ふく》らんだ先端《せんたん》に爪《つめ》が食い込み、ぴりっと甘い電流が走った。

「やっん、や……あっ、ぁん」

「いいですか？　あなたの淫らな姿を見ていいのは私だけです」

そう言い聞かせる間も、マクシミリアンの猛った欲望《よくぼう》がぼくを絶え間なく苛《さいな》み続ける。硬《かた》いもので疼く最奥をずくっと突かれて喉《のど》が反り返った。

「う……う、ん……あっ、あっ」

「こんなにいやらしい体を、他《ほか》の誰《だれ》にも指一本触《ふ》れさせてはいけません。いいですね」

低い声で念を押すマクシミリアンに、円を描《えが》くように揺《ゆ》すり上げられる。その一方で、尖った乳首をこよりのように縒られた。

「ひ、んっ、あぁっ、ん」

「お返事はどうしました？」

「んんっ……マクシミリアン……だ、け」

「よろしい。もし約束を違《たが》えたら、お仕置きですよ？」

長い指と太くて硬い脈動とで、上と下を同時に責められて、急速に射精感が高まっていく。

「わか……やっ……も、もう、駄目《だめ》っ……いっちゃう！」

泣《な》き濡れた声で限界を訴《うった》えた直後、腰を両手で摑《つか》まれ、体を上に引き上げられた。

「あっ」

マクシミリアンが抜《ぬ》けた——と思ったら体をくるっと返され、仰向《あおむ》けにシーツに押し倒《たお》される。両脚《りょうあし》を開脚《かいきゃく》させられ、無防備に口を開けた後孔《こうこう》にぐっと屹立《きつりつ》を突き入れられて、喉が大きくく反り返った。

「あっ……あっ……あぁっ」

間髪《かんはつ》を容《い》れず、すべての抑制《よくせい》を解き放った男に激しく貪《むさぼ》られる。硬く猛《たけ》った雄《おす》でぐちゅぐちゅと掻《か》き回され、最奥をガンガン突かれ、頭の中で火花が散る。

マクシミリアンの腹筋で擦られた性器が悦《よろこ》びの涙《なみだ》を零《こぼ》す。

「はっ、あっ、あっっっん……」

涙でけぶった目を必死に開いて、自分を穿つ男を見上げた。

形のいい額に汗がみっしりと浮いている。

快感にひそめられた眉《まゆ》。欲情《よくじょう》に濡れた青灰色の瞳。獰猛《どうもう》な眼差《まなざ》しと食いしばった口許《くちもと》。

彼も……マクシミリアンも自分で感じてくれている。

そう思ったら、欲望がさらに膨れ上がった。

「マクシミリアン……好きっ」

「私も……愛しています」

マクシミリアンが余裕《よゆう》のない表情で唇《くちびる》を合わせてくる。激しく舌を絡《から》め合ったまま、ベッドが軋《きし》むほど情熱的に揺さぶられ、ぼくは絶頂へと押し上げられた。

「あ、い、く……あぁ——っ」

ひときわ高い声を放って、マクシミリアンにしがみつく。

「……くっ」

密着したマクシミリアンの腹筋が引き締まり、膨れ上がった欲望が中で弾《はじ》けた。最奥に熱い飛沫《しぶき》をぴしゃりと叩《たた》きつけられる。マクシミリアンの放埒《ほうらつ》で体内が熱く濡らされるのを感じながら、ぼくもまた自らの欲望を解き放っていた。

一度達したあと、立て続けにもう一度抱《だ》き合った。

二度目は一度目よりさらに深い結びつきを得られ、満ち足りた気分でマクシミリアンの裸《はだか》の胸に顔を埋めていたぼくは、すっかり忘れていたあることを不意に思い出して「あっ」と声をあげた。

「どうしました?」

「大学……さぼっちゃった」

おずおずと視線を上げた先で、マクシミリアンもその事実に思い至ったように「そういえば」とつぶやく。

「ごめん。約束破っちゃって」

しゅんとなって謝ったら、「ルカ様が謝る必要はありません。今回は私のせいでもありますから」と、慰《なぐさ》めるような声が返ってきた。

「ずっと無遅刻《むちこく》無欠席でがんばってきましたし、今日だけは特別ということにしましょう」

そう言って微笑《ほほえ》む。

「…………」

彼が眼鏡《めがね》を取った素顔《すがお》を——しかもこんなにやさしい表情を見たことがある人間は、きっとそうはたくさんいないはずだ。

マクシミリアンの硬い胸にすりっと頬を擦りつけたぼくは、充ち足りた心持ちで幸せなため息を吐《つ》いた。

終　章

五月の末——新緑が気持ちのいいよく晴れた休日に、ぼくとマクシミリアンはふたりで杉崎の屋敷《やしき》を訪ねた。

この数週間の間にいろいろなことがあって、なかなか足を運ぶことができなかったので、祖父の家を訪《たず》ねるのはひさしぶりだ。

立派な門構えの前で足を止めると、傍《かたわ》らのマクシミリアンが紙袋《かみぶくろ》を差し出してくる。紙袋を受け取りながら、思わず縋《すが》るような視線を向けるぼくに、マクシミリアンがやさしく微笑んだ。

「大丈夫《だいじょうぶ》です。お顔を見て誠心誠意お話しすれば、わかっていただけますよ。お祖父《じい》様もきっと喜んでくださいます」

その笑顔《えがお》に励《はげ》まされて、こくっとうなずく。

「……うん」

「では、行ってらっしゃいませ。私は少し離れた場所でお待ちしております」

マクシミリアンが立ち去ってから、ぼくは瓦葺《かわらぶ》きの表門と向き合った。『杉崎』と書かれた深い墨色《すみいろ》の表札を見て、すーはーと深呼吸する。

（よし！）

気合いを入れたぼくは、右手を持ち上げて呼び鈴《りん》を押した。

門の向こうでチャイムが鳴り響《ひび》いているのがうっすら聞こえてきて、しばらくするとインターフォン越《ご》しに落ち着いた男の人の声が『はい。どちら様でしょうか』と応《こた》える。

「あ、あの……ぼく、お祖父様に会いに来ました。杉崎美佳《みか》の息子《むすこ》でルカと言います」

『…………』

しばらく沈黙《ちんもく》があったのちに、あわてたような声が言った。

『少々お待ちください!』

「は、はい」

忙しない心臓に手を当てて、門の前で待つ。

母と折り合いが悪く、一度は勘当《かんどう》までしたという祖父。

孫である自分が会いに行っても喜ばれないかもしれない。

もし拒絶《きょぜつ》されたら？　そう思うと怖《お》じ気づいてしまい、なかなか会う勇気が持てずにいた。

遠くから、こっそりとその姿を確認《かくにん》するのが精一杯《せいいっぱい》で。

だけど、いつまでもただ見ているだけでは気持ちは伝わらない。

行動を起こさなければ何も始まらない。

マクシミリアンの件で身を以《もっ》てそのことを学んだぼくは、祖父に対しても勇気を出して行動を起こしてみようと決意したのだった。

お祖父様と会って話がしたい。亡《な》くなった母が、シチリアの地でどんなにみんなに愛されていたか、どんなふうにぼくたち兄弟を愛してくれていたかを伝えたい。

そして、もうひとりの孫である瑛さんのことも——。

カラカラと引き戸が開く音がして、誰《だれ》かがこちらに小走りに駆《か》け寄ってくる足音が聞こえる。鍵《かぎ》を開ける音が響き、表門がギィーと内側に開いた。

扉《とびら》の陰《かげ》から、見覚えのある初老の男性が顔を覗《のぞ》かせた。いつもお祖父様の世話をしている人だ。といっても、向こうはぼくの顔を知らない。

「ルカ様、ですか?」

「はい」

男性はぼくの顔をじっと見つめ、「ああ……」と呻《うめ》くような声を漏《も》らした。

「美佳様の面影《おもかげ》が……」

感無量といった声音《こわね》でつぶやいてから、あわてて「どうぞお入りください」と扉の中に誘《いざな》う。

彼のあとについて飛び石を伝い、玄関《げんかん》まで歩く。カラカラと両開きの格子《こうし》造りの引き戸を開けた男性に倣《なら》って、平たい石の上で靴《くつ》を脱《ぬ》ぎ、板張りの室内に足を上げた。

入り組んだ廊下《ろうか》を歩きながら、ここで母は育ったのか、と感慨《かんがい》深い気持ちになる。

幾度《いくど》か角を曲がった末に、男性は洋風の扉の前で足を止めた。

「旦那《だんな》様。お客様がお見えです」

声をかけてドアを開くと、中は洋間だった。こぢんまりとした空間にはアンティークらしき調度品が並んでいて、どことなく【パラッツォ・ロッセリーニ】のサロンを彷彿《ほうふつ》とさせる。

その部屋の中程《なかほど》に車椅子《くるまいす》が置かれていた。車椅子に乗った和装の老人がこちらを見ている。

ふさふさとした白髪《しらが》。皺《しわ》深いけれども威厳《いげん》のある顔つき。引き結ばれた口許《くちもと》が、厳格な性格を窺《うかが》わせる。

いまだ鋭《するど》さを失っていない目と目が合って、ドキッと心臓が跳ねた。緊張《きんちょう》で顔が強《こわ》ばるのが自分でもわかる。

くるりと踵《きびす》を返して逃《に》げてしまいたい衝動《しょうどう》と懸命《けんめい》に闘《たたか》った。

——大丈夫です。お顔を見て誠心誠意お話しすれば、わかっていただけますよ。

先程のマクシミリアンの励ましを胸に還《かえ》したぼくは、思い切って彼に一歩近づき、「お祖父様」と呼びかけた。

それまではぼくを見てもなんの反応も見せなかった老人が、ぴくっと肩《かた》を揺《ゆ》らす。

「ルカです。お祖父様の娘《むすめ》の美佳の息子で、孫のルカです」

「…………」

「ルカ・エルネスト・ロッセリーニ。母から一字をもらって、『琉佳』という日本名を持っています。母はイタリアへ渡《わた》って、ぼくの父と結婚《けっこん》してぼくが生まれました」

「…………」

一生懸命自分の生い立《お》ちを語ったけれど、祖父の表情はこれといって変化のないままだった。突然《とつぜん》訪ねてきた見知らぬ人間に「孫です」と言われても実感が湧《わ》かないのかもしれない。

それとも、やはりまだ娘を許していないのだろうか。

気持ちが重く沈《しず》んだが、ここまできて何も告げずに帰るわけにはいかない。

「あの……実は……母は……」

痛ましい真実を告げるために口を開きかけると、ぼくの言葉を遮《さえぎ》るように老人がぽつりとつぶやいた。

「知っておる」

初めて聞いた祖父の声はしわがれていた。

「お祖父様?」

声を聞いた喜びよりも驚《おどろ》きのほうが勝って、両目を見開く。

「十年前に病気で死んだそうだな」

「知って……いらっしゃったんですか」

「夫というイタリア人から連絡《れんらく》をもらった。葬儀《そうぎ》に参列しますかという打診《だしん》だったが、わしはこのとおり足が悪くて動けんので断った。その後、娘の遺品だという着物が一枚送られてきた」

「そうだったんですか」

その件に関しては父から聞かされていなかった。ぼくがまだ子供だったせいだろう。

「母は……最期《さいご》まで日本に帰りたがっていました」

ようやく言葉を交わしてくれた祖父の顔を、ぼくは改めてしっかりと見つめた。

「ぼくをお祖父様に会わせたいと言っていました。結局、病に倒《たお》れてしまってその希望は叶《かな》いませんでしたが……本当です」

帰りたくても帰れなかった、母の切なる心情をわかってもらいたい一心で訴《うった》えると、老人がうなずく。

「おまえがそれだけ日本語が達者なのが、娘が生まれ育った故郷を忘れていなかった証拠《しょうこ》だ」

「お祖父様……」

そう言ってもらえたことが嬉《うれ》しくて、さらに数歩足を進め、間近で祖父を見た。祖父もまた、ぼくをまっすぐ見上げてくる。皺に埋もれた目がじわりと細まった。

「いくつになる？」

「二十歳《はたち》です」

「学生か？」

「はい、この四月から日本の大学で勉強しています。子供の頃から母に桜の話を聞いていて、桜の季節に日本の地を踏《ふ》むのが長い間の夢でした」

「そうか……」

祖父がガラス窓の向こうの庭に目をやる。そこに立つ巨大《きょだい》な桜の樹《き》は、花の季節が過ぎた今、青々とした新緑を陽射《ひざ》しに煌《きら》めかせていた。

「最近、庭が荒《あ》れて困っている」

長い沈黙のあとでぽつりとひとりごちるようにつぶやかれ、ぼくは目を瞬《またた》かせる。

「お祖父《じい》様？」

「わしはこのとおりだし、石田《いしだ》も年を取って草むしりは応《こた》えるようだ」

部屋の隅《すみ》に静かに控《ひか》えていた初老の男性が、「最近腰《こし》が」と相槌《あいづち》を打った。

「たまに手入れに来てくれんか」

「は、はい！」

大きな声で返事をして、胸がじんと熱くなる。

今後も会いに来ていいと、祖父自身からお許しが出たことが嬉しかった。

何より、母の子供である自分の存在を受け入れてもらえたことが……。

祖父の歩み寄りに勇気を得たぼくは、手に持っていた紙袋《かみぶくろ》を彼におずおずと差し出した。

「あの……これ、よろしかったら使ってください」

不思議そうな顔つきで紙袋を受け取った祖父が、中から包みを引き出す。包装紙を解くと、キャメル色のふんわりとした布が現れた。

「膝掛《ひざか》けです」

先日、初めてのバイト代が出た。生まれて初めて自分で稼《かせ》いだお金で、祖父に何かプレゼントをしたいと考えていたぼくは、マクシミリアンに相談を持ちかけた。話し合いの結果、脚《あし》にかける膝掛けがいいのではないかという結論が出たので、ふたりで十軒《けん》以上のお店を回って、このサマーウールの膝掛けを購入《こうにゅう》したのだった。

皺深い手で膝掛けの表面を撫《な》でた祖父が、少し面《おも》はゆそうに「手触《てざわ》りがいい」とつぶやく。

受け取ってもらえたことにほっと胸を撫で下ろしたぼくは、ジャケットのポケットから白い封筒《ふうとう》を取り出した。

「それと、これを預かってきました」

ぼくが手渡《てわた》した封筒を祖父が開く。その目がゆっくりと見開かれた。

「この写真の青年は？」

「お祖父様の孫で、ぼくの異父兄《いふけい》でもある、早瀬瑛さんです。本当に母にそっくりで、ぼくも初めてお会いした時は驚きました」

「今……どこに？」

「イタリアのシチリアで、うちの家族が経営する会社を手伝ってくださっています。瑛さんからのお手紙も中に入っていますので」

娘そっくりに成長した孫の写真を、黙《だま》って見つめる祖父に言い添《そ》える。

「今度日本に戻《もど》ってくる時には、お祖父様にご挨拶《あいさつ》がしたいとおっしゃっていました。その時は瑛さんとふたりでお邪魔《じゃま》しますね」

「一度にふたりもお孫さんができて、ここも賑《にぎ》やかになりますね」

壁際《かべぎわ》の男性——石田さんが明るい声を出し、祖父がこっくりとうなずいた。


表門まで送ってくれた石田さんに別れを告げ、ぼくは杉崎の屋敷《やしき》を出た。

閑静《かんせい》な住宅街をしばらく歩いていると、どこからともなくマクシミリアンがすっと近づいてきて傍《かたわ》らに並ぶ。

「いかがでしたか?」

「うん、お祖父様といろいろとお話しして、膝掛けも受け取ってもらえたし、瑛さんから預かっていた手紙も渡せた。今度、草むしりに行く約束もしたよ」

ぼくの弾《はず》んだ声に、マクシミリアンが微笑《ほほえ》んだ。

「よかったですね」

「次はマクシミリアンも一緒《いっしょ》に行こうよ」

何げなく「次」という言葉を使ってしまってから、はっと気がつく。

そういえば、まだ聞いていなかった。

とりあえず一週間前のフライトはキャンセルしたけれど、マクシミリアンがこの先いつまで日本にいるのか。あとどれくらい一緒にいられるのか。

「………」

足を止めたぼくを、マクシミリアンが振《ふ》り返った。

「どうなさいましたか」

その端整《たんせい》な貌《かお》を見つめて考える。

マクシミリアンはロッセリーニ・グループにかかせない人材だ。当面の危機は回避《かいひ》され、二十四時間態勢の警護が必要でなくなった今、彼がぼくの傍にいる理由もなくなった。

離《はな》れて暮らすと言っても二年間のことだ。大学が休みの時はこっちから会いに行けばいいんだし、メールや電話もある。自分に言い聞かせたぼくは、思い切って確かめた。

「やっぱり……ローマに帰るの？」

数秒ぼくを黙って見つめてから、マクシミリアンがおもむろに口を開く。

「今だから申し上げますが、かねてレオナルド様には三ヶ月のお約束で日本行きを許可していただいておりました」

「三ヶ月!?　最初から!?」

つい大きな声を出してしまったが、マクシミリアンのポジションを考えればそれも当然だ。

「ええ。ですから、三ヶ月の間に憂慮《ゆうりょ》すべき懸案《けんあん》はすべて片をつけるつもりでした」

その憂慮すべき懸案の筆頭が芝田の件だったのだろう。

「三ヶ月という当初の予定よりも少し早まりますが、一週間後にローマに戻ります」

「……一週間後に」

やっぱり戻るのか。覚悟《かくご》をしていたとはいえ、ショックは大きい。この一週間が夢のような日々だったからなおのこと——恋人《こいびと》と離れるのは辛《つら》い。

わずかな希望を失ったぼくが落胆《らくたん》を隠《かく》せずにいると、マクシミリアンが言葉を継《つ》いだ。

「いったんローマに戻りますが、今年いっぱいは体が許す限りこちらに参ります」

「それは嬉しいけど、あんまり無理しないで」

「来年からは、四月に立ち上がる東京ブランチの責任者に任命していただきましたので、春にはふたたび東京に戻って来られる予定です」

「え？」

うなだれていた顔をぼくは跳《は》ね上げた。

「東京ブランチの責任者？」

「はい。ぜひにと赴任《ふにん》をお願いしたところ、三日前にドン・カルロのお許しが出まして、レオナルド様からも、『マネジャーとして、立ち上げから数年は東京ブランチの面倒《めんどう》を見るように』というお言葉をいただきました」

「ってことは来年から一緒に暮らせるの⁉」

「はい」

マクシミリアンが微笑みながらうなずく。はっきり肯定されてもまだ信じられなくて、「うそ……」と上擦った声が零れた。

「嘘《うそ》ではありません」

ぼくが知る限り、マクシミリアンは今まで一度も嘘をついたり、物事を必要以上に誇張《こちょう》して発言したことはない。まっすぐに向けられた、その真摯《しんし》な眼差《まなざ》しを受けとめているうちに、ようやくじわじわと実感が湧《わ》いてきた。

「マクシミリアン！　やった！」

歓喜《かんき》が爆発《ばくはつ》して、思わず白昼堂々とマクシミリアンに抱《だ》きついてしまう。叱《しか》られるかなと思ったけれど、意外にも彼は人目を憚《はばか》らずにぼくをぎゅっと抱き返してきた。

「私の身も心も、ルカ様、あなたのものです」

耳許《みみもと》に囁《ささや》いてから抱擁を解き、ぼくの顔を覗き込んでくる。

迷いなくすっきりと澄《す》み切った、青灰色の瞳《ひとみ》。

「この命尽《つ》きるまで、生涯《しょうがい》をかけてあなたをお護《まも》りいたします」

ぼくの恋人《こいびと》兼《けん》守護者が、厳《おごそ》かな声音《こわね》で誓《ちか》った。

蜜月

らした。

「いらっしゃいませ！」

カフェのドアが開くのと同時に、接客のために歩き出したぼくは、次の瞬間《しゅんかん》ぴくっと肩《かた》を揺《ゆ》らした。

開かれた戸口に、思いがけない姿を見たからだ。

シルバーグレイのスリーピースに長身を包んだ白人男性。

代官山と恵比寿の中間にある、この【café Branche】において、外国人客はめずらしくなかったが、なかでも彼は異質だった。まず佇《たたず》まいが一般《いっぱん》人と違《ちが》う。彼が入ってきただけで、店の空気がぴりっと締《し》まるような独特のオーラ。威《い》圧感《あっかん》とも言えるかもしれない。

「マ、マクシミリアン？」

びっくりしたぼくは、よく見知った——でもここで会うのは予想外の男の名前を呼んだ。

マクシミリアンが立ち尽《つ》くすぼくに向かって軽く会釈《えしゃく》をする。

（な……なんで？）

聞いてないよ！　と叫《さけ》びたかった。

今朝、大学に行く前に今日の予定を確認し合った時も、カフェに顔を出すなんて一言も言ってなかった。バイトのシフトに入る前にバックヤードでメールチェックをしたけど、マクシミリアンからのメールは届いてなかった。だから本当の不意打ちだ。

不意を衝《つ》かれて突っ立ったままのぼくを、後ろから誰《だれ》かが追い越《こ》す。明るくてさらさらの髪《かみ》に、すらりとスタイルのいいユニフォーム姿。白シャツに黒のタブリエという格好の東堂がマクシミリアンに歩み寄り、「こんばんは。めずらしいですね」と声をかけた。

「客として店に来るの、初めてじゃないです？」

「こんばんは。たまたま近くを通りかかりましたので」

（たまたま？）

この近辺にマクシミリアンが立ち寄るような場所の心当たりはない。

まだ、カフェにマクシミリアンがいるというシチュエーションに馴染《なじ》めないぼくを振《ふ》り返り、東堂が「杉崎《すぎさき》」と呼んだ。

「いつまでぼーっと突っ立ってるんだよ。ほら、お客さんを席に案内して」

その促《うなが》しではっと我に返ったぼくは、あわててマクシミリアンと東堂のもとへ駆《か》け寄る。

ぴしっと背筋を伸《の》ばしたマクシミリアンの前に立ち、その顔を見上げた。

シルバーフレームの眼鏡のレンズ越しに、青灰色の瞳《ひとみ》と目が合う。

恋人《こいびと》であるマクシミリアンと、店員と客として向かい合っている状況《じょうきょう》が、なんだか不思議な感じで微妙《びみょう》に照れくさい。東堂がぼくたちをにやにやしながら見ているのを意識して、なおのこと気恥《きは》ずかしさが込み上げてきた。

「急にどうしたの？」

我慢《がまん》できずに小声で尋《たず》ねると、じわりと双眸《そうぼう》を細めたマクシミリアンが、「ルカ様が働いているお姿を見てみたくなりまして」と答える。

「そ、そうなんだ……」

そんなふうに言われたらなんか緊張《きんちょう》する。別に採点されるわけじゃないとわかっているけれど。

でもせっかくわざわざ来てくれたんだから、ちゃんとやれているところを見せたい。そうだ。いまのマクシミリアンはお客さんなんだ。

気持ちを切り替《か》えたぼくは、居住まいを正して問いかける。

「喫煙席《きつえん》と禁煙席、どちらをご希望ですか？」

煙草《たばこ》を吸わないマクシミリアンが「禁煙席をお願いします」と言った。

「かしこまりました。では、こちらへどうぞ」

（マクシミリアンと敬語で話すの……変な感じ）

背中がくすぐったいような感覚を覚えつつも、先頭に立ち、マクシミリアンを禁煙エリアへと誘導《ゆうどう》する。

禁煙エリアで空いているテーブルは、ふたつだった。カウンターにもひとつ空席があったけれど、両隣《りょうどなり》に人がいる席は落ち着かないだろう。マクシミリアンはただでさえ、人目を引きやすい。

ふたつのテーブルのどちらかで迷った末に、壁際《かべぎわ》で、かつフロア全体が見渡《みわた》せるテーブルを選んだ。

「こちらのテーブルでよろしいですか？」

「ありがとう。いい席ですね」

マクシミリアンが椅子《いす》を引いて席に着くのを待って、持っていたメニューを手渡す。

「こちらがメニューになります」

受け取ったマクシミリアンがメニューを開いた。彼が目を通している間にカウンターに戻《もど》り、氷の入ったタンブラーに水を注ぐ。お冷や入りのタンブラー、通称《つうしょう》「冷やタン」をトレイに載《の》せて急ぎ足で引き返した。

テーブルに冷やタンを置き、「お決まりになりましたらお呼びください」と声をかける。するとマクシミリアンがメニューから顔を上げた。

「軽く何か摘《つま》みたいのですが」

午後七時過ぎのカフェはサパータイムに入っている。日中は珈琲《コーヒー》を中心にノンアルコールの飲み物とスイーツをオーダーするお客さんがほとんどだが、夜は結構アルコールと軽食が出る。サパータイムのメインユーザーは、この近所のショップで働く若い人たちだ。なかには毎日顔を出す常連もいる。

現役《げんえき》時代に外交官として世界を飛び回っていたオーナーのこだわりで、スペイン料理やエスニック料理など、五十種類以上のメニューが揃《そろ》っているから、毎日通っても飽《あ》きないようだ。

その分、バイトを始めた当初はメニューを覚えるのが大変だった。

「軽めの一品《ひとしな》ですね」

ぼくのバイトが退《ひ》けたあとで一緒《いっしょ》に夕食を食べるから、あまり分量が多くないほうがいいということだろう。

（ポーションは少なめで、それでいてカフェの料理をいろいろ味わえるメニューとなると）

「……それでしたら、タパスのセットはいかがでしょう？」

タパスはスペインの大衆食堂バルで供される小皿料理だ。

メニューのページを捲《めく》り、ぼくは該当箇所《がいとうかしょ》を指し示した。

「タパスの盛り合わせとグラスワインがセットになっています。ワインは赤、白、ロゼの中からお選びいただけます」

「盛り合わせの内容は？」

「本日は、グリーンオリーブ、ハモン・セラーノ、チョリソ・アル・ビーノ、パエリアのライスコロッケ、トルティージャを少量ずつ盛りつけたものになります」

「なるほど、美味《おい》しそうですね。ではそれをいただきます」

「ワインはいかがなさいますか？」

「赤ワインで」

「かしこまりました」

タブリエのポケットから取り出したシートにオーダーを書き付け、メニューを受け取って一礼した。

くるりと踵《きびす》を返し、厨房《ちゅうぼう》へ向かう。

「オーダー、タパスセットワンです。ワイン、赤で」

オープンキッチンの厨房に向かってオーダーを告げ、ほっと一息——ついている場合じゃない。

すぐにワイングラスを用意して、カウンターに並んでいる開栓《かいせん》済みのワインボトルの中から、一本を選んで手に取る。

赤ワインをグラスに注いだところで、厨房から「タパスです」と声がかかった。すでに出来上がっているものを盛りつけるだけなので早いのだ。

カウンター越しに厨房からタパスの皿を受け取り、赤ワインのグラスと一緒にトレイに載せる。ワインを零《こぼ》さないようにトレイを水平に保ち、マクシミリアンのテーブルに引き返した。

「タパスセット、お待たせしました」

テーブルに、まずは紙ナプキンとカトラリーをセットする。そうしてから、タパスの皿とワイングラスを置いた。

「早いですね」

マクシミリアンがつぶやく。

「タパスは作り置きしてあるので。あ、でも冷めても美味しいです。むしろ時間が経《た》って味が染《し》みこんでいると思います」

ぼくの説明にうなずいたマクシミリアンが、「いただきます」とフォークを手に取り、ハモン・セラーノをくるっと巻いて口に運んだ。マクシミリアンが生ハムを味わっている間、つい息を詰《つ》めて見守ってしまう。

「いい熟成だ」

感想を述べたマクシミリアンが、グラスを摑《つか》み、赤ワインをひとくち含《ふく》んだ。

「……うん、ワインとの相性もいい」

「スペイン原産テンプラニーリョ種百パーセントの赤です。ハモン・セラーノとの相性が抜群《ばつぐん》なので」

「頼《たの》んだ料理との相性で選んでくださったのですね」

「はい」

「ありがとうございます。どちらも美味しいです」

どうやら満足してもらえたようだ。よかった。リコメンドしてしまった以上、口に合わなかったらどうしようかと思っていたから。

フォークとグラスを置いたマクシミリアンが、ぼくの顔をじっと見つめてきた。あんまり見つめるので、思わず敬語を失念して「なに?」と尋ねる。

「感心いたしました」

「感心？」

「接客のお仕事は難しい。お相手があることですし、過不足なく、それでいて気持ちのいいサービスを提供するのはとても困難だと思います。ゲストがなにを望んでいるのかを読み取る力、相手の身になって思いやるホスピタリティが必要です。その点、日本人のサービスは大変クォリティが高いですが、ルカ様の接客もそれに引けを取らないものだった」

手放しで誉《ほ》められて、顔がじわっと熱くなるのを感じた。

「数ヶ月前まで働いた経験がおありでなかったことを考えると、著《いちじる》しい進歩であると感じます。たくさん努力されたのでしょうね」

「オーナーとか仲間に迷惑《めいわく》をかけたくなかったから……」

ぼくの返答に、マクシミリアンが微笑《ほほえ》む。

「こちらで得た貴重な体験は、必ずや、将来ロッセリーニ・グループのフード部門を担《にな》う際に活《い》きてくると思います」

断言されてテンションが上がった。

そうだったら、嬉《うれ》しい。

父様や兄さんたちの役に少しでも立てるのなら、それ以上の喜びはない。

（そしてゆくゆくは、マクシミリアンと肩《かた》を並べて一緒に働けたら……）

トレイを胸に抱《かか》えて理想の未来図を思い描《えが》いていたら、マクシミリアンに「お仕事は八時で終了《しゅうりょう》ですよね」と確認された。

「あ、うん」

「では、八時十分頃《ごろ》、裏口でお待ちしております」

小声で囁《ささや》かれ、ぼくは黙《だま》ってうなずく。

やった！　マクシミリアンと一緒に帰れる！

小躍《こおど》りしたいのを堪《こら》え、「ごゆっくりお過ごしください」と言ってテーブル席を離《はな》れた。

カウンターに戻ると、東堂が待ち構えていた。さっと横に並んでぼくを肘《ひじ》でつつく。

「長く話し込んでたじゃん」

「うん……感心したって……たくさん誉めてくれた。わざわざ来てくれたマクシミリアンをがっかりさせたらどうしようって緊張《きんちょう》してたからほっとした」

嬉しそうに報告するぼくに、東堂が冷たい眼差《まなざ》しをくれた。

「なに？」

「バカップル」

「ば、ばか？」

「つか、あの人、想《おも》いが通じ合ってタガが外れちゃったのかね。我慢《がまん》と忍耐《にんたい》の人が、辛抱《しんぼう》たまらずおまえのバイト先まで押しかけて来ちゃって……いやー、恋《こい》って怖《こわ》いね。人を変えるね」

腰《こし》に手を当てた東堂が、呆《あき》れた顔つきで首を左右に振《ふ》る。

「でもま、しょーがないか。あとちょっとだもんな。一時も離れてたくないって気持ちもわかる」

一転、同病相憐《どうびょうあいあわ》れむような表情を浮《う》かべた。

「…………」

そうなのだ。一緒にいられるのも今日を入れて残り二日。

三日後の朝には、マクシミリアンはローマに帰ってしまう――。

どうにも避《さ》けられない確定事項《じこう》を思い出し、ぼくはじわじわと俯《うつむ》いた。

でも本当は、もっと前に帰国するはずだった。

それを二週間前、ぼくが東堂と空港まで追いかけていって、強引に連れ戻《もど》したのだ。

――おまえが好きなんだ。ぼくだけのものにしたい。父様になんか負けない。ぼくのほうが絶対好きだ。だってもうずっと……生まれた時からずっと好きなんだから！

主従関係に囚《とら》われ、私情を封《ふう》じ込めるマクシミリアンに気持ちをぶつけた。苦悩《くのう》するマクシミリアンを追い詰め、揺《ゆ》さぶり、そうして――。

――私も……愛しています。

彼が奥深くに秘《ひ》めていた本心を引き出した。

それからの毎日は、まさに夢のような日々だった。

一日中気分がふわふわして、まるで甘くてトロトロな蜂蜜《はちみつ》の中を歩いているみたいに足許《あしもと》が定まらない感じ。

朝から夜まで、ぼくの大学とバイトがない時間はずっと一緒にいた。人目のない部屋の中では片時も離れず、体のどこかをくっつけて過ごした。

長くすれ違《ちが》っていた分、思う存分に甘えた。マクシミリアンも甘えさせてくれた。

もちろん同じベッドで一緒《いっしょ》に眠《ねむ》って、朝はマクシミリアンの腕《うで》の中で目覚めた。

蜜月ってこんな感じかもしれない。

(でもそれももうすぐ終わり……)

帰国後も、できる限り日本に足を運ぶとマクシミリアンは約束してくれている。

来春には東京ブランチの責任者として再来日することが決まっているし、そうしたらまた一緒に暮らせる。

だから、ひとり暮らしもそう長いことじゃない。

(明日《あした》は大学もバイトも休みで、一日中一緒にいられるし)

ともすれば気分が沈《しず》みかける自分にそう言い聞かせ、ぼくは顔を上げた。とたん、どうやらぼくを見守っていたらしい東堂と目が合う。

意気地《いくじ》のないぼくを叱《しか》って、「男だったら欲しいものは自分で奪《うば》い取れ」と背中を押してくれた大切な親友。

その親友の、大丈夫《だいじょうぶ》か？　と言いたげな顔に微笑みかけた。

「大丈夫。心配かけてごめん」

片方の眉《まゆ》を持ち上げた東堂が、ぼくの頭に手を置き、髪《かみ》をくしゃっと乱す。

「悔《く》いがないように残りの時間、思いっきり甘えろ」

東堂のアドバイスにぼくはこくりと首を縦に振った。


最後の日がやってきた。正確には、ふたりで丸一日過ごせる最後の日だ。

マクシミリアンのベッドで目覚めたぼくは、シーツに頬杖《ほおづえ》をつき、まだ眠っている恋人の顔を眺《なが》める。

こうなる前は、マクシミリアンは必ずぼくより早く起きて、寝起《ねお》きのぼくがリビングのドアを開けた時には身支度《みじたく》を調《ととの》えていた。

ネクタイをぴしっと締《し》め、髪をきれいにセットし、もちろん髭《ひげ》も剃《そ》っている。

そういった完全無欠のマクシミリアンしか知らなかったぼくにとって、朝ベッドの中で見る彼は、どこもかしこもめずらしかった。

まず眼鏡がない。

物心ついた頃《ころ》から、マクシミリアンといえば「眼鏡」だった。いま思えば、マクシミリアンはこの眼鏡を利用して、ぼくに本心を読まれないようにしていた節がある。

無表情と眼鏡という二重のガードに阻《はば》まれ、ぼくは長い間、マクシミリアンの本当の気持ちが見えなくなっていた。

あと髪。前髪が額に下りているとだいぶイメージが変わる。オールバックより五歳は若返る感じ。実のところはこっちが年相応なのかも。

そしてうっすらと顎《あご》に散らばる髭。色が薄《うす》いのでそんなに目立たないけれど、これによって普段《ふだん》より男っぽさが増す。端整《たんせい》とかクールといった形容詞が似合うマクシミリアンの新しい魅《み》力《りょく》発見だ。

眠る時のマクシミリアンは、下は薄地《うすじ》の寝間着を穿《は》いているけれど、上半身は裸《はだか》だ。日中のストイックなイメージから、就寝《しゅうしん》時も寝間着のボタンを首許までしっかり留めていると思い込んでいたので、これは意外だった。

(日頃のインテリっぽさとのギャップがいいよね)

皮膚《ひふ》がぴんと張《は》り詰《つ》めて、緩《ゆる》みなんかひとつもない筋肉質の体をうっとりと見つめる。

視線の先のマクシミリアンは、相変わらず目を閉じたままだ。呼吸に合わせて、上質な筋肉で覆《おお》われた胸が、ゆるやかに上下していた。

本国とのインターネット回線会議、電話やメールでの指示出しなど、仕事で忙しい合間を縫《ぬ》って、昨日みたいにカフェに足を運んだりしてなるべくぼくと過ごす時間を作ってくれている。

その分、疲《つか》れているんだろうな。

でも昔のマクシミリアンだったら、疲れた自分を絶対にぼくに見せなかった。愚痴《ぐち》や泣き言はもちろん、弱みを一切見せなかった。

だからそんな彼をぼくはサイボーグみたいだと思っていた。

だけどいまは包《つつ》み隠《かく》さず見せてくれる。人間らしい部分を見せてくれる。

それが嬉《うれ》しい。

(寝《ね》乱《みだ》れた髪と無精髭《ぶしょうひげ》……)

こんな油断したマクシミリアン、きっとぼくしか知らない。

無防備な素の彼を見られるのは恋人であるぼくの特権。

そう思うと、胸の奥からじわじわ歓喜《かんき》が込み上げてくる。

甘やかな気分にそそのかされ、ぼくは頬杖をついていた片方の手を伸《の》ばした。

額に下りている髪に、そっと指で触《ふ》れる。思っていたよりやわらかい。前髪の下から現れた額にタッチ。マクシミリアンは起きない。調子に乗ったぼくは、高い鼻のてっぺんにも触れた。それでも起きないのをいいことに、つんつん頬をつつく。どんどん大胆《だいたん》になっていく自分を止められず、一番興味があった髭の浮いた顎に移動。ざりざりした感触《かんしょく》を指先で楽しんでいたら、不意にぱちっと目が開いた。あわてて手を引っ込める。

「……っ」

青灰色の瞳《ひとみ》で射すくめられ、ぴくっと肩《かた》を揺らした。

レンズがないから、眼力がダイレクトだ。

（きれいなブルーグレイ）

ぼくはマクシミリアンの瞳の色が大好きだった。

長兄《ちょうけい》のレオナルドは漆黒《しっこく》、ぼくも黒みがかったダークブラウン。次兄のエドゥアールは透明《とうめい》度の高いアイスブルー。

マクシミリアンの瞳はエドゥアールと同じブルー系でも灰色が強い、落ち着いた色合いだ。でも光の具合によって、青みが強く感じられたり、グレイが勝って見えたりと変化する。そのとらえどころがないところがすごく魅力的で、何時間見ていても飽《あ》きない。

大好きな瞳をじっと見つめ返していたら、マクシミリアンが唇《くちびる》を開いた。

「いつから起きていたんですか？」

寝起きの掠《かす》れ声がセクシーで、背中がぞくっとする。

「五分くらい前」

「ずっと私を見ていたんですか？」

「……どれだけ見ても飽きない。一日中だって見ていられるよ」

ぼくの返答に、マクシミリアンが目を細めた。

「……朝から煽《あお》って悪い子ですね」

「煽ってなんか……」

反論は取り合わず、ぼくの手首を摑《つか》んで自分のほうに引き寄せる。

「いたずらしていたのは、この手ですか？」

まっすぐ目を見つめて問いかけられ、ドキッとした。

「……うん」

マクシミリアンがさらに引き寄せた手を、口許に持っていく。ぼくの手のひらを舌でぬるっと舐《な》め上げた。

「あっ」

思わず声が出る。とっさに引こうと思ったけど、手首をしっかり摑まれてしまっているので果たせない。

「マ、マクシミリアン……」

動揺《どうよう》している間にマクシミリアンの舌が、今度は指と指の間をねろりと舐めた。どうやらそこは手の中でも敏感《びんかん》な箇所《かしょ》のようで、ぴんっと背中が突《つ》っ張《ぱ》る。

やがてマクシミリアンが人差し指を口に含《ふく》んだ。ゆっくりと根元まで咥《くわ》え込まれ、背筋がぞくぞくと震《ふる》える。

口に含んだ指に舌が絡《から》みつき、ねぶるようにねっとりと舐め嬲《なぶ》られた。ちゅぷっ、ねぷっと水音が漏《も》れる。

「…………っ」

ぼくは魅入られたみたいに、マクシミリアンの口許《くちもと》を見つめた。息を詰め、彼の口の中の人差し指に全神経を集める。まるでそこに心臓があるかのように、指がドクドク脈打っていた。内側をざりざりと刺激《しげき》され、舌先で爪《つめ》の形をぐるりと辿《たど》られ、指全体をちゅうちゅう吸われ、体がじわじわと熱を孕《はら》む。

ほどなくマクシミリアンが口から指を出し、その舌遣《づか》いを見せつけるように、ぼくの指の側面を舌で舐め上げていく。上目遣いのマクシミリアンと目が合った刹那《せつな》。

（あっ）

体の奥に火が点《とも》ったのを感じた。

ただでさえ……朝は……勃《た》ちやすいのに。

下腹部の変化を意識してもじもじしていたら、マクシミリアンのもう片方の手が伸びてきて、股間《こかん》をぎゅっと握《にぎ》られる。

「はぅっ」

喉《のど》の奥から悲鳴が飛び出た。

「なっ……なにっ」

「どうやら、指舐めだけで感じてしまったようですね」

昏《くら》い声で囁《ささや》かれ、ドクンッと鼓動《こどう》が跳《は》ねる。それと同時に欲望《よくぼう》もマクシミリアンの手の中で膨《ふく》らんだ。

「ち、ちが……」

言葉で否定したところで、証拠《しょうこ》を掴まれてしまっている。唇を噛《か》みしめるぼくの股間を、パジャマの上からマクシミリアンがゆるゆると愛撫《あいぶ》した。

「あっ……」

大きな手のひらで包まれ、指でやさしく揉《も》み込まれているうちに、布地に擦《す》れた欲望がどんどん張り詰めていく。瞳が濡《ぬ》れ、ペニスの先端《せんたん》からもじわっと蜜《みつ》が漏れた。布地に染《し》みて、いまにもマクシミリアンの指を湿《しめ》らせてしまいそうだ。

（……だめ。もう完全に……）

はっ、はっと熱い息を吐《は》きながら、ぼくはマクシミリアンを窺《うかが》い見た。舌で湿らせた唇を開く。

「……する？」

期待を込めた問いかけに、けれどマクシミリアンはつれなかった。

「さて、どうしましょうか」

出た！　この期《ご》に及《およ》んで意地悪モード発動だ。

（ここまで煽っておいて……ひどいよ）

ぼくはイケズな恋人《こいびと》を睨《にら》みつけた。

「マクシミリアン〜」

「昨夜たくさんしましたしね」

しれっと躱《かわ》してぼくの股間を弄《もてあそ》んでいた手も離《はな》す。

「あ………」

突き放《はな》されたショックで泣きそうになった。放り出されたペニスも所在なさげに震えている。

たしかに昨日の夜はたくさんした。

腰《こし》が立たなくなって、気を失うように眠《ねむ》ってしまったくらいいっぱいした。

でも昨夜は昨夜、今朝は今朝。昨夜たくさんしたからそれでいいってわけじゃない。

(だって、明日《あした》から離れればなれなのに)

焦《じ》らされて切羽詰《せっぱつ》まったぼくは、マクシミリアンに身を寄せ、その硬《かた》い太股《ふともも》に熱を持った欲望を擦《こす》りつけた。首筋にちゅっ、ちゅっと唇を押しつけ、耳朶《みみたぶ》をゆるく噛む。

なんとかマクシミリアンをその気にさせたくて。

ぼくの拙《つたな》い「誘《さそ》い」をスルーしたマクシミリアンが、ナイトテーブルの時計を摑む。顔の前まで持って来て文字盤《ばん》を睨んだ。「……七時」とつぶやく。

「朝食は八時半でよろしいですか？」

「え？」

唐突《とうとつ》な確認に面食らい、質問の趣旨《しゅし》が摑めないままに「う、うん」とうなずいた。

「わかりました。――では」

なにが「では」なのかと思っていると、マクシミリアンが体を反転させて覆《おお》い被《かぶ》さってくる。

気がつくとぼくは彼の下に組み敷《し》かれていた。

ぼくを見下ろす青灰色の瞳に欲情の色を認めて小さく息を呑《の》む。

(これって、もしかして)

「マク……………んんっ」

名前の途中《とちゅう》で唇を塞《ふさ》がれた。すかさず口腔《こうこう》に潜《もぐ》り込んできた熱い舌に舌を搦《から》め捕《と》られる。

「……ふっ……ンッ」

やっとその気になってくれた恋人の求めに応じるために、ぼくは硬い首に手を回し、ぎゅっと引き寄せた。

朝一番で抱《だ》き合ったあと――ぼくがシャワーを浴びている間にマクシミリアンが用意してくれた朝食を向かい合わせで取った。
「今日、これからどうする?」

フルーツグラノーラを口に運びながら、正面の恋人に問いかける。マクシミリアンはすでに、シャツにネクタイを結び、ベストを着用して、身支度《みじたく》を調《ととの》えていた。

「いかがいたしましょうか」

今日は日曜日だが、これといった予定は立てていなかった。

「……もう荷造りは済んでいるの？」

「ええ、衣類などは置いていくことにしましたので、荷物といっても手回り品だけですから」

その言葉を聞いて、改めてほっとする。

ほとんどの荷物をここに置いていくということは、マクシミリアンがちょくちょく日本に戻《もど》ってくるという証左に他《ほか》ならない。

口ではそう約束してくれているし、ぼくも信じているけど、物的な証拠があるのはやっぱり心強い。

そんなふうに考えてから、明日マクシミリアンが帰ってしまうことに、心のどこかで一抹《いちまつ》の不安を抱《かか》えている自分に気がついた。

マクシミリアンは一度口にした約束は絶対に守ってくれる。

だから、不安に思う必要なんてこれっぽっちもない。

(そんなのわかってる)

それに、もしちょっとでも自分が不安そうな顔を見せたら、マクシミリアンが気にする。

安心してローマに帰れなくなってしまう。

そう考え、ぼくはわざと明るい声を出した。

「そっか。じゃあ、どこか出かける？」

「ルカ様にお任せします。私は特に希望はありませんから」

「うーん、ぼくも特には……」

目的を決めてどこかへ出かけるとなると、なんとなくあわただしい感じになるのは否《いな》めない。

最後の一日だし、できればふたりでゆっくり過ごしたい。

「なにをするとか、どこに行くとか決めないで、成り行きでのんびり過ごそうか」

ぼくの提案にマクシミリアンが微笑《ほほえ》んだ。

「いいですね。では成り行き次第《しだい》で」

ふたりで決めたとおりに、午前中はのんびりまったりと過ごす。

天気がよかったので午後からは散歩に出かけた。公園をぶらぶらしたり、オープンカフェでお茶をしたり、ペットショップを覗《のぞ》いたり……。

その後、広尾まで足を伸《の》ばし、ナショナル麻布スーパーマーケットで夕食用の食材を購入《こうにゅう》して帰宅。

「歩き疲《つか》れたでしょう。一息ついていてください。その間に夕食の準備をしますから」

マクシミリアンにそう言われたぼくは、「夕ごはん作るの、手伝うよ」と申し出た。

「手伝うって言うのもおこがましいけど……なるべく邪魔《じゃま》しないようにするから」

「ルカ様」

「料理の基本、覚えたいんだ。ほら、簡単なものくらいは自分で作れるようになりたいし」

というのは口実で、片時もマクシミリアンの側から離れたくないのが本音だ。

昼間は平気だったけれど、陽《ひ》が暮れて、最後の一日の残り時間が少なくなってくるに従い、離れがたい気持ちが募《つの》ってきていた。

(刻一刻とふたりでいられる時間が減っていく感じが……辛《つら》い)

気を許せばどんよりしそうな自分を奮い立たせ、精一杯《せいいっぱい》の笑顔を作る。

「手伝わせて」

頼《たの》み込むと、しばらくぼくの顔を見つめていたマクシミリアンがじわりと目を細め、「わかりました」と言った。

「よろしくお願いします」

夕食のメニューは、作り置きができるということでミネストローネ、旬《しゅん》の食材を使った花ズッキーニのフリット、からすみの冷製カペッリーニ、それからぼくの好物のスパニッシュオムレツ。

タブリエを腰に巻き付けてキッチンに入ったぼくは、マクシミリアンに「なにから手伝う？」と尋《たず》ねた。

「そうですね。……ペティナイフを使うのはまだ難しいですしね」

「ナイフなら使えるよ」

思案げな顔つきのマクシミリアンにアピールする。

「カフェの厨房《ちゅうぼう》で時々手伝わせてもらっているし」

実のところ、手伝いと言っても野菜を洗ったり盛りつけたりがメインで、本格的に包丁を握《にぎ》らせてもらったことはない。でも、マクシミリアンに「やればできる」ところを見せたかった。できるだけ後顧《こうこ》の憂《うれ》いなくローマに帰ってもらいたいから。

「それにやらないといつまでも上達しないし」

じっと目を見つめて訴《うった》えると、一考するような面持《おもも》ちのあとで、マクシミリアンがうなずいた。

「ではルカ様にはミネストローネ用の具材をカットしていただきましょうか」

「了解《りょうかい》」

マクシミリアンから許可が出て、ぼくは張り切って作業台の前に立った。

作業台の上には、玉ネギ、ニンジン、セロリ、キャベツ、カボチャ、トマト、パンチェッタ、ニンニクが並んでいる。

「ニンニク以外の具材は、均一に火が通りやすいように、なるべく同じ大きさにカットします」

カットボードとペティナイフを前にして、ぼくはマクシミリアンのレクチャーに耳を傾《かたむ》ける。

「野菜を切る時に注意したいのは、繊維《せんい》の方向です。野菜を生で食べる際は、歯ざわりを大切にするために繊維に沿って切る。煮《に》もののようにやわらかくしたい時は繊維の向きに直角に切るようにします。これを繊維を断《た》つと言います」

「繊維？」

野菜をそういう目で見たことがなかったので戸惑《とまど》った。

「やってみましょう。ここにある野菜ではセロリがわかりやすいですね」

マクシミリアンがセロリをまず縦にカットした。

「これが繊維に沿って切ったセロリです」

次にセロリを横にしてカットする。

「こちらが繊維を断った状態です。わかりますか？」

「……あ、うん、繊維って筋みたいなやつのこと？」

「そうです。肉眼で筋が見えない場合は、野菜を作業台に垂直に立ててみて、上から下に繊維が走っていると考えるとわかりやすいです」

「なるほど」

新しい知識を得て、ちょっと興奮した。野菜って奥が深いんだ。

「野菜の切り方にも、用途《ようと》に応じてたくさんの種類があります。薄《うす》切り、千切り、斜《なな》め切り、小口切り、乱切り、櫛形《くしがた》切り、そぎ切り、輪切り、半月切り、いちょう切り、さいの目切り、角切り、細切り、みじん切り」

「そ、そんなに種類があるの⁉」

びっくりして大きな声を出したぼくに、マクシミリアンが平然と「もっとありますよ」と追い打ちをかける。

「そんなに覚えられないよ……」

自慢《じまん》にもならないけど、呑《の》み込みが早いほうじゃ決してない。

「一度に覚える必要はありません。また、頭で覚えられるものでもありません。日々料理を作る中で、必要に応じて少しずつ覚えていけばよいのです」

よかった。それなら物覚えの悪いぼくにもなんとかなりそうだ。

「今回はさいの目切りにします」

「さいの目切り……」

「やってみますね」

マクシミリアンがカットボードの上にヘタを取ったトマトをセットする。トマトを回転させながら、すっ、すっ、すっと縦に横にペティナイフを滑《すべ》らせ、あっという間に一センチ角に分断した。鮮《あざ》やかすぎて魔法《まほう》みたいだ。

「これがさいの目切り。サイコロ状にすることです」

「すごい！」

ぼくの賞賛の声に、マクシミリアンがまんざらでもなさそうな表情を浮《う》かべる。

「はじめに申しあげたように、今回はニンニク以外のすべての具材を均一に、一センチ角にカットします」

「わかった」

マクシミリアンみたいに格好良くやってみたくて、うずうずしていたぼくがペティナイフを持とうとすると、「その前に下準備です」と釘《くぎ》を刺《さ》された。

「下準備？」

「キャベツは葉を一枚ずつ剝《は》いで水洗いする。トマトもよく洗ってください。玉ネギの薄皮《うすかわ》を剝《む》き、ニンジンはピーラーで皮を剝く。セロリもピーラーで筋を取って、カボチャはところどころ皮を削《そ》ぎます」

指示に従い、キャベツの葉を剝ぎ、水で洗った。トマトも流水に浸《つ》けて、表面をきれいに洗う。玉ネギの薄皮を剝いで、ニンジンはピーラーで皮を剝いた。セロリの筋もピーラーで取る。

カフェでの手伝いのおかげか、ここまではさほど苦労せずにぼくにもできた。

問題はカボチャだった。皮が固くてピーラーでは歯が立たない。従ってペティナイフで削ぐしかないのだけれど……。

慣れないペティナイフと難物を相手に四苦八苦していると、マクシミリアンが「丸ごとだと扱《あつか》いが難しいですね。四分割《よんぶんかつ》しましょうか」と助け船を出してくれた。

ぼくだと力が足りないので、マクシミリアンが四分割してくれる。四分の一になったカボチャの種をスプーンで取り除き、カットボードに伏《ふ》せて置いた。

「左手でカボチャを固定して、奥のほうから削いでいってください。こんな感じです」

マクシミリアンがお手本を示してくれる。

「こ、こう？」

見よう見まねでやってみたけど、皮が固くてうまく削げない。マクシミリアンは難なく削いでいたのに、ぼくのナイフの持ち方が悪いのか、それとも刃《は》を当てる角度が悪いのか、つるっと滑ってしまう。

下準備の段階で手こずっている自分に焦《あせ》り、そうすると余計にうまくいかなくなって。

「あれ？　あれ？」

「焦る必要はありませんから落ち着いて」

「……う、うん……っ」

「力みすぎないように。体に余計な力が入ると怪我《けが》をしますから」

諭《さと》されても、どうしても力んでしまう。

そんなぼくを見かねてか、それまで横にいたマクシミリアンがぼくの後ろに移動した。背中にぴったりと体をくっつけ、両腕《りょううで》を前に回し、カボチャとペティナイフを持つぼくの手に自分の手を添《そ》える。ぼくの手を軽く握って誘導《ゆうどう》してくれた。

「そう……こう持って……この動きです」

わざわざ身を以《もっ》て教えてくれているのだから、手許《てもと》に集中しなければいけない。

なのに——ぼくの意識は別のところにあった。

背中に密着したマクシミリアンの体。張《は》り詰《つ》めた筋肉が発する熱。鼻孔《びこう》を擽《くすぐ》るコロン。首筋にかかる息。それらすべてに反応して体温が急激に上昇《じょうしょう》するのを感じる。心臓もトクトクと速くなった。

(ばか……なに考えてるんだよっ)

「よろしいですか？」

マクシミリアンが手を離《はな》して「ご自分でやってみてください」と促《うなが》す。

「う……うん」

気もそぞろの状態で、ペティナイフを動かした——直後。

「あっ」

ぴりっと左の人差し指に痛みが走った。右手のペティナイフを取り落とす。

「どうしました!?」

マクシミリアンがぼくの左手を掴《つか》んで持ち上げた。彼の目の前で、人差し指の先からじわっと血が滲《にじ》む。

「怪我を……」

「だ、大丈夫《だいじょうぶ》！」

ぼーっとしていた自分が悪いのだ。焦ったぼくは「大した傷じゃな……」と言いかけて、途《と》中《ちゅう》で息を呑む。

「……っ」

左の人差し指を、マクシミリアンが口に含《ふく》んだからだ。熱く濡《ぬ》れた口腔《こうこう》の感触《かんしょく》に、朝の指舐《な》めが蘇《よみがえ》り、全身がカッと熱にくるまれた。

ただでさえ高めだった体温が一気に上昇する。

(うわ……なんか……まずい)

そう思った瞬間《しゅんかん》、指をちゅうっと吸われた。そこから電流が走ったみたいに、全身がびりびり痙攣《けいれん》する。

「あっ……」

上擦《うわず》った声が漏《も》れ、それと同時に下腹部に異変を感じた。

(し、信じられない……こんなところでっ)

時と場所を弁《わきま》えず、マクシミリアンに発情する自分にクラクラする。

マクシミリアンに気がつかれたらどうしよう。

心配でドキドキしながらフリーズしていたら、口から指を出された。カランを捻《ひね》ったマクシミリアンが、流水にぼくの指をさらす。傷口を洗い流してから「こちらへ」と、リビングのソファに連れて行かれた。

ぼくをソファに座らせ、いったんその場を離れたマクシミリアンが、ほどなく救急箱を手に戻《もど》ってくる。ぼくの前に跪《ひざまず》き、消毒スプレーを手に取った。

「消毒薬が少し沁《し》みるかもしれません」

そう言ってからシュッと傷口にスプレーし、乾《かわ》くのを待って絆創膏《ばんそうこう》を巻いてくれる。

処置してもらっている間も、ぼくはずっともじもじと落ち着かなかった。傷自体は本当に大したことがないので、もっぱら気になるのは熱を帯びた下半身。

早く収まってほしい。そのためにも他《ほか》のことを考えなきゃと思うのに、マクシミリアンがすぐ側に居て、手を摑まれているせいで、ちっとも熱が引かない。

(早く鎮《しず》まらないと……カボチャの皮剝きの続きができない)

手当てが終わったのを見計らい、ぼくはマクシミリアンの手から自分の手をそっと引き抜《ぬ》いた。ゆっくり深呼吸をしてから、目の前のマクシミリアンに告げる。

「もう大丈夫だから……下準備の続きをしよう」

「できますか?」

確認されて、首を縦に振《ふ》った。

「できるよ。左手だし、血も止まったし」

「本当に？」

レンズの奥から青灰色の瞳《ひとみ》でじっと見つめられ、じわっとこめかみが熱を帯びる。

やっと少し火照《ほて》りが収まってきたところだったのに……また。

顔の火照りを意識していたら、マクシミリアンがすっと手を伸《の》ばしてきた。その手をタブリエの上から下腹部に当てられ、びくんっと肩《かた》が揺《ゆ》れる。

「マ、マクシ……」

「この状態で？」

上目遣《づか》いに問われてゴクッと喉《のど》が鳴った。ゆるゆると両目を見開く。

「気づいていたの⁉」

「密着していたので、あなたの体温が平常時より高くなっていたのはわかりました。耳も真っ赤でしたしね」

クールに指摘《してき》されて、いよいよ耳が熱を帯びた。

（は、恥《は》ずかしいっ）

穴があったら入りたいとはこのことだ。もう本当に逃《に》げ出したい……！

完熟トマトよろしく真っ赤な顔で、ぱくぱくと口を開閉する。

「ご、ごめんっ……ぼく、その……ちょっと今日おかしいんだ。朝したばっかりなのに……ほんとにおかし……」

言葉の途中で、口を指で塞《ふさ》がれた。

「いけませんね……そんなふうに私を煽《あお》るなんて」

「え?」

両目を瞬《またた》かせ、人差し指を立てたマクシミリアンを見る。切れ長の双眸《そうぼう》がじわりと細まった。

「夕食前ですし、我慢《がまん》しようと思ったのですが……」

ため息混じりにつぶやく。

「あなたは本当に私の自制心を突《つ》き崩《くず》すのがうまい」

どこか仄暗《ほのぐら》い囁《ささや》きに、首筋がぞくっと粟立《あわだ》った。

「……マクシミリアン」

唇《くちびる》から人差し指を離したマクシミリアンが、代わりに顔を近づけてくる。非の打ち所のない美貌《びぼう》が、焦点《しょうてん》が合わないほどのアップになった。

やがて吐息《といき》が唇に触《ふ》れ、甘い低音を吹《ふ》き込まれる。

「悪い子にはお仕置きですよ」

ソファに腰掛《こしか》けたぼくの腰に手を伸ばし、マクシミリアンがタブリエの紐《ひも》を解《ほど》く。タブリエを取り外し、穿《は》いていたスエット素材のボトムを太股《ふともも》まで下げた。

下着がすでに膨《ふく》らんでいるのが恥ずかしくて、思わずきゅっと膝《ひざ》を閉じる。けれど閉じた膝をマクシミリアンに摑まれ、ぐいっと割られてしまった。

「あっ」

ぼくの前に跪いたマクシミリアンが、大きく開いた股間《こかん》に顔を埋《うず》める。やがて布越《ご》しにあたたかい湿《しめ》り気《け》を感じた。

（し、下着の上から？）

マクシミリアンの舌が、形をなぞるようにひらめく。さほど時間を要さず、生地が唾液《だえき》で色を変えた。

濡れて張り付いた布越しに感じる舌の動きに、ぼくは息を吞《の》んだ。

どこかもどかしいような、こそばゆいような……。

息を止めて固まっていたら、突然《とつぜん》はむっと唇で咥《くわ》えられて、「ひあっ」と、喉の奥から裏返った声が出た。

口の愛撫《あいぶ》と同時に、手で袋《ふくろ》をやさしく揉《も》み込まれて、お尻《しり》がむずむずして背筋がぞくぞくする。首筋も熱く火照ってくる。

（そんなふうにされたら……っ）

芯《しん》を持ったペニスが布地を押し上げるのが見え、カーッと全身が熱くなった。いまにも下着から頭を出しそうでいたたまれない。

するとマクシミリアンが人差し指をゴムにかけ、下着をぐいっと下に引き下ろした。

「あっ……」

ペニスが勢いよくぷるんと飛び出す。先端《せんたん》がマクシミリアンの唾液で濡れて光っているのを認め、背筋がジンと痺《しび》れた。

剝《む》き出しの先端にマクシミリアンが舌を這《は》わせる。布越しとはまた違《ちが》った、ダイレクトな舌の感触に息を詰《つ》めた。

「………っ」

根元を手で支えたマクシミリアンが、ぼくをゆっくりと口の中に含んでいく。喉の奥まですっぽり収めるやいなや、舌をねっとりと軸《じく》に絡《から》ませてきた。くちゅっ、ぬぷっと淫《みだ》らな水音が端整《たんせい》な唇から漏れる。

(すごい……気持ちいい)

あまりに気持ちよくて、マクシミリアンに愛撫されている場所から、自分がトロトロと蕩《とろ》け始めたような錯覚《さっかく》に陥《おちい》った。

溶《と》ける……溶けそう!

「……は……あ……」

口を薄《うす》く開き、喉に溜《た》まった熱い息を逃《のが》す。それでも体温の上昇《じょうしょう》は止まらない。

横咥えにされて舐《な》められ、敏感《びんかん》な場所に歯を当てられて、ひくんっと全身が震《ふる》えた。

「……ふぅ」

たまらず、目の前の形のいい頭を摑《つか》む。

口に含《ふく》んだまま、マクシミリアンが上目遣いにぼくを見た。普段《ふだん》より数段熱っぽい眼差《まなざ》しに心臓がトクンと跳《は》ねる。何度しても、こういう時のマクシミリアンには慣れることができない。

ドキドキが止まらない……！

ランダムに早鐘《はやがね》を打つ鼓動《こどう》を意識していると、マクシミリアンは窄《すぼ》めた唇全体で圧をかけてきた。袋を揉み込む握力《あくりょく》も強くなる。

押し出されるように、先端の孔《あな》から蜜《みつ》が染《し》み出るのが自分でもわかった。溢《あふ》れた蜜を舌が舐め取り、孔をつつく。

「はぅ……っ」

そこを抉《えぐ》られる強烈《きょうれつ》な刺激《しげき》に、ぼくは背中をぴんっと張った。先端の強い刺激と、軸を扱《しご》かれる快感が同時に押し寄せてきて、いまにも爆《は》ぜてしまいそうな自分に焦《あせ》る。

（うわ、これ、すごい……っ）

「だ……め」

体を引こうとしたけれど、マクシミリアンは欲望《よくぼう》をしっかり咥え込んで離《はな》さなかった。

（そんなふうにされたら……もう！）

快感が過ぎてだんだん頭の芯がぼーっとしてくる。

「出るっ……出ちゃうからっ……離し……っ」

必死に懇願《こんがん》し、両手で突っぱねてようやく、マクシミリアンが口からぼくを出した。唾液とカウパーで濡《ぬ》れそぼったペニスが、反動でお腹《なか》にペチッとくっつく。

「……元気がよろしいですね」

含み笑いでそんなふうに言われて赤面した。マクシミリアンが、中途半端《ちゅうとはんぱ》な位置で止まっていたぼくのボトムと下着を足から抜《ぬ》き、カットソーの裾《すそ》を胸の上まで捲《まく》り上げる。

「ひぁんっ」

いきなり乳首《ちくび》を口に含まれた衝撃《しょうげき》に、ぼくは高い声を放った。なんにもされないうちから、すでに尖《とが》っていた乳首をざらりと舌で舐められて、ひくんと背中が震える。

「アッ……あっ……」

もう片方の乳首は指で摘《つま》まれ、擦《こす》り立てられた。胸の刺激を受けたペニスからますます愛液が溢れる。

「ソファ……汚《よご》れちゃう」

ぼくの訴《うった》えにマクシミリアンがふっと口許《くちもと》で笑い、「では立ってください」と言った。手を引っ張られて立ち上がったぼくを、その場でくるりとひっくり返す。ソファのクッションを真ん中に集めたマクシミリアンが、「クッションを抱《だ》き込むようにして、ソファの背もたれに両手を突いてください」と指示した。

そのとおりの姿勢を取ると、自然とお尻を突き出す形になる。

明るいリビングでこんな格好……恥《は》ずかしい。

でも逆らう頭はなかった。だって早くマクシミリアンと繋《つな》がりたい。

ぼくの後ろに立ったマクシミリアンが、双丘《そうきゅう》を割って窄まりを指で弄《いじ》ってきた。しばらく様子を探《さぐ》るように後孔《こうこう》の周辺をマッサージしていた指が、つぷっと体内に入ってくる。

「あぅんっ」

「朝したばかりだから、まだやわらかいですね……」

マクシミリアンが耳許で囁いた。

「これならあまり解《ほぐ》さなくても入りそうだ」

ぬぷぬぷと指を出し入れされ、ぼくはソファの背もたれを摑む手に力を込める。

「もう……二本目ですよ」

「んっ、ンンっ」

後ろの刺激で、白濁《はくだく》混じりのカウパーが溢れ、とろりと軸を伝った。腰がうずうず揺《ゆ》れて、足が小刻みに痙攣《けいれん》する。頭の中にあるのは、ひとつの欲望だけ。

欲しい。早く、マクシミリアン……もう。

「マクシミリアンが欲しい。

身を捩《よじ》って乞《こ》うとずるっと指が抜け、濡れた切っ先をあてがわれた。

「……熱い」

仰向《あおむ》いた喉《のど》から吐《と》息《いき》混じりの声が漏《も》れる。ぼくの腰《こし》を摑み、マクシミリアンが灼熱《しゃくねつ》の楔《くさび》をねじ込んできた。

「ひっ……ァァアッ」

もちろん大きいから苦しいんだけど、「朝したばかりだから、まだやわらかい」のは本当だったようだ。比較的《ひかくてき》スムーズに、恋人《こいびと》を受け入れることができた。ぐっと強く腰を入れて根元まで収めたマクシミリアンが、前に手を回してぼくのペニスを包み込む。

ぬるぬると前を扱きながら、ぬちゅぬちゅと後ろを出し入れされて、「あっ、あっ」と嬌声《きょうせい》が零《こぼ》れた。

体に充満《じゅうまん》する痺れるような快感に瞳《ひとみ》が濡れる。

一種類でもいっぱいいっぱいなのに、二種類の快感なんて……！

「ぅっ……ふっ……ぅ」

なのにマクシミリアンはそれで攻撃《こうげき》の手を緩《ゆる》めず、残った左手で乳首を摘んだ。ぐりっと奥を抉るタイミングできゅうっと乳首を引っ張られ、「あうっ」と身を大きく仰《の》け反らせる。

全身の至るところで官能の火花が散った。

もう、なにをされても快感にしかならない。

「マクシミリアン……ッ」

譫言《うわごと》みたいに、恋人の名を呼ぶ。

「おねが……ぼくの……ここが忘れないよ……に……いっぱい……して」

途切《とぎ》れ途切れの懇願に、背後でマクシミリアンが息を呑《の》んだ。直後、ずんっと奥まで押し込まれる。激しい抽挿《ちゅうそう》が始まった。

めちゃくちゃに揺さぶられて、視界がぶれる。ぎゅっと閉じた眼裏《まなうら》がチカチカした。

「んっ……あ、んっ、んっ」

ほどなく訪れる絶頂の予感に背中を反らせたぼくは、体内の恋人をきつく締《し》め付ける。

「マクシミリアンの……いっぱい、出してっ」

恋人の熱がどくんっと膨《ふく》らんだのを感じた。マックスまで膨らんだもので突《つ》き上げられ、一気に押し上げられる。

「……いっ……くッ」

ぼくが達したのと、マクシミリアンの放埒《ほうらつ》で体内が濡れたのは、ほぼ同時だった。マクシミリアンがぼくの白濁を手で受けとめてくれる。

「………ふ」

脱力《だつりょく》してクッションにぐったりと寄りかかった。マクシミリアンが頰《ほお》にキスをくれる。ぼくは首を捻《ひね》って、彼の唇《くちびる》を自分の唇に誘導《ゆうどう》した。

「この二週間……とても幸せでした」

ソファに仰向けに寝《ね》そべり、ぼくを自分の上に乗せる形で抱き込んだマクシミリアンが、髪《かみ》を弄りながらつぶやく。

幸せな脱力感に身を任せ、うっとりと恋人の胸に顔を埋《うず》めていたぼくは、その言葉に顔を上げた。いつも眼光鋭《するど》いマクシミリアンにしてはめずらしく、遠い眼差しでぼんやり宙を見つめている。

「一日中気持ちがふわふわして定まらない……終始夢の中にいるかのような、生まれて初めての感覚でした」

「それ……ぼくも同じだった」

ぼくが同意すると、マクシミリアンがこちらを見て小さく笑った。だがその笑《え》みはすぐに消える。

「天にも昇《のぼ》る心地《ここち》の半面、少し怖《こわ》くもあった」

「マクシミリアン……」

「一度幸せを味わうと、人はそれを失うのが怖くなるものなのですね」

ひとりごちるように言って、マクシミリアンがぼくの髪に指をくぐらせた。

「十年も離《はな》れていて、それが普通《ふつう》だったのに、こうなってしまうとあなたと離れるのが怖くなった……。あなたはまだ若い。日々新しい出会いがあり、目まぐるしく成長していく。離れている間に、あなたの気持ちが誰《だれ》かに移ってしまうのではないかと、そんな疑心暗鬼《ぎしんあんき》に囚《とら》われて、ここ数日は眠《ねむ》りも浅かった」

苦しそうな声の独白に意表を突かれる。

大人で強靭《きょうじん》な精神力を持つマクシミリアンが、まさかそんな不安を抱《かか》えていたなんて。

ぼくが心変わりなんてするわけないのに。

でもびっくりするのと同時に、心のどこかで安堵《あんど》している自分もいて――。

(同じなんだ)

マクシミリアンだって、平気じゃない。

離れて暮らすことに不安がないわけじゃない。

遠いと思っていたマクシミリアンとの距離《きょり》を、ぐっと近くに感じたぼくは、恋人の目をじっと見つめた。

「やっぱり離れるのって怖いよね。心配させたくなくて平気なふりをしていたけど、本当はぼくもずっと怖かった」

胸のうちを告白すると、マクシミリアンが切なげな表情をする。その顔を見たら、きゅんっと胸が苦しくなった。

いままではマクシミリアンに守ってもらうばかりだった。

でもこれからは違《ちが》う。

ぼくもマクシミリアンを護《まも》る。

これからは、お互《たが》いを護り、お互いに守られていくんだ。

胸に抱《いだ》いた覚悟に背中を押されて口を開く。

「でもね、こうも思う。離れて暮らすからこそ、一緒《いっしょ》にいられる時間を大切に思えるし、次に会うのがきっとすごく楽しみになるって」

「ルカ様」

「ぼく、この先マクシミリアンと一緒にしたいことがいっぱいあるよ。来年、もう一度一緒に住めるようになったら、ふたりでいろんなところに行きたい。マクシミリアンは、ずっと仕事ばっかりでいままでほとんど遊んでこなかったでしょ？　ぼくも子供の頃《ころ》からボディガードが付いていて、行動の自由がなかった。だからこれからふたりで、その分を取り戻《もど》そう」

語りかけるぼくの顔を、マクシミリアンは目を細めて見つめている。

「旅行もしたい。京都とか……そうだ、温泉も行きたい！」

青灰色の瞳を覗《のぞ》き込み、「ね？」と同意を求めると、マクシミリアンが笑った。「そうですね」とうなずく。

「ふたりで一緒に、離れていた十年のブランクを取り戻しましょう」

その言葉が嬉《うれ》しくて、ぼくは少し首を伸《の》ばしてマクシミリアンにちゅっとキスをした。そのあとで、額と額をこつんとぶつけ合う。目を合わせて微笑《ほほえ》み合った。

（ぼくたちはまだまだこれから……一緒の人生を踏《ふ》み出したばかりなんだ）

胸のあたりにとどまっていた不安な気持ちが消えるのと入れ違いに、急激な空腹を覚える。

「……お腹《なか》すいたね」

「たくさん運動しましたから」

マクシミリアンの返答に激しかった行為《こうい》を思い出し、じわっと顔が熱くなった。

「さて、ではそろそろ起きましょうか」

マクシミリアンがぼくを抱《だ》き起こして、先に立ち上がる。

「シャワーを浴びて、途中《とちゅう》だったミネストローネを仕上げましょう」

「うん」

差し出された恋人の手を摑《つか》んだぼくは、蜜月《みつげつ》の残り時間を有効に過ごすためにソファから起き上がった。

Episode Zero~from 捕獲者~

JRの駅にほど近い、小高い丘《おか》の上にひっそりと建つクラシカルなホテル——そこが成宮礼《なるみやあや》人《と》の勤務先である『カーサホテル東京』だ。緑に囲まれ、東京の都心部にありながら都会の喧《けん》噪《そう》を感じさせない癒《いや》しの空間と、長期に亘《わた》って繰《く》り返しご利用くださるお客様も多い。

いつものように、定位置であるロビーのアシスタント・マネジャーデスクで端末《たんまつ》に向かっていた礼人は、ふと、キーボードを操作していた手を止めた。

ディスプレイから顔を上げる。

ちょうど男女二名のゲストがデスクの前を通り過ぎていくところだった。礼人から見て手前が、二十台後半くらいの日本人女性。その彼女の向こう側を、長身の外国人男性が寄り添《そ》って歩いている。女性の陰《かげ》に隠《かく》れて、男性の顔は見えない。外国人であるとわかったのは、男性の髪《かみ》が金髪《きんぱつ》だったからだ。

金の髪が、シャンデリアに反射してキラッと光る。

ドキッとした。

思わず腰《こし》を浮《う》かせ、ふたりの姿を目で追う。

そんなはずはないと思いながらも、見ているうちに胸の高鳴りが激しくなった。

ご夫婦なのか恋人《こいびと》同士なのかはわからないが、ご宿泊《しゅくはく》のお客様ではないので、おそらくこれからレストランを利用されるのだろう。ふたりは仲むつまじい様子で、エレベーターホールへ向かっていく。

こんなふうにお客様を凝視《ぎょうし》するのは失礼だ。わかっていても、どうしても目が離《はな》せない。

女性が甘《あま》えるように男性の腕《うで》に腕を絡《から》めた。

ドキドキと不穏《ふおん》だった胸にツキッと小さな痛みが走る。

その痛みに背中を押され、礼人は立ち上がった。ふらふらとデスクを離れ、エレベーターを待っているふたりに近づく。あと三メートルの距離《きょり》まで来たところで、女性が内緒話《ないしょばなし》をするみたいに男性の耳許《みみもと》に口を寄せた。

横を向いた男性の顔が見える。

（……違《ちが》った）

記憶《きおく》の中の顔とは似ても似つかない。

そもそも『彼』の髪は、普通《ふつう》の金髪じゃない。金と銀が絶妙《ぜつみょう》にブレンドされたプラチナブロンドだった。

ほっと脱力《だつりょく》するのと同時に、心のどこかで気落ちしている自分に気がつく。

直後、ホテルマンとしての本分を忘れて持ち場を離れた自分に、急激な罪悪感と羞恥心《しゅうちしん》が込み上げてきた。

（修業中だぞ。ばか）

自分を罵《ののし》り、くるりと踵《きびす》を返して、来た道を足早に引き返す。幸いにも、席を外していた間にお待ちくださっていたお客様はいないようだ。

デスクに戻《もど》り、椅子《いす》に腰を下ろしてふーっと息を吐《つ》いた。

まだ少し心臓がドキドキしている。顔も熱い。

ディスプレイに視線を戻して端末での作業を再開しつつも、礼人の胸中はざわついていた。

もう八年も昔のことなのに……いまだにこんなふうに取り乱してしまうほどに、自分の中に『彼』の存在が住みついていることを再確認《かくにん》させられてショックだった。

別に会いたいわけじゃない。

むしろ、職場で会うのは最悪だ。仕事中に思い出すことすら自らに禁じてきたのだ。

なのに先程の衝撃《しょうげき》で留め金が外れ、封印《ふういん》していた記憶が蘇《よみがえ》ってきてしまった。

流れるようなプラチナブロンドと、血筋のよさを表す、一点のくすみもないクリーム色の肌《はだ》。

理知的な額。すっきりと端整《たんせい》な眉《まゆ》。

そして何よりも印象的な、アイスブルーの瞳《ひとみ》。

宝石のごとく冷たい輝きを放つその青い瞳が、熱を湛《たた》えて自分を見つめた……あの夜。

——……きみが欲しい。

——どうしても……きみが欲しいんだ。

熱っぽく口説かれて、身も心も蕩《とろ》けた。

——性急だとわかっているけれど、我慢《がまん》できない。

セレブの気まぐれ、一夜の慰《なぐさ》みだとわかっていても抗《あらが》えず、甘い罠《わな》に堕《お》ちてしまった十九歳の自分。

未熟だった。

いまさらながらに後悔《こうかい》の念が込み上げ、唇《くちびる》を噛《か》みしめる。経験を積んだ今ならば、絶対にあんなことはしない。ホテルマンの身で、ゲストと体の関係を持つなどあり得ない。

あの時の自分はどうかしていたのだ。

夢のように美しい『彼』に魅《み》せられ、我を忘れた。何より犯《おか》してはならないタブーを犯した。

（だが、過去のことだ）

誰《だれ》にでも若さ故《ゆえ》の過《あやま》ちはある。二度と繰り返さなければいいのだ。

そう自分に言い聞かせ、頭をふるっと振《ふ》った。脳裏《のうり》から『彼』の残像を追い払《はら》おうとした。

けれども……消えない。『彼』のベルベットのような低音が——冷たそうに見えてその実燃えるように熱かった『彼』の体の熱が消えない。

この八年間、一度も消えなかった。

まだこんなにもくっきりと残っている。

まだ——捕《と》らわれている。

急激に迫《せま》ってきた胸苦しさに、礼人は眉をひそめた。キーボードから手を離し、ぎゅっとその手を握《にぎ》り締《し》める。

「……すみません」

控《ひか》えめな声をかけられ、ぴくっと肩《かた》を揺《ゆ》らした。デスクの前に中年女性が立っている。昨日からご宿泊のお客様だ。

「ちょっといいですか？　レストランのことで……」

続く言葉で我に返る。瞬時《しゅんじ》に私情を片隅《かたすみ》に追いやり、礼人は中年女性に向き直った。

過去に捕らわれている場合ではない。

今自分が最優先にすべきは、カーサを愛してくださるお客様を大切にすること。延《ひ》いては一日でも長くカーサを愛していただくこと。

今の自分にできる仕事を全《まっと》うするために、礼人は目の前のお客様に微笑《ほほえ》みかけた。

「レストランのご相談ですね。承《うけたまわ》ります。どうぞお掛《か》けください」

あとがき

はじめまして、こんにちは、岩本薫《いわもとかおる》です。

このたびは「ロッセリーニ家の息子《むすこ》　守護者」をお手に取ってくださいましてありがとうございました。

ロッセリーニシリーズの文庫化第二弾《だん》です。今月は「捕獲者《ほかく》」と同時刊行になりますが、時系列としては、こちらが先になりますので「守護者」→「捕獲者」の順番でお読みいただけますとスムーズかと思います。

さて、「守護者」は三兄弟の末っ子、三男ルカのお話になります。

三兄弟はそれぞれ母親が違《ちが》う異母兄弟ですが、ルカの母親は日本人ですので、ルカも黒髪《くろかみ》にほぼ黒に近いダークブラウンの瞳《ひとみ》の持ち主という、ゴージャスな兄たちと比べてやや地味目な外見となっています。

性格も温室育ちのお坊《ぼっ》ちゃま故《ゆえ》に天然。年の離《はな》れた兄×2と父親に溺愛《できあい》され、過保護にされておりますが、実は三兄弟の中で一番芯《しん》が強いのはこのルカかもしれないな、と単行本執筆《しっぴつ》時に思っておりました。イノセントだからこそ、何も知らないからこその強さと言いますか。一見ひ弱そうに見えてその実打たれ強いのですよね。いざという時の行動力は、やはりロッセリーニ家の男子だなとも思います。

そのルカのお相手は眼鏡のクールビューティー・マクシミリアン。この人も、頭脳明晰《めいせき》でかつ腕も立つという、別の意味で最強です。

鬼畜《きちく》で敬語で眼鏡というフルスペックで、キャラが立っている分とても書きやすかったです。クールでありながら、ルカを護《まも》ることに関してはとことん熱く、また意地悪な面とひたすら甘《あま》やかす面の二面性を持った実においしいキャラクターです。

最強同士のふたりのテーマは、「主従」でした。主従は、この単語だけでゴハン三杯《ばい》はいけるほどの大好物ですので、ノリよく書けました。

そして裏テーマは「お仕置き」です。ベタな展開のオチに、お約束としてマクシミリアンに「お仕置きですね」を言わせるのがすごく楽しかったです。

今回の書き下ろしでも決まり文句を言わせることができて満足（笑）。書き下ろしの「蜜月《みつげつ》」は、ハニームーンということで徹底的《てってい》に甘く、このふたりらしいいちゃいちゃを目指しました。楽しんでいただけましたら幸いです。

あ、それからルカの親友の東堂は、リンク作の恋《こい》シリーズに出演しています。ルビー文庫「支配者の恋」では顔見せ程度ですが、「誘惑者《ゆうわく》の恋」「求愛者の恋」「絶対者の恋（上下）」では主役を張っておりますので、未読の方はこちらもよろしくお願いいたします。「支配者の恋」

と「誘惑者の恋」は、マリン・エンタテインメント様でドラマCD化も決定しています。
CDといえば、当「守護者」も同じくマリン・エンタテインメント様よりドラマCDが発売中です。ルカを鈴木千尋《すずきちひろ》さん、マクシミリアンを遊佐浩二《ゆさこうじ》さん、東堂を鳥海浩輔《とりうみこうすけ》さんという豪《ごう》華《か》なキャストの方々に、たっぷり二枚組で演じていただいておりますので、ご興味がお有りの方はそちらもどうぞよろしくお願いします。

ここからはイラストの思い出になりますが、当時どうしても「普段《ふだん》はストイックなマクシミリアンの半裸《はんら》をルカが目撃《もくげき》してドッキリ」というシーンをイラストで拝見したくて書いてみたところ、ばっちりイラスト指定していただき、「マクシミリアンの濡《ぬ》れ髪が額に下りたバージョン」を蓮川《はすかわ》先生に描《か》いていただくことができました。拝見した瞬間《しゅんかん》、鍛《きた》え上げられた上半身ヌードのセクシーさに我ながら「グッジョブ！」と打ち震《ふる》えたことをここに記しておきます。すばらしきかなギャップ萌《も》え。この文庫にも収録されておりますので、ぜひご堪能《たんのう》ください。
蓮川先生、再録を快くご許可くださり、ありがとうございました！

さてさて、文庫化も早いものでもう折り返しです。帯にて告知されておりますが、通巻で書き下ろし小冊子の全員サービスがあります。小冊子には、皆様《みなさま》のご意見を反映した話も書き下ろしたいと思っておりますので、ルビー文庫の特設サイトにぜひリクエストをお寄せください。たくさんのリクお待ちしております！

では、来月は三兄弟とその恋人たち総出演の「共犯者」でお会いしましょう。

二〇一四年　夏の終わりの頃《ころ》に

岩　本　薫

〈初出〉
「ロッセリーニ家の息子　守護者」
単行本『ロッセリーニ家の息子　守護者』（角川書店／2007年5月刊行）
「蜜月」書き下ろし
「Episode Zero ～ from 捕獲者～」書き下ろし

ロッセリーニ家《け》の息子《むすこ》
守護者《しゆごしや》
岩本《いわもと》 薫《かおる》

角川ルビー文庫 R122-12 18745

平成26年9月1日 初版発行

発行者——堀内大示
発行所——株式会社KADOKAWA
東京都千代田区富士見2-13-3
電話(03)3238-8521(営業)
〒102-8177
http://www.kadokawa.co.jp/
編 集——角川書店
東京都千代田区富士見1-8-19
電話(03)3238-8697(編集部)
〒102-8078
印刷所——旭印刷 製本所——BBC
装幀者——鈴木洋介

ISBN978-4-04-101876-7 C0193 定価はカバーに明記してあります。

誘惑者の恋
身を焦がすほどの
熱砂が誘惑する、この恋――。
著／岩本 薫
イラスト／蓮川 愛
兄の桂一を連れ戻すため、アラブへ旅立った和輝。2人の理解者で桂一の恋人の兄・アシュラフは警告しつつも紳士的に接してきて…？
岩本薫×蓮川愛で贈る
スペシャル・ラブ・ロマンス！
ルビー文庫